LES SECRETS DU VOLCAN

ANNE-MARIE CATOIS

LES SECRETS DU VOLCAN

D'après une histoire originale de Gabrielle Borile

Michel LAFON

S'agissant d'un roman, toute ressemblance avec des personnes existant ou ayant existé ne serait que pure coïncidence.

7-13, boulevard Paul-Émile-Victor – Île de la Jatte
92521 Neuilly-sur-Seine Cedex

– 1 –

Un vent violent, impérieux, l'a tirée du sommeil. C'est un vent guerrier, intense, un vent de fin d'été austral. Né sur la crête des lames de l'océan, il s'est élancé au sommet des volcans, a traversé les ravines, parcouru les champs de canne avant de s'engouffrer dans les couloirs lambrissés de La Roseraie. Là, il s'est glissé dans la chambre de Julia, caressant les rêves de la jeune fille.

Julia aime ce vent. Elle apprécie cet hôte imprévisible qui use du rare privilège de rendre visite sans se faire annoncer, et qui balaie les environs de Saint-Gilles-de-la-Réunion, charriant des odeurs douces, des senteurs lourdes, et parfois une humidité d'orage. Dans son enfance, Julia Bertin a parcouru la montagne sur les ailes du vent, et ainsi consolé ses chagrins, en jouant dans les vagues, dans cette mer froissée par les rafales. Bien sûr, elle sait que le vent transporte parfois de méchants compagnons : ces cyclones tant redoutés qui ravagent le cœur de la terre et celui des hommes. Mais, à vingt ans, Julia sait aussi qu'il faut pardonner. Depuis longtemps elle a pardonné au vent.

Quand elle ouvre la fenêtre, elle voit les montagnes qui encerclent la ville blanche. Les rues s'étalent à flanc de collines et, dans le quartier où elle habite, une nature exubérante, souvent domestiquée par des jardiniers patients, inonde les espaces entre les maisons. Elle aperçoit le beau belvédère des Trois-Bancs, et l'ancienne route, qui serpente dans les côtes. Un peu plus loin, l'océan Indien, majestueux, étincelle sous le soleil. Quelque part sur la côte, les canons du Barachois se dressent inutilement pour défendre le pays d'une attaque qui ne viendra plus jamais... La Réunion est l'île des paradoxes, des sangs qui se mêlent, des passions tumultueuses et des amours de feu. Le volcan, quelque part là-bas, veille.

Ce matin-là, animée par un étrange esprit de contradiction, Julia a envie de résister à ce vent joueur. Elle sent les fragrances du jardin et la lourde odeur de terre, par bouffées. Elle se lève d'un bond, enfile rapidement un blue-jean et un tee-shirt, jette un coup d'œil distrait dans le miroir. Celui-ci lui renvoie l'image d'une jeune femme lumineuse. On la trouve belle : la nature lui a donné la grâce, des traits réguliers et un corps parfait. Insatisfaite, Julia aurait pourtant préféré avoir le teint moins clair, les yeux moins verts, les cheveux moins blonds. Elle se sent étrangère à son apparence qui l'identifie immédiatement : Julia Bertin appartient à l'aristocratie de l'île. Elle en est fière et honteuse à la fois.

D'un geste rapide, la jeune fille ouvre la porte qui sépare sa chambre de celle de son frère. L'inquiétude qui s'est peinte sur son visage se dissipe quand elle voit Alexandre enroulé dans ses draps, d'où seuls de longs cheveux blonds dépassent. Il dort, le bel Alexandre, et aucun vent au monde ne saurait le tirer de ses songes. Julia referme la porte. Puis, mue par une énergie soudaine, elle dévale l'escalier qui mène au rez-de-chaussée, traverse au pas de course le grand salon où quelques lithos rappellent les heures glorieuses de la famille et aussi, par contraste, les difficultés actuelles.

Julia arrive enfin à son endroit favori : la varangue. Cette extension de bois, typique des tropiques, n'est ni vraiment un balcon ni vraiment une terrasse : c'est juste une transition confortable entre l'intérieur et l'extérieur, une sorte de déambulatoire décoré de lambrequins. Julia s'arrête sur le seuil et ne peut s'empêcher de sourire en découvrant sa grand-mère, droite et pimpante dans un tailleur de la couleur de ses yeux, mauve, qui boit une tasse de thé.

Reposant d'un geste assuré la porcelaine de Chine sur sa soucoupe, Hortense Bertin se tourne vers sa petite-fille et, avec une pointe de fierté, laisse tomber :

– Encore perdu, ma chérie !

Eh oui ! Une fois encore, Julia a échoué. Elle voudrait quand même bien, un jour, être la première à voir le soleil se lever sur le domaine !

– Mais grand-mère, c'est à croire que tu ne dors jamais !

Hortense éclate d'un rire qui égaille une multitude d'oiseaux exotiques dans d'immenses cages chantournées, sorte de réserve naturelle à l'autre bout de la varangue.

Julia prend place auprès de sa grand-mère et regarde avec tendresse ses mains tavelées mais toujours aussi élégantes. Elle entend le bruit délicat des deux joncs en or qui tintent à son poignet tandis que la vieille dame verse le thé. Curieusement, le temps ne semble pas avoir de prise sur cette octogénaire dont la vie se confond avec celle de la famille Bertin. Et rien ne semble pouvoir changer face à cette femme, héritière de la propriété familiale.

Rien ne change, et pourtant... Pourtant, rien n'est plus comme autrefois. De la fortune amassée au temps de la colonie, il ne reste que l'immense maison, quelques centaines d'hectares de terre et un jardin luxuriant que l'aïeule préserve avec jalousie. Jadis, les Bertin possédaient plusieurs domaines, des usines, des féculeries, des distilleries dans le nord et l'est de l'île, mais diverses crises financières et autant de drames humains sont venus à bout de cet héritage familial. Le nom, certes, inspire toujours le respect : il est synonyme d'un certain art de vivre que, là encore, la doyenne entretient avec soin, contre l'avis de tous. Le cabinet d'architecte créé par Octave, le grand-père, et repris par Guillaume, son fils, maintient difficilement à flot la maisonnée. Refusant un naufrage pourtant annoncé, Hortense continue à se comporter comme au temps de sa splendeur.

Au soir de sa vie, elle n'a qu'à fermer les yeux : un parfum et elle retrouve le domaine de son enfance, bruissant de rires. À cette époque lointaine, toute la famille vivait dans la vaste demeure : grands-parents, oncles, tantes, cousins, « nénènes » et domestiques. Hortense se revoit, petite fille unique, attendant les vacances et ses cousins, qui fréquentaient le séminaire de Cilaos. La vie coulait paisiblement, et joyeusement, entre les jeux dans le vaste parc, les excursions à cheval et les pique-niques dans les environs... Personne n'a jamais pu lui faire quitter ce domaine, même pas son mari, Octave, qui contrairement aux usages est venu s'y installer. Élevée au sirop du temps passé, Julia ne se lasse pas de ces souvenirs qui, depuis toujours, alimentent ses rêves.

Alors qu'elle écoute pour la centième fois le récit des aventures héroïques de son arrière-grand-père, figure emblématique de la mythologie familiale, Julia lève les yeux vers le ciel : les nuages courent, serrés.

Un hélicoptère s'approche :

– Regarde, Alex ! dit-elle à son frère qui est venu les rejoindre. C'est l'hélico de Cristina qui ramène Thomas !

Mais ça n'a pas l'air de réjouir Alexandre. Il siffle entre ses dents :

– Super, Julia ! Sors la fanfare et les majorettes !

Hortense hoche violemment la tête, méprisante :

– Un hélicoptère ! Pff... Décidément, ces Mahé ne ratent jamais une occasion de se faire remarquer !

Quelque part, dans la maison, le téléphone sonne.

Ce n'est que plus tard, avec la distance que donnent les jours écoulés, que Julia comprendra qu'à ce moment-là sa vie a basculé.

*
* *

Vue du ciel, La Roseraie est impressionnante. C'est un trésor de l'architecture créole. Là-haut, dans l'hélicoptère qui le transporte, Thomas Souheil contemple sa terre natale avec émotion. Il vient de passer cinq ans en métropole. Il est parti à vingt ans, jeune homme timide qui espérait devenir ingénieur. À vingt-cinq ans il fait son retour, diplôme en poche et l'espoir en vue. Cristina Mahé-Levens et sa fille Jasmine, une superbe métisse un peu plus jeune que lui, sont venues le chercher à l'aéroport de Saint-Denis, puis tous sont montés dans l'hélicoptère de Batibo, la société de travaux publics de la famille Mahé. Les nuages soulignent les reliefs, se déchirant parfois pour laisser apparaître la mer, lointaine et moutonnante.

Thomas se tourne vers Cristina :

– J'avais oublié que c'était si beau !

Elle sourit, sans gaieté. Dotée d'une grande beauté héritée de cette longue histoire de métissage qui est une des particularités de la Réunion, Cristina, réputée dans sa jeunesse pour être l'une des belles femmes de l'île, suscite, dans tout l'éclat de sa maturité, diverses rumeurs qui lui prêtent de nombreuses conquêtes. Veuve depuis peu – son mari Armand Levens a succombé à un cancer –, Cristina veille avec détermination sur l'avenir de sa famille... Pour l'instant, elle se contente de regarder le fiancé de sa fille, et l'entend murmurer :

– Je ne pouvais pas rêver mieux pour mon retour...

Jasmine échange un coup d'œil complice avec sa mère. Une ombre de défiance – ou un léger nuage ? – passe.

La famille Mahé a toujours été la bienfaitrice de Thomas : orphelin à dix-sept ans, l'adolescent a été recueilli comme un fils par les amis intimes de ses parents, qui lui ont donné un foyer et ont financé ses études. S'il est devenu ingénieur, c'est à eux qu'il le doit. Et, désormais, il n'a qu'une envie : se montrer digne de leur confiance et rembourser sa dette. L'éloignement a transformé son amitié d'enfance avec Jasmine : un amour est né. Au cours des visites que la jeune fille a effectuées en France, les deux adolescents ont eu l'occasion de se rendre compte de l'évolution de leurs sentiments. Belle évidence. Mais cet amour ne serait-il pas, aussi, le fruit du désir des autres ?

La famille voit d'un bon œil cette union future... Cristina, en particulier, est favorable à ce rapprochement qui officialise ses liens avec Thomas, qu'elle dit considérer comme le fils qu'elle n'a jamais eu. De plus, ce mariage aura une autre vertu : il attachera un nouvel ingénieur à la société Batibo, qui en a besoin pour conserver sa place de leader du marché. Le sourire de Cristina est donc sincère, généreux, mais aussi un peu calculé.

– Nous sommes tellement contentes de te savoir de nouveau parmi nous ! lance-t-elle, enthousiaste, à Thomas.

Jasmine enchaîne, sur le même ton :

– J'ai un cadeau pour toi...

*
* *

À La Roseraie, Alexandre Bertin, encore mal réveillé, se verse une tasse de café noir. Malgré sa blondeur, la beauté du jeune homme paraît aussi sombre que celle de Julia est radieuse. La maison s'anime peu à peu. Régine, la bonne créole, s'active. Depuis trente ans qu'elle est au service de la famille, elle a vu s'en aller un à un les autres domestiques. Elle est seule, désormais, au service d'Hortense, et ce n'est pas le montant de son salaire qui la retient chez les Bertin mais la force des liens tissés depuis si longtemps. Régine sait tout faire, et elle connaît tout de la famille : depuis trois décennies, aucun secret ne lui échappe. Grande qualité : elle a la bouche cousue. Sauf le soir, quand elle raconte à son mari, au dîner, les moindres faits et gestes de ses patrons : celui-ci écoute la saga de la famille Bertin puis va se coucher, relativement indifférent à cette vie qu'il ne connaît qu'à travers les mots de sa femme...

Régine ramasse la vaisselle, nettoie la table... et ne perd pas une miette du petit drame domestique qui se joue entre Alexandre et Julia : l'orage menace. Julia ne cesse de se réjouir à voix haute du retour de Thomas et du prochain mariage de celui-ci avec sa meilleure amie, Jasmine Mahé. L'amitié est d'autant plus forte entre les deux jeunes femmes que leurs familles sont ennemies : entre les Bertin et les Mahé, un lourd contentieux s'est accumulé autour de la canne à sucre. Il y a ceux que la canne a enrichis, et ceux qu'elle a appauvris, voire décimés. Les souvenirs sont tenaces. Maîtres et esclaves, la rancœur des uns, la revanche des autres...

Et aujourd'hui, ce sont les Mahé qui tiennent le haut du pavé. Leur fortune est récente, bien plus récente que celle des Bertin. Mais surtout, entre les deux maisons, il y a ce terrible jour de janvier 1960 où ont disparu Octave Bertin, le mari d'Hortense, et Alberto Mahé, le frère aîné de Cristina... Personne n'a jamais pu faire le rapprochement officiel entre ces deux drames, mais la simultanéité des disparitions et quelques éléments troublants les ont toujours mêlés dans l'esprit des deux clans, transformant une haine ancestrale en rage contemporaine.

Depuis cette époque, Hortense Bertin et Mattéo Mahé, les deux doyens, ne se sont plus jamais adressé la parole et ne communiquent que par avocats interposés. Dans un tel contexte, l'amitié de Jasmine et de Julia a grandi à contre-courant. Sans compter une brève histoire d'amour entre Alexandre et Jasmine, histoire mort-née : pour une fois les deux familles ont œuvré dans le même sens, celui de la séparation. Thomas, successeur d'Alexandre dans le cœur de la belle, et ex-meilleur ami de celui-ci, fait partie des victimes collatérales d'une affaire qui, au fond, le concerne peu.

Ainsi, quand Julia évoque le retour du jeune ingénieur et ses futures noces avec Jasmine, elle reçoit à la fois les moqueries acerbes de son frère et les commentaires méprisants de sa grand-mère. Ces deux-là sont complices, et si Hortense porte à ses deux petits-enfants le même amour, elle s'est toujours sentie plus proche d'Alexandre malgré les excès et le caractère parfois difficile de son petit-fils.

En ce qui concerne Thomas Souheil, la vieille dame a un jugement sans appel qui se résume en ces quelques mots : « Il sait naviguer, celui-là ! Non content de se faire entretenir par les Mahé depuis si longtemps, il épouse la fille... Un parcours sans fautes ! »

Julia n'insiste pas.

Comme Alexandre, Julia travaille dans le cabinet d'architecte de son père, Guillaume. C'est elle qui tient la comptabilité de l'entreprise, une tâche ardue dont l'essentiel consiste à maintenir un équilibre – précaire – entre avoir et devoir, crédits et débits, rentrées et dettes. Ce travail est d'autant plus nécessaire que son père s'est, au fil des mois et des années, retiré dans sa tour d'ivoire, coupant les ponts avec l'extérieur. La tendance naturelle de Guillaume a toujours été à la distance, mais celle-ci s'est accentuée depuis le départ de Geneviève, sa femme. Un jour, Geneviève a plié armes et bagages et est repartie pour la métropole, laissant derrière elle mari et enfants. Pendant un temps, Marie-Thérèse, la sœur aînée de Guillaume, a pris le relais auprès de Julia et Alexandre. Mais sujette à une neurasthénie tenace, elle passe son temps entre ses oiseaux et sa chambre, ne faisant que quelques rares apparitions aux repas. Seul son frère, avec lequel elle entretient une relation fusionnelle malgré la grande différence d'âge, parvient parfois à la faire sortir du domaine. Ils partent alors pour de longues promenades au bord de l'océan. Leur mère, Hortense, est exclue de ces moments rares.

Pour Marie-Thérèse, sa chambre c'est son refuge, son cocon, sa tanière. Toujours baignée dans une semi-pénombre, cette pièce a quelque chose de désuet et d'enfantin. Une chambre de jeune fille d'autrefois. Assise dans un fauteuil, cette demoiselle de soixante ans s'intègre parfaitement dans son décor, aux couleurs d'une mélancolie sans fin. Heureusement, désormais, une jeune femme veille sur elle : Sophie. De toutes celles qui l'ont servie jusqu'ici, Sophie Moussié est celle que Marie-Thérèse préfère. Elle est entrée à La Roseraie il y a six mois. Bienveillante, gaie, elle fait du bien à Marie-Thérèse : les crises de nerfs irrépressibles de celle-ci s'espacent. Tout le monde aime cette dame de compagnie juvénile et providentielle, sauf Régine, qui voit dans cette nouvelle venue une rivale : elle considère cette jolie métisse trop belle pour être totalement honnête. Mais elle n'en dit mot.

Or Régine se trompe rarement, et aujourd'hui, dans le secret de la chambre de Marie-Thérèse, quand celle-ci est assoupie, Sophie, le regard dur, fouille les tiroirs, cherche, fouine et finit par trouver la photo qu'elle cherchait, puis la subtilise. Ensuite, remontant le plaid qui a glissé des jambes de la sexagénaire, elle reprend son visage d'ange lorsque celle-ci se réveille :

– J'ai dormi longtemps ?

– Une heure... Vous vous sentez mieux ?

Marie-Thérèse acquiesce, reprend son roman, puis s'inquiète :

– Tu crois que c'est grave, ces palpitations ?

– Vous savez bien que non. Le médecin vous l'a dit, c'est juste de l'angoisse.

Dans un ballet parfaitement réglé, Sophie prépare les médicaments de sa patiente, compte les gouttes, indique les heures auxquelles il faut prendre telle pilule ou tel sirop. Marie-Thérèse, docile, sourit.

– Heureusement que tu es là. Tu me fais plus de bien que toute cette pharmacie !

Sophie se penche et l'embrasse. C'est l'heure du départ. Demain, c'est promis, elle reviendra. Avec les journaux ? Oui, avec les journaux. Avant de sortir de la pièce, Sophie jette un coup d'œil sur une petite boule de verre, souvenir d'Antibes, posée avec d'autres bibelots sur une commode. Elle la secoue, et la neige tombe sur Antibes...

Dans le couloir, Sophie efface à nouveau son sourire, saisit son portable et se met à écrire un texto : « C'est fait. » Dans l'escalier, un bruit de pas la fait sursauter. Elle range en hâte son téléphone et se retrouve face à face avec Guillaume Bertin.

– Comment va ma sœur ? s'enquiert ce quadragénaire de belle allure.

– La crise est passée... Mais elle est fatiguée. Je n'aime pas la voir comme ça, c'est si triste !

Guillaume a un sourire de sympathie, touché par la compassion de Sophie. Il se rapproche d'elle :

– On se voit ce soir ?

– Non, pas ce soir. Je ne peux pas.

Visiblement déçu, Guillaume tente de prendre la charmante métisse dans ses bras :

– Reste un peu...

Il l'embrasse. Elle se dérobe en riant. Elle n'en est que plus désirable...

– Arrête ! Pas ici !

Déjà il l'entraîne vers sa chambre, transgressant un interdit : il importe en effet que la grand-mère Hortense n'ait pas vent de cette liaison. Elle n'a jamais apprécié les amours ancillaires, surtout celles de son fils.

Quelques moments plus tard, Sophie redescend l'escalier. En passant devant Hortense, elle prend grand soin de jouer la comédie de la garde-malade parfaite. Et c'est presque à regret, dirait-on, qu'elle prend les billets que la grand-mère lui tend, comme si l'argent ne l'intéressait pas, ignorant le regard dur de Régine qui, de la cuisine, ne perd rien de ce qui se passe.

Comme tous les jours avant de quitter la maison, Sophie rejoint Julia dans le bureau d'architecture installé dans une dépendance de la propriété. « Cases Créoles » est une entreprise connue ; ses maisons sont de qualité. Quand Sophie lui fait signe par la fenêtre, Julia, à sa table, étudie un listing de chiffres. Elle sourit. Entre les deux filles, une complicité s'est nouée. Julia apprécie Sophie qui apporte dans la maison un vent de fraîcheur ; Sophie aime bien Julia, avec laquelle elle se sent en confiance. Elles ont instauré une sorte de code : Sophie frappe au carreau, et Julia sort. Alors elles font quelques pas dans le jardin... Julia parle souvent de son copain Christophe Fournier, qu'elle se garde bien d'amener à La Roseraie. Ce n'est pas une histoire sérieuse. Julia aime bien Christophe, ne tient pas à le perdre mais le garde à distance... En réserve ? Sophie et elle parlent aussi de Thomas.

– Ça fait cinq ans que je ne l'ai pas vu, Thomas, depuis qu'il est parti à Paris étudier à l'École des Mines.

– Ton amie va se marier avec un gars qu'elle n'a pas vu depuis cinq ans ? Elle est folle !

Julia rit :

– Idiote, je te parle de moi ! Jasmine, elle, est allée le voir souvent...

– Tu me rassures ! Bon, excuse-moi, je dois y aller : je n'ai pas fini ma journée.

Julia lui envoie un petit baiser du bout des doigts :

– À demain ! Amuse-toi bien !

Sophie s'installe au volant de sa voiture en lançant un regard dur vers la maison. Elle démarre brutalement et s'éloigne dans un nuage de poussière.

Julia reste songeuse. Elle est heureuse pour Jasmine. Son amie, qui a perdu son père il y a six mois, a besoin de combler son manque affectif.

Dans le bureau de Cases Créoles, Alexandre, assis devant son ordinateur, regarde sa grand-mère Hortense qui lui fait face. Celle-ci feuillette quelques papiers, puis se lance dans une longue lamentation :

– Les Mahé ont volé un marché qui aurait dû nous revenir. Ce ne sont décidément pas des gens de parole. Ils ont juré notre perte, ils ne respectent rien... Ils ont décidé de nous mettre à terre ! Et ça ne date pas d'hier, gémit la vieille dame.

Puis, avec un sursaut de sa fameuse énergie d'autrefois, elle ajoute :

– Mais je n'ai pas dit mon dernier mot !

Dans un autre coin de la pièce, Guillaume, penché sur un plan, lève la tête : cette tirade ne l'émeut guère, il a l'habitude... Avec douceur, il rappelle néanmoins à Hortense que le chantier qui prime, en ce moment, c'est celui de la rénovation de l'hôtel Fournier. Il est important de gagner l'appel d'offres. Sujet brûlant entre la mère et le fils, qui ne partagent pas la même conception des choses : Hortense, conservatrice, voudrait garder au cabinet sa vocation première ; Guillaume, en chef de famille, voit plus loin, il voudrait étendre l'activité de l'entreprise. La gardienne du temple refuse de voir la réalité : la faillite guette Cases Créoles si le virage du tourisme de luxe n'est pas pris. C'est la tendance : Guillaume soutient qu'il faut la suivre, Hortense plaide le contraire. Et les mots volent, vifs et contradictoires.

Alexandre et Julia, pour l'heure, ont d'autres préoccupations. Faut-il accepter l'invitation à la fête du retour de Thomas, qui doit aussi sceller ses fiançailles avec Jasmine ?

– Alex ! C'est l'occasion ou jamais de faire la paix avec Thomas... Vous étiez tellement amis avant... Allez, viens !

Alexandre boude. Peut-être a-t-il vraiment mal ? Peut-être a-t-il vraiment aimé Jasmine ?

– Je n'ai pas envie de le voir ! Les autres non plus, d'ailleurs. Je me passe fort bien d'eux.

Hortense entre dans le match et lance, incrédule :

– Julia, tu n'as pas l'intention d'aller chez ces rapaces ?

– On ne va pas recommencer ! J'en ai assez de vos histoires : Jasmine et moi, on n'a rien à voir avec tout votre micmac !

Son aïeule la coupe avec un rire entendu :

– Les chiens ne font pas des chats, ma petite ! Il n'y a qu'à voir comment ta Jasmine s'est comportée avec ton frère, comment elle l'a laissé tomber sans état d'âme ! Enfin, je l'avais prévenu, lui aussi...

Julia a bien envie de lui répondre que ce sont surtout les états d'âme des familles qui ont provoqué cette rupture, mais à quoi bon ? Elle préfère s'enfuir sur une dernière remarque, plus douce, à Alexandre :

– Tu ne peux pas leur en vouloir. On ne peut pas en vouloir aux gens de s'aimer...

– 2 –

– C'est ça, mon cadeau !

Jasmine éclate de plaisir. Elle montre, d'un geste large, la fête qui se prépare pour célébrer leurs fiançailles. Sa mère Cristina, derrière elle, sourit. Thomas, lui, est abasourdi par toute cette agitation, mais comme c'est « son cadeau », il manifeste un vif plaisir. S'il est aussi surpris par toute cette activité, c'est que ses cinq années passées en métropole ont été plutôt spartiates. Alors cette précipitation, ces fiançailles à peine arrivé ! Peut-être aurait-il préféré un retour plus calme dans une maison qu'il considère comme sienne depuis le jour où Armand Levens, l'ami de son père, l'y a accueilli. Son regard balaie le jardin et la large bâtisse des Mahé.

La maison Mahé est aussi moderne que la maison Bertin est ancienne. Pour tous, le contraste est évident, et symbolique : certains disent que les Bertin ont la légitimité, l'Histoire pour eux. D'autres soutiennent que les Mahé sont l'avenir, qu'ils enterrent le passé. Chez les Mahé, tout est agencé avec goût, dans un style contemporain, loin de tout ce qui pourrait évoquer un décor néocolonial. Pour la circonstance, le jardin est le théâtre d'un ballet de domestiques, les buffets regorgent de fruits et de fleurs, les verres s'alignent, les plats se succèdent. Vraiment, ce sera une belle fête de fiançailles.

Thomas regarde Jasmine avec tendresse. Il passe un bras autour de ses épaules et la serre contre lui. Dans un coin, devant une piste de danse improvisée, un homme fait des essais de sono, un casque sur les oreilles. Thomas le reconnaît, sans trop y croire : Richard ! L'ami Richard ! De dix ans son aîné, c'est lui qui l'a initié très jeune à la musique et à la vie nocturne. À l'époque, Richard était une véritable star sur l'île, le DJ charismatique du Maloya... jusqu'au jour où une sale affaire a explosé : il a été accusé d'avoir abusé d'une mineure dans la discothèque. Tout le monde l'a laissé tomber, sauf Thomas qui a même insisté auprès de son père adoptif, Armand, pour que celui-ci l'engage dans son entreprise, Batibo. La vraie surprise, le vrai « cadeau » pour Thomas, c'est de retrouver cet ami-là derrière les platines ! Les deux hommes se donnent l'accolade. En quelques mots, Richard s'explique : la musique, c'est fini, sauf en amateur du dimanche. Il est devenu chef de chantier chez Batibo, et exerce sa nouvelle profession sous la houlette affectueuse de Cristina. Y a-t-il quelque chose entre eux ? Thomas, en surprenant le regard de Richard sur la belle quinquagénaire, lance avec une légère ironie :

– Tu n'as pas changé.

Une voix confirme :

– En effet !

Mattéo Mahé, le père de Cristina, imposant, vient de s'immiscer dans la conversation. Il enchaîne :

– Notre ingénieur est arrivé et ma fille ne me dit rien !

Thomas, intimidé, se tourne vers le chef de la famille Mahé.

– As-tu fait bon voyage ? demande ce dernier.

– Très bon. Merci, monsieur Mahé.

« Monsieur Mahé » pose une main paternelle sur l'épaule de Thomas :

– J'espère que ce séjour en France t'a donné le goût des voyages. J'ai des projets pour toi, mon grand. On verra après le mariage...

Cristina s'avance, prend Thomas par le bras :

– Viens, Thomas. Tu dois avoir envie de te reposer un peu.

Mattéo ne semble pas apprécier cette interruption. Cet octogénaire vigoureux n'a pas l'habitude d'être contredit : il a l'autorité pour lui. Il regarde Cristina et, mi-figue, mi-raisin, constate :

– À présent, ce sont les femmes qui donnent les ordres ? Même ici ?

Jasmine fait diversion. Elle passe son bras sous celui de son grand-père, embrasse Thomas avec légèreté, et entraîne Mattéo vers le buffet. Elle est à l'aise dans son rôle de future maîtresse de maison. L'ambition de sa mère a toujours été de la tenir loin du monde des affaires, d'en faire une épouse modèle : à première vue, mission accomplie. Tandis que sa petite-fille fait ses recommandations aux uns et aux autres, Mattéo regarde Thomas et Cristina s'éloigner, une ombre dans les yeux.

Cristina installe son futur gendre dans une petite pièce qui sert de bureau et aussi de chambre d'amis. Il faut sauver les apparences au moins jusqu'aux fiançailles, après les tourtereaux feront ce qu'ils voudront. Les valises sont posées par terre, le lit est déjà prêt... Thomas, mal à l'aise, reconnaît le fauteuil d'Armand : c'est ici que le mari de Cristina travaillait, il y a encore quelques mois. Tandis que cette dernière indique aux domestiques où poser les bagages, Thomas s'approche de la photo d'Armand. Les souvenirs affluent... C'est grâce à cet homme qu'il a pu faire une grande école, grâce à lui qu'il a pu garder la maison de ses parents. Armand l'a toujours considéré comme un fils. Quand il a su que son combat contre la maladie était perdu, c'est Thomas qu'il a appelé en premier, lui interdisant de venir à cause de ses études et aussi pour que son jeune protégé garde de lui la vision d'un homme en pleine possession de ses moyens... Le reste : la souffrance, la déchéance, c'est Jasmine qui le lui a raconté. Thomas a fait une promesse à Armand : il s'occupera toujours des deux femmes...

Voyant son émotion, sa future belle-mère s'approche de lui.

– Armand aurait tellement aimé être là pour t'accueillir... Il se réjouissait tant de ton mariage avec Jasmine...

La gorge nouée, Thomas, bouleversé, au bord des larmes, murmure simplement :

– J'aurais tant voulu l'accompagner jusqu'au bout...

– Je sais... Lui aussi le savait. Mais tu l'as accompagné jusqu'au bout ! En décrochant brillamment ton diplôme, tu lui as permis de partir en paix. Avec toi, il avait la certitude que son entreprise serait entre de bonnes mains.

Brusquement, Thomas a envie d'être seul. Et ce besoin de solitude, il comprend, à cet instant précis, dans ce bureau obscur, qu'il ne pourra jamais plus l'assouvir. Le luxe de la solitude lui sera refusé. Bientôt il aura une épouse, des responsabilités, le tout sous la double houlette de Cristina et Mattéo, dont il se sent naturellement l'obligé. Après tout, ils sont sa seule famille, et il les aime tous beaucoup. Pourquoi, soudain, cette impression de manquer d'air ?

*
* *

Sur la route de Cilaos, Sophie roule avec précaution : la chaussée est luisante. Au bout d'un moment, elle entre dans une petite chapelle de fortune, un modeste oratoire dédié à saint Expédit, le saint des voyageurs, des amoureux, des espérants. Une femme d'un certain âge est en train d'arranger l'autel, aidée par une fillette d'une douzaine d'années. En apercevant Sophie, la vieille dame se fige, la petite fille s'écarte. Dans un souffle, la servante du lieu rassure la petite.

– N'aie pas peur, Sunsia. C'est Sophie.

Celle-ci s'avance, un peu mal à l'aise, dépose un bouquet de fleurs devant l'oratoire, avec un autre objet en verre, et timidement, presque avec crainte, murmure :

– Bonjour, Joséphine...

Joséphine ne répond pas, invitant simplement Sophie, d'un geste sec, à la suivre.

Après être sorties de l'oratoire, les deux femmes pénètrent dans la maison accolée à la chapelle. Pauvre maison, en vérité : une case créole simple, constituée de planches et de joncs. Dans la pièce principale, on aperçoit des herbes qui sèchent, des bocaux étranges remplis d'éléments visqueux, des miroirs de toutes formes, de toutes dimensions. Certains sont brisés. Sunsia, la petite fille, entre à son tour dans la case. Visiblement, elle est familière du lieu. Dans sa main, une boule de verre : un œil exercé pourrait y lire « Souvenir d'Antibes »... Le silence s'installe.

Puis Joséphine prend la parole :

– J'ai fait un rêve. Un mauvais rêve. Tu dois te méfier...

Sophie accuse le coup.

– Me méfier de qui ?

– De toi.

La garde-malade de Marie-Thérèse Bertin semble un peu effrayée, puis se ressaisit :

– De toute façon c'est trop tard. Je pars ce soir. Je vais rejoindre mon amoureux. Avec lui, je ne crains rien. Et puis... Tu me protèges.

Joséphine hoche tristement la tête :

– Je sais guérir, Sophie. Pas protéger. Renonce, il est encore temps !

Le regard de Sophie se fait plus dur :

– Ils sont trop riches. Ils sont pires que les autres. Ils ont oublié que leurs pères travaillaient la canne avec les nôtres.

– Renonce. Renonce, je t'en conjure !

Les deux femmes se regardent un instant en silence. Sophie hésite une seconde, mais sa décision est prise, visiblement. Elle se penche, et embrasse Joséphine :

– À bientôt, petite mère.

Un geste de la main, un au revoir, et elle est partie. La nuit tombe. Joséphine, dans l'obscurité, laisse perler une larme. Sunsia s'approche :

– Pourquoi tu pleures ?

– Elle avait ton âge quand on me l'a confiée. Jure-moi de ne jamais suivre sa route.

La petite fait oui de la tête et regarde, dans le creux de sa main, la neige qui tombe sur Antibes. C'est beau, la neige, tous ces flocons blancs...

*
* *

Hortense, exaspérée par les cris des oiseaux, fait couvrir les cages. La nuit tombe, il est temps que toute cette petite population ailée s'endorme. Sous l'œil de Marie-Thérèse, la doyenne des Bertin s'active. Plus loin, Régine, la bonne, met la table et entend Hortense rabrouer sa fille.

– Tes oiseaux vont me rendre folle ! Si ça ne tenait qu'à moi...

– C'est ma seule fantaisie... Vous savez bien, maman...

– Et un souci supplémentaire pour moi. Comme si j'en manquais !

Juste au moment où la conversation va prendre un tour aigre, Alexandre entre, accompagné de son père. D'un air plutôt satisfait, Guillaume annonce :

– Je viens d'avoir Fournier. On a rendez-vous. Ça se présente plutôt bien.

Immédiatement, Hortense a un réflexe du prudence :

– Ne vends pas la peau de l'ours avant qu'il ne soit à terre ! Va savoir quel coup tordu les autres nous préparent !

Puis, radoucie, elle se tourne vers Alexandre :

– Tu dînes avec nous, mon chéri ?

– Pas ce soir, grand-mère...

Guillaume et Hortense échangent un coup d'œil inquiet.

– J'espère que tu ne vas pas rejoindre ta sœur à la fête des Mahé ? demande sa grand-mère. Ni jouer aux cartes ?

Alexandre lève les yeux au ciel et quitte la pièce, exaspéré. Son père s'en prend aussitôt à Hortense :

– Si vous vouliez qu'il replonge, vous ne vous y prendriez pas autrement. Il a arrêté, faites-lui un peu confiance !

Vu la moue que fait Hortense, il est clair que celle-ci conserve quelques doutes quant au renoncement de son petit-fils à la passion du jeu. Elle s'apprête à le dire quand la sonnerie du téléphone retentit. Guillaume se précipite. Allô, allô, allô ? Personne au bout du fil. « C'est la deuxième fois aujourd'hui... » remarque-t-il.

*
* *

La robe de mariée est superbe. Simple, mais élégante. Bardée d'épingles, l'ourlet encore défait, elle a pourtant déjà belle allure. Jasmine tourne sur elle-même, puis s'arrête :

– Alors ?

Julia, assise sur le lit, approuve. Elle désigne l'appareil photo, posé sur la table de nuit.

– Je peux ?

– Non, attends !

Jasmine s'observe encore dans le miroir. Elle a des doutes :

– Tu crois qu'il va aimer ?

– Tu es à tomber ! La plus belle mariée de l'année ! Il a intérêt à assurer, ton Thomas !

En guise de remerciement, Jasmine pose un baiser sur la joue de Julia. Elle enchaîne :

– Tu sais ce qui serait génial ? Que tu prennes aussi des photos de la fête de ce soir !

– Si tu veux, on verra...

– Comme ça, on pourra faire un album : « Mariage, répétition générale ».

Tout en parlant, Jasmine commence à dégrafer sa robe, qui tombe en plis élégants. Julia, avec son appareil, vise le miroir et déclare dans un rire :

– Si je suis photographe officiel, c'est pas le même tarif !

Alors qu'elle fait le point, soudain la porte s'ouvre et Thomas apparaît.

– Non ! s'écrie Jasmine.

La superstition populaire exige que le marié ne voie pas sa future dans ses atours nuptiaux avant le jour du mariage. Est-ce un mauvais présage ? Jasmine s'enfuit dans la salle de bains. Julia repose son appareil. Dans le miroir, son regard croise celui de Thomas. Un curieux trouble s'installe, vite dissipé par la voix joyeuse de Jasmine qui s'écrie, depuis la salle de bains :

– Tu as reconnu Julia ?

*
* *

Dans une aile de la grande demeure, Cristina attend. Elle sait que ce mariage va changer l'équilibre de la maisonnée, que Thomas va devenir l'héritier de Mattéo Mahé. Une page se tourne. Rêveuse, elle relève ses cheveux : sa beauté éclate, mais son regard reste voilé. Une inquiétude se lit sur son front ; les fiançailles de sa fille devraient pourtant être l'occasion de se réjouir... Alors d'où vient cette préoccupation ? Tandis qu'elle observe par la fenêtre les domestiques en train de finir de dresser les buffets, on frappe à sa porte.

– Entrez.

C'est Sophie Moussié. La belle métisse qui soigne avec une attention suspecte Marie-Thérèse Bertin avance, le regard noir. Entre ces deux femmes, visiblement, c'est la guerre. Par la porte restée ouverte, on entend le brouhaha des préparatifs. Pendant une minute, personne ne dit mot. Puis, brisant le silence, Sophie assène :

– Si vous voulez, je peux raconter tout ça à votre père. Je suis sûre que ça l'intéressera.

Sans doute s'agit-il d'un secret lourd, qui pèse sur les épaules de Cristina, laquelle se retient de gifler l'intruse. Mais la jeune métisse relève le menton :

– Cent mille euros, la moitié en liquide. Ce soir. À 22 heures.

Dans la quiétude de cette chambre, personne n'a entendu arriver le vieux Mattéo. Celui-ci, appuyé contre le chambranle, écoute la conversation.

– Et après ? reprend Cristina.

– Après, vous n'entendrez plus jamais parler de moi.

Cristina baisse la tête. Elle ne dit rien. Elle consent. Sophie conclut :

– 22 heures. J'aime les gens précis.

Et elle sort par la porte de devant, qui donne dans le jardin. Dès qu'elle a disparu, Mattéo entre dans la pièce. Fermement, la voix grave, il ordonne :

– Tu ne donneras rien à cette fille. C'est moi que ça regarde maintenant.

– Mais, papa... Tu ne sais même pas de quoi il s'agit !

Mattéo secoue ses cheveux blancs, et, sans rien dire, tourne les talons.

– Papa !

Seuls les essais de sono, conduits par Richard, lui répondent, ainsi que le brouhaha des domestiques affairés dans la vaste demeure. Cristina s'élance à la poursuite de son père.

*
* *

En fin d'après-midi, une effervescence extraordinaire règne dans la maison Mahé. Chacun s'affaire, installe, décore. Le vent s'est un peu apaisé et la pluie, par chance, a cessé. Ce sera une belle fête, pense Alexandre...

Encore sur sa moto, le frère de Julia se demande quelle attitude adopter en la circonstance : d'un côté, sa famille est l'ennemie de la famille Mahé ; de l'autre, il a toujours aimé cette demeure. Au fond, se dit-il, on peut être adversaires professionnels sans être ennemis pour autant... Tandis qu'il cale sa moto contre le mur de la maison et se laisse aller à sa méditation, il aperçoit, à sa grande surprise, Sophie Moussié qui s'éclipse. Que fait ici l'employée des Bertin ? Et si... Alexandre n'a pas le temps de pousser plus loin ses spéculations. Voici Mattéo, le vieux Mattéo, qui file aussi, sans le voir. Que se passe-t-il donc ? Pourquoi ces deux-là se pressent-ils tant, et où vont-ils ?

Brusquement, on le prend par l'épaule. Cristina, l'air outré, lui demande avec hargne :

– Qu'est-ce que tu viens faire ici, toi ?

– Je voulais voir Thomas.

Cristina le toise avec un mauvais sourire :

– Et moi, je ne te veux pas chez moi. Jasmine non plus, d'ailleurs. Surtout pas aujourd'hui...

– Je veux juste le voir, et non gâcher leurs retrouvailles.

– Tout le monde a fait un trait sur toi, ici. Alors n'insiste pas.

Mais Alexandre ne l'écoute plus. Il vient d'apercevoir son ancien ami, qui semble surpris de le voir. Les deux garçons se regardent un instant, puis sourient. On a beau se fâcher « à mort », l'amitié parfois laisse des traces... Comme si de rien n'était, chacun ouvre les bras.

– Tu m'as manqué !

– Toi aussi ! Bandit !

Les épithètes fusent, les noms d'oiseaux aussi : « Pirate ! », « Vaurien ! », « Voyou ! »... Mais l'affection est intacte. Cristina, à l'écart, paraît déconcertée. Et vaguement fâchée.

Derrière elle, Jasmine et Julia arrivent en bavardant. La joie se lit sur leurs visages. En apercevant les deux garçons, elles s'arrêtent net. Les yeux de Jasmine étincellent de gaieté. Ceux de Julia, brusquement, se voilent.

– Je ne croyais pas que c'était possible ! s'exclame Jasmine, visiblement heureuse de cette réconciliation.

– Moi non plus, bafouille Thomas.

– C'est mieux comme ça, non ? Qu'en dis-tu, Julia ?

– Non.

Un « non » tranchant, venant d'on ne sait quel recoin de l'âme.

– Mais, Julia, qu'est-ce qui te prend? s'étonne Jasmine.

Julia secoue la tête, et revient à la réalité :

– Excuse-moi, Jasmine... Tu as raison... C'est très bien.

Jasmine regarde son amie, encore surprise. Les deux garçons, qui n'ont même pas fait attention au « non » de Julia, reprennent leurs confidences.

– Je t'en ai voulu à mort... Parce que tu me l'avais piquée...

– Je ne t'ai jamais rien piqué, Alexandre, c'est toi qui l'as rêvée, cette histoire! C'était impossible, souviens-toi...

– Pas faux. Pour moi, sortir avec Jasmine, c'était Hiroshima tous les jours. Chez moi, chez elle : tout le monde était contre nous. Toi, au moins, tu avais la bénédiction de la famille!

Thomas se tait un instant, presque gêné, et reprend comme s'il s'excusait :

– Les Mahé et Armand étaient amis avec mes parents. Quand ceux-ci sont morts, ils se sont occupés de tout. Après l'accident, tu sais, j'étais complètement perdu... Mes études, c'est pareil : Armand m'a aidé. Remarque, je ne t'apprends rien...

Alexandre semble ne plus l'écouter, le regard ailleurs. Thomas aperçoit soudain sa fiancée, et Julia. Alors qu'il s'apprête à rejoindre les filles, son ami lui glisse une dernière question :

– Tu l'aimes, au moins, Jasmine?

– Pour qui tu me prends? Bien sûr que je l'aime!

– Et Julia, comment tu la trouves?

Thomas reste un instant sans voix, puis laisse tomber, énigmatique :

– Changée.

Finalement, les deux garçons se connaissent par cœur : Alexandre a déjà compris ce que Thomas semble encore ignorer.

Julia, l'appareil photo à la main, rejoint son frère, qui s'apprête à partir :

– Pourquoi ne m'as-tu pas attendue ?

– Je ne voulais pas te presser. Tu avais l'air tellement bien avec eux...

– Je suis contente que tu sois venu, que tu te sois expliqué avec Thomas.

– Oui... Seulement j'ai l'impression qu'on n'a pas encore tout réglé. Mais je me trompe peut-être...

Il observe Julia, qui ne cille pas, puis se dirige vers sa moto. Et puis non, il revient vers sa sœur.

Ensemble, ils iront à la fête...

Dans l'obscurité, personne ne voit Mattéo regagner la demeure. Le vieil homme a son visage des jours difficiles. Le mariage de sa petite-fille devrait le remplir de joie. Pourtant, est visiblement contrarié. Il pénètre dans son bureau, décroche son téléphone, entend la tonalité, puis un « allô », puis deux... Il raccroche. Décidément, il n'y arrive pas.

*
* *

Sophie Moussié, chez elle, jette quelques vêtements dans un sac de voyage. Elle semble pressée. Rapidement, elle fait le tour de sa chambre : il ne lui manque rien d'important. Tous les autres objets – la télé, un pot en terre cuite, un bouquet de plumes – peuvent bien rester ici. Elle n'en a cure. Une nouvelle vie l'attend. Elle referme le sac d'un geste nerveux, en prend un second, vide, et sort. Tandis qu'elle se dirige vers sa petite voiture, un homme s'approche. Guillaume Bertin, son amant. Voilà qui dérange ses plans.

– Qu'est-ce que tu veux ? Je t'avais dit que je n'étais pas libre ce soir ! fait-elle remarquer, agressive.

Un peu surpris par la froideur de l'accueil, Guillaume tente d'apaiser la belle métisse :

– J'avais envie de te voir... Tu n'as pas eu mes messages ?

Mais Sophie n'a pas le temps. Elle ouvre le coffre de sa voiture, jette les deux sacs et, cassante, lâche :

– J'ai une garde cette nuit. Je suis en retard. Tu tombes mal.

– Je suis désolé. Tu m'appelles quand c'est fini ?

Sophie monte dans sa voiture, claque la portière. Par la fenêtre, elle opine :

– D'accord. Allez... On m'attend.

Il tente de l'embrasser, mais la voiture a déjà démarré. Guillaume reste sur le trottoir, sous le regard narquois d'un passant qui, en promenant son chien, a assisté à cette scène tragi-comique. Éternels chassés-croisés de l'amour : l'un aime, l'autre en aime un ou une autre, et ainsi de suite...

– 3 –

Jasmine jette quelques pétales de roses dans une coupelle. Une vapeur s'élève, devant le petit autel consacré aux divinités hindoues. Thomas, près d'elle, la regarde faire. Ils entendent les échos de la fête, au loin. Ici, au fond du parc de la propriété Mahé, ils sont dans un autre monde. Ce petit recoin, c'est l'antre magique de Jasmine, son jardin secret. La jeune fille se tourne vers son fiancé :

– Shiva a toujours exaucé tous mes vœux. Fais-en un, toi aussi !

Gentiment, Thomas ironise :

– Tu y crois vraiment ?

– S'il te plaît !

Il soupire, ferme les paupières. L'odeur d'encens lui monte à la tête. Toutes ces émotions... Combien de temps reste-t-il ainsi ? Il ne saurait le dire... Mais quand il rouvre les yeux, Julia est devant lui, un appareil photo à la main. Alexandre l'accompagne. D'autres invités, déjà, se dirigent vers eux. L'un de leurs amis, Christophe Fournier, un journaliste bon vivant, saisit la main de Julia et, en riant, l'entraîne vers le buffet où l'on sert le champagne. Thomas se crispe... Jasmine, elle, termine son arrangement floral devant Shiva. Ravie, elle constate :

– Voilà. Comme ça, il ne peut rien nous arriver de mauvais.

Son fiancé acquiesce avec une tendresse résignée. Brusquement, la fatigue du voyage lui pèse. Il prend Jasmine par les épaules et, ensemble, ils se dirigent vers le cœur de la fête. Au milieu d'un groupe d'invités, Cristina rayonne. Vêtue d'un magnifique sari, elle navigue avec aisance, souriante, aérienne, magnifique. Elle a un mot pour chacun, une remarque gentille pour les femmes, un sourire charmant pour les hommes. La musique semble la porter avec grâce. Mattéo s'approche d'elle.

– Bravo, ma fille. La fête est réussie...

Il lui caresse la joue distraitement, en ne quittant pas du regard Julia Bertin, qui se tient près du buffet avec son cavalier du moment, Christophe. Tandis que Julia observe ses amis Thomas et Jasmine enlacés, Christophe, en verve, lui tend une coupe de champagne :

– À toi... À nous !

La jeune fille, rêveuse, ne répond pas. Où est-elle ? Dans ses yeux, on peut lire une absence, masquée par un sourire de circonstance. La musique, subitement, s'arrête. Jasmine et Thomas, les héros de la fête, se retrouvent alors au centre de toutes les attentions ; un cercle se forme. Devant l'assemblée, devant Cristina, Thomas, sensible à la solennité du moment, fait un signe à Julia. Celle-ci, son appareil photo à la main, se glisse entre les invités, prête à immortaliser l'instant. Comme un magicien, Thomas ouvre la main : une pochette en satin apparaît dans sa paume. Jasmine ouvre la petite bourse, déplie un papier de soie et, alors que le silence se mue en murmures d'appréciation, découvre une superbe bague en diamants. Touchée, émue, elle regarde Thomas avec les yeux de l'amour. Doucement, celui-ci lui passe la bague de fiançailles au doigt : le rituel ancestral est accompli. Oui, Jasmine est amoureuse : deux larmes d'émotion perlent à ses paupières. Le baiser qu'échangent les deux fiancés est à la fois chaste et passionné, marqué par un silence à peine troublé par le cri des oiseaux, au loin. Même le vent a fait une pause, comme si le ciel participait à la cérémonie...

Un bouchon de champagne rompt le charme : la fête, endiablée, reprend. Le rythme soutenu de la musique maloya submerge tout; les verres s'entrechoquent, les invités applaudissent, les matrones sourient comme si elles avaient elles-mêmes favorisé cette union. Chacun se sent saisi par la gaieté du moment. Julia, elle, cadre ses images. Celles-ci, parfois, se brouillent. Il suffit alors de faire le point... ou d'essuyer ses yeux. Tandis que le contenu d'un magnum de champagne est versé sur une pyramide de verres, l'orchestre attaque une valse. Musique désuète, musique romantique, musique de toujours... Thomas prend Jasmine par la taille et, d'un geste élégant, l'entraîne dans le tourbillon de Chopin. Peu à peu, d'autres couples se joignent à eux : la piste de danse se remplit, les cravates se desserrent, les gestes deviennent amples.

– Ça, c'est de l'amour, non?

Alexandre vient de se glisser près de sa sœur. Décèle-t-elle quelque chose d'ironique dans son ton? Toujours est-il que Julia fait volte-face, prête à lui répliquer. Mais

Alexandre, déjà, s'est fondu dans la foule des danseurs. Plus loin, assis sur une chaise de rotin peint, Mattéo observe... Le vieux lion est aux aguets : ce mariage peut aussi bien sceller un avenir de bonheur qu'une continuité de drames. S'il ne tenait qu'à lui – et il a du pouvoir ! – il s'assurerait que sa petite-fille ait une vie magnifique. S'il ne tenait qu'à lui... Une jeune dame, à ses côtés, pose sa main sur le dossier de la chaise.

– Nathalie, laisse-moi, veux-tu ?

Le vieux, voyant Cristina s'approcher, a aussitôt congédié l'autre femme. Avec ce sari superbe, se dit-il, ma fille est royale. Mais il sent qu'elle dissimule quelque sombre pensée. Et il sait trop bien de quoi il s'agit.

– Dis-moi au moins si cette fille va venir, s'inquiète-t-elle.

– N'y pense plus, Cristina. Je t'ai dit que je m'en occupais.

– Est-ce aussi simple ?

– Tout est simple pour ceux qui ont les solutions, ma fille.

Comme toujours, chez Mattéo, les phrases sont à double sens. Comprenne qui pourra...

*
* *

La maison Bertin est noyée dans la nuit et le silence. La lourde obscurité des tropiques engloutit tout. Un vent humide balaie paresseusement les magnolias du jardin. Au loin, c'est à peine si l'on entend le ballet des insectes nocturnes... Hortense, son âge pesant sur ses épaules, est assise dans la varangue. C'est l'endroit qu'elle préfère : à la fois dehors et dedans, elle peut surveiller la maisonnée et, aussi, s'échapper par le regard. Non loin d'elle, les oiseaux, sous les draps, dorment dans leurs cages aux allures de fantômes... Sur une petite table, Hortense a étalé des cartes : croit-elle vraiment qu'elle peut forcer la chance en faisant des réussites ? Dans l'ombre, elle ressemble à la gardienne des ténèbres. Peut-être l'est-elle, se dit Guillaume en s'approchant. Pour ne pas la surprendre, il murmure :

– Bonsoir, maman.

D'un geste, la mère lui indique une chaise. Dans ce geste, il n'y a ni agressivité ni douceur, simplement une invite. Elle penche la tête. Guillaume attend que sa mère ait pris la parole. Il y a des bonnes manières, acquises avec l'enfance, qui ne se perdent pas.

– Tu reviens de chez Sophie ?

Guillaume, d'un bond, se redresse. Sa mère est donc au courant de cette liaison ? Les amours ancillaires ont beau être une tradition dans l'île, elles sont supposées rester discrètes. Comment sa mère a-t-elle pu savoir ? Par quel miracle ? Le temps de se poser ces questions, et Guillaume, le visage fermé, se replie sur une position de défense :

– Je n'ai plus l'âge de vous rendre des comptes, maman, me semble-t-il.

– À moi, certainement.

La vieille dame laisse planer un silence.

– ... Mais à tes enfants ?

– Ils n'ont plus dix ans, et moi non plus.

Hortense a passé le cap des reproches. Elle voit plus loin. Elle parle d'expérience.

– Par pitié, Guillaume, ne te trompe pas. Pas cette fois. Je croyais que tu avais compris, avec leur mère...

– Compris quoi ? Qu'aucune femme n'est assez bien pour votre fils ?

– On n'est heureux qu'avec les gens du même monde. Ne l'oublie pas.

Peut-être Hortense Bertin a-t-elle raison. Mais cette sagesse qui lui vient de sa classe est-elle encore valable ? Il faut dire que dans les sociétés issues du colonialisme, les castes demeurent puissantes, et d'autres lignes de force les traversent. Selon sa couleur, selon son degré de métissage, selon sa place sociale, selon son éducation, tout change. On naît, on se marie, on meurt en tentant de s'en dégager, vers le haut. Mais le plus souvent, on naît, on se marie et on meurt dans sa classe. Guillaume connaît les règles. Il se lève :

– Je n'oublie rien. Surtout pas que ma femme est partie parce qu'elle étouffait ici. Pour Sophie, dormez tranquille. Elle ne demande rien. Rien, entendez-vous ? Même si, parfois, je le regrette.

– Bonne nuit, Guillaume. Nous avons assez parlé ce soir.

Guillaume s'éloigne, pensif et agacé : malgré son âge, sa mère régente encore sa vie comme s'il était un petit garçon. Au bout de la varangue, il soulève un drap d'un geste machinal : dessous, deux inséparables, apercevant la lumière, se mettent à piailler. Dans un coin, Marie-Thérèse, qui somnole dans un rocking-chair, ouvre les yeux. Elle aperçoit son frère, le front fripé. Elle sait pertinemment ce que ces rides veulent dire...

– Vous vous êtes encore chamaillés ?

– Elle devient insupportable.

– C'est la vie qui est devenue impossible, Guillaume. Pas elle.

Parole de folie, parole de sagesse. Le désarroi qui se peint sur le visage de sa sœur laisse Guillaume désemparé. Elle est fragile, se dit-il. Son équilibre psychique est précaire ; son état peut basculer d'un instant à l'autre. Alors il tente de la calmer :

– Ce n'est rien, Marie-Thé. Tu sais bien que tout finit toujours par s'arranger.

Un sourire ambigu éclaire le visage de sa sœur : elle paraît moins anxieuse, mais quand même... Se dressant sur la pointe des pieds, Marie-Thérèse embrasse Guillaume.

– Demain, emmène-moi voir l'océan. Il y a longtemps qu'on ne s'est pas promenés ensemble.

– On ira, Marie-Thé, on ira.

Drapant sa légère robe de chambre autour de son corps fluet, Marie-Thérèse remonte dans sa chambre. Dans l'obscurité bienveillante, Guillaume reste là, à fixer les ténèbres. Quand donc cette vie lourde s'achèvera-t-elle ? Quand toutes ces responsabilités dont on l'accable seront-elles enfin soulevées ? Quand sera-t-il libre ? Son regard sonde le silence...

*
* *

La fête se poursuit. Les échos de l'orchestre jaillissent entre les palmiers. Des oiseaux de nuit veillent dans les branches. Une chaleur moite s'abat sur le domaine.

Sophie Moussié, dans sa voiture, fenêtres ouvertes, capte les vibrations de cette soirée, qu'elle aperçoit de loin. Les Mahé ont visiblement fait les choses comme il faut : en grand. C'est toujours pareil, avec les riches : ils jettent leur argent au visage des pauvres. C'est injuste. Et elle le leur montrera. On verra qui elle est.

Entre les buissons, elle distingue vaguement la silhouette de Mattéo, assis sur son siège en rotin comme sur un trône papal. Celui-ci jette un coup d'œil à sa montre tandis que Thomas et Jasmine dansent, dansent et dansent encore. Les fiancés sont heureux, ils s'étourdissent, ils volent sur les ailes de l'avenir. D'autres couples les frôlent : il y a, pêle-mêle, Julia, Christophe, Cristina... Les mélodies se succèdent, modernes ou anciennes, les danseurs se touchent parfois, échangent leurs partenaires. Heureuse insouciance : voici l'écume des jours, se dit Mattéo. Il sait, lui, que derrière la façade du bonheur le malheur guette toujours, tapi. La comédie de la vie se déroule devant lui. Déjà, les couples se défont. Jasmine a laissé Thomas : elle doit faire acte de présence auprès des invités. Un instant désemparé, le fiancé tourne sur lui-même et se voit entraîné par Julia. C'est donc la dernière soirée avant la vie sérieuse, avant de s'engager dans la voie étroite de l'âge adulte et du mariage? Thomas serre Julia contre lui. Ils dansent un merengue, en rythme, en harmonie. Comme s'ils étaient soudés. Magie du moment... Personne n'y prête attention. Julia, les paupières closes, tourbillonne. Près d'elle, un seul la considère avec attention, les yeux rivés sur elle, sur eux : Christophe, qui danse avec une cavalière indifférente. Il observe? Non. Il possède avec les yeux, il emprisonne jalousement cette femme que Thomas étreint.

Jasmine, elle, vogue de groupe en groupe. Félicitations et vœux de bonheur s'enchaînent. Elle dérive ainsi, embrasse des gens qu'elle connaît à peine, serre des mains dont elle ne sait plus à qui elles appartiennent, et doucement se rapproche du bar où, un verre à la main, Alexandre contemple le spectacle, un sourire ironique sur les lèvres. A-t-il seulement vu Jasmine, près de lui ? Il est plongé dans une sorte de méditation, presque une transe. Ses yeux se fichent dans le dos du fiancé. Il murmure :

– Je ne supporte pas ce con !

L'alcool lui a-t-il délié la langue ? Jasmine blêmit. C'est comme un gifle : cette remarque absurde, lancée au plus beau moment, vraiment... Elle se reprend, tente d'apaiser les choses.

– Alexandre, je suis si heureuse que tu sois là. Ne gâche pas tout...

Le rhum lui est monté à la tête, a activé sa colère intime. Alexandre, le garçon des paris hasardeux, le gamin au caractère chaud, émerge de sa gangue de politesse. L'alcool lui enlève toute inhibition. Il hausse les épaules, navré et irrité, et fend la foule des danseurs. En passant près de Thomas et de Julia, il lance, provocateur :

– T'es vraiment un pourri. T'es revenu pour foutre la merde, voilà tout.

La consternation se peint sur le visage de Thomas. Cette pique, lancée par un ami, lui est douloureuse. Dans l'atmosphère de fête qui enrobe cette nuit chaude, c'est comme si on avait commis un acte de violence. Le temps de réagir, Thomas se voit bousculé, et Julia est arrachée aux bras de son danseur. Alexandre est hors de lui :

– Toi, tu rentres avec moi !

Il crie presque. Un feulement animal sort de sa bouche. Julia, immédiatement, comprend que c'est le rhum qui parle.

– Tu me fais honte !

Brusquement, Alexandre se voit tel qu'il est : ridicule. Après tout, pourquoi faire un esclandre chez les Mahé ? À quoi bon ? Il bat en retraite : autour de lui, jaugeant sa démarche incertaine, les gens pouffent. Certes, ce n'est pas la première fois qu'un convive est ivre. Mais là, chacun connaît la rivalité des Mahé et des Bertin, et cette rivalité alimente tous les ragots depuis des années. On va donc assister à un événement. Eh bien non : Julia reprend sa danse avec Thomas. Seule Jasmine, près du bar, reste médusée. Tandis que le trouble-fête se dirige vers le portail de la propriété, elle se précipite :

– Alex ! Qu'est-ce qui te prend ?

La tête chavirée, les joues encore brûlantes de s'être ainsi donné en spectacle, Alexandre, décontenancé, pivote sur lui-même et répond avec méchanceté :

– Tu ne vois pas qu'elle est en train de te piquer ton mec ? Tu es aveugle, ou quoi ?

Ça y est. Le doute est installé. Il fera son chemin. Il empoisonnera tout, n'est-ce pas ? Ah, il est content, Alexandre ! Il a réussi à faire du mal. Un mal aussi vif, peut-être, que la douleur qu'il ressent lui-même, en secret. Il disparaît dans la nuit. Jasmine a l'impression qu'un vent mauvais l'a frôlée. Elle se secoue.

Sur la route qui longe la propriété des Mahé, Alexandre se déplace en titubant. Où a-t-il garé sa moto ? De loin, Jasmine l'aperçoit, à la lumière des réverbères. La grille se referme quand une jeune femme sort d'une voiture. Qui est-elle ? Jasmine ne connaît pas Sophie Moussié. Tandis qu'elle se pose la question, Richard s'approche d'elle et lui demande gentiment de regagner la fête.

Pendant ce temps, Julia tente d'arrondir les angles. Elle se tourne vers Thomas, qui vient de la conduire vers la véranda, un peu à l'écart.

– Il ne faut pas lui en vouloir, il est tellement malheureux...

– Je le connais bien, ton frère. Il ne supporte pas que son monde ne tourne pas rond. Au fond, il a toujours été comme ça. C'est un sauvage...

– Tu crois que ça peut s'arranger ?

– Tu sais, Julia, ça ne dépend pas de lui... Ni de nous. Il y a des choses contre lesquelles on ne peut pas lutter.

Ses yeux verts sont posés sur elle. Elle sent son souffle sur son épaule nue, perçoit l'odeur de vétiver qui le nimbe. Entre eux, y a-t-il aussi des « choses contre lesquelles on ne peut pas lutter » ? Julia tente de secouer ce charme.

– On peut quand même essayer, non ?

C'est une mise en garde. Autant pour Alexandre que pour elle-même. Thomas ne dit rien. Ils sont face à face : la rumeur de la fête les englobe, les porte comme une vague douce. Il suffirait d'un geste, d'un battement d'ailes de papillon pour que tout bascule. Déjà, leurs lèvres frémissent... quand Jasmine, encore sous le choc de l'inconduite d'Alexandre, survient. Sans dire un mot, elle s'approche de Thomas, le prend par la main et l'emmène. Au passage, elle adresse à Julia un regard désemparé : Jasmine veut son fiancé pour elle, pour elle seule. Elle a besoin de se retrouver avec lui. Thomas, fatigué, une lourdeur dans les épaules et une raideur dans la nuque, se laisse traîner par Jasmine qui s'arrête devant le grand manguier... et se jette à son cou. Thomas lui rend son baiser long, fougueux. Mais qu'y a-t-il, dans ce baiser? Est-ce seulement de l'amour? Ou est-ce aussi une façon d'éviter de parler? Il y a des fois où l'on embrasse comme on se noie...

De la véranda, Julia assiste à la scène : quelque chose se brise en elle. Quand Christophe la rejoint, les cheveux défaits, il lui est comme invisible. Il insiste :

– Je vais rentrer. Tu viens avec moi?

Elle secoue la tête.

– On se voit demain?

Pas un battement de paupières, pas un bruit, rien. Julia semble changée en statue de sel. Christophe baisse la tête, et tente le tout pour le tout :

– Je ne veux pas te perdre, Julia. Je ne veux pas te perdre.

Elle semble émerger d'un long sommeil. Elle le voit là, désemparé, perdu, ne comprenant pas. Pourquoi infliger de la peine à ceux qui nous sont les plus proches, se demande-t-elle, frappée par l'injustice de l'amour. Elle se rapproche de lui et fond en larmes.

Non seulement l'amour est injuste, mais il est imprévisible. Sous le ciel noir de la Réunion, cette soirée marque le début des déchirements proches. Sous le jeu des apparences, voici le temps des vérités. Celles-ci seront douloureuses. Dans un coin, les divinités hindoues, couvertes de pétales de roses, contemplent le dérisoire monde des hommes.

– 4 –

Le coq à crête rouge a perdu un œil. Le sang coule de multiples coupures, des entailles profondes lacèrent son plumage. Il ne perd pas courage pour autant : dressé sur ses ergots, il se lance sur son adversaire avec rage. Tandis que les deux volatiles s'étripent avec leurs crocs d'acier aiguisé attachés aux pattes, la foule, autour d'eux, rugit de plaisir. À chaque becquée, à chaque goutte de sang, les gens, ivres de rhum et de fureur, crient. Certains, les yeux hors de la tête, hurlent comme des possédés. La petite arène est remplie de cette folie. Les propriétaires des coqs soufflent de l'alcool à brûler dans les yeux de leurs bêtes, et les incitent à ce duel farouche. Qui va gagner, le coq noir ou le coq blanc ? Ce dernier a l'air mal en point. Déjà, il titube, et se bat avec la rage du désespoir. Une joute barbare, venue du fond des âges... Sordide et magnifique.

Les parieurs agitent des liasses de billets. Le collecteur ramasse, annonce les chances puis, brusquement, refuse les mises : rien ne va plus. Dans cette odeur de sueur et de sang, quelques citadins semblent égarés : ils partagent, en secret, cette passion sans éclat, et viennent glisser quelques billets aux bookmakers. Au deuxième rang, une jeune femme brune, très belle, contemple ce spectacle avec une moue de dégoût, mais non dénuée d'excitation. Personne ne la regarde, malgré son pouvoir de séduction : tous les yeux sont fixés sur l'arène. À côté d'elle, Alexandre semble lui aussi entièrement absorbé par le combat. Le coq blanc recule. La jeune femme se lève :

– Je voudrais rentrer.

Sans quitter des yeux l'arène, Alexandre lui lance :

– Attends, Kim !

Mais Kim est au bord de l'exaspération. Son bustier est taché par la transpiration et son maquillage va se brouiller sous l'effet de la chaleur et de la poussière. Le coq blanc tombe, ses ailes battant inutilement dans la sciure. Il tente de piquer un ennemi invisible, mais le coq noir, avec une cruauté étudiée, lui arrache le cou. C'est fini. L'argent change de mains, on emporte le coq blanc pour le soigner, et le coq noir, victorieux, est félicité par son maître. Déjà, deux autres coqs sont alignés : la bataille va continuer. Alexandre retient Kim par le poignet :

– Kim, prête-moi cent euros.

– Je n'ai plus rien.

L'un des collecteurs s'approche d'Alexandre :

– Tu prends ?

Il désigne un coq roux, qui, déjà, trépigne, prêt à se battre. Alexandre hésite :

– Il est bon, ton coq ?

– Il est bon. Alors ? Tu n'as plus d'argent ?

– Tu sais qui je suis ! Je peux payer !

Le démon du jeu a repris son empire. Alexandre est fébrile. Dans sa famille, on le croit guéri, éloigné de cette perdition. Peine perdue : il a le risque dans le sang. Les convenances ? Il n'en a cure. Il parie à nouveau, à crédit. Voyant son air déterminé, Kim se rassied. Elle est déçue, mal à l'aise. Elle va donc finir la nuit ici, avec lui, dans ces huées et cette odeur de ménagerie. Mais, déjà, Alexandre semble l'avoir oubliée : il est loin, très loin, avec ses démons intimes.

*
* *

Dans la vaste maisonnée, pas un bruit. Les oiseaux de Marie-Thérèse ne sont pas réveillés. Dans sa chambre, Julia ouvre les yeux. Mon Dieu, quelle fête ! Entre le champagne et les émotions, elle se sent rompue. Christophe l'a raccompagnée après quelques danses... Des images se profilent : le trouble de Thomas, la mauvaise tête d'Alexandre... Ah il était dans un drôle d'état, celui-là. Est-il seulement rentré ? Elle repousse ses draps, trempés de sueur : la nuit, lourde, n'a pas éclaté ; l'orage ne l'a pas crevée. Elle ouvre la porte de la chambre de son frère, mue par une sourde inquiétude. Le lit est vide. Julia sait ce que cette absence signifie : il est allé vagabonder dans la nuit avec une fille, cette Kim peut-être. Il est allé jouer... Pensive, elle se dirige vers la cuisine. Le soleil, déjà levé, illumine le jardin où les fleurs luisent de rosée. Un rayon tombe sur le confiturier en bois de campêche qui resplendit, patiné par les ans. L'air semble presque craquant de fraîcheur : Julia ouvre la porte pour respirer l'odeur des plantes qu'elle connaît depuis son enfance : l'asphodèle, encore fermé ; le camélia, rose de plaisir ; les bougainvilliers, rouge vif; les jacarandas, orangés... Brusquement, elle porte la main à sa bouche, étouffant un cri. Elle vient de voir... Elle ferme les yeux, ce n'est qu'un cauchemar, les rouvre... La réalité est là : le corps de Sophie Moussié, inerte, gît devant la maison. Elle ressemble à une poupée de cire désarticulée. Son regard vide fixe un ciel qu'elle ne voit plus, ses mains s'ouvrent sur le vide de la pelouse. Autour d'elle, des traces de poudre jaune orangé.

Passé le premier mouvement de recul, Julia s'approche. Le regard est vitreux, la peau blême. Pas de doute, Sophie Moussié est morte. Julia, sous le choc, entend soudain du bruit : Guillaume est derrière elle. Il semble avoir passé une mauvaise nuit : des cernes sont imprimés sous ses yeux. Il contemple la scène d'un air épouvanté, Julia fait volte-face et se réfugie dans les bras de ce père qui parfois lui a paru lointain, mais qui toujours lui a témoigné une affection infinie...

Très vite, la maison Bertin est envahie. Les inspecteurs de la Criminelle font les premières constatations, les photographes de police shootent les lieux du crime, les gens de la police scientifique font des prélèvements. D'autres policiers interrogent les domestiques. Les voitures, garées devant la maison, forment une haie peu discrète. Au milieu de tout ce remue-ménage, le commissaire Desrivières tente de rassembler les indices. Desrivières est un humaniste, et n'en fait pas mystère. Il n'aime pas les meurtres : il les considère comme une insulte personnelle. Ce cadavre, pour lui, n'est pas une nouvelle affaire : c'est un défi adressé à l'homme. Et même si ce genre de philosophie suscite quelques sarcasmes, on n'en respecte pas moins son palmarès de grand flic.

Flanqué de son adjoint Titou, Desrivières écoute attentivement le légiste, venu sur les lieux. Ce dernier, en blouse blanche, mâchouille un mégot de cigarillo éteint. C'est pour l'odeur, dit-il. Non que le cadavre de Sophie Moussié soit en mauvais état... mais, par habitude, le légiste se prémunit contre les mauvaises surprises. Car il en a vu, des victimes puantes sous la chaleur du soleil... Desrivières l'arrache à ses pensées :

– La cause de la mort ?

– Rupture des cervicales.

– Provoquée par... ?

– Une chute, commissaire. Le crâne a cogné un rebord tranchant... Peut-être une bagarre. Il y a des marques de préhension et des hématomes.

– Vous avez une idée de l'heure du décès ?

– Au vu de la rigidité cadavérique, elle est morte il y a quelques heures.

Desrivières jette un coup d'œil à sa montre, une bonne vieille Omega des années cinquante.

– Donc, aux alentours de minuit ?

– Je préciserai après l'analyse de l'humeur vitrée. Sinon, demandez aux gars de la police scientifique.

Desrivières incline la tête, regarde encore une fois le cadavre. Puis, toujours suivi de Titou, il s'adresse à l'un des policiers qui analyse le sol.

– Vous trouvez quelque chose ?

– Elle n'a pas été tuée ici. Pas d'épanchement sanguin, pas de trace de lutte, rien. Elle a été *déposée* ici.

– Et ces traces de poudre ? On peut avoir des précisions ?

– C'est une poudre à base de curcuma, l'équivalent local du safran. Comme vous le savez, commissaire, d'après les coutumes de l'île, ça attire le mauvais sort.

– Ah, encore ces sornettes... Titou !

Ce dernier jaillit comme un diable de sa boîte. Petit, vif, il a attaché son destin à celui de son protecteur.

– Oui, commissaire ?

– Titou, tu vois avec lui et tu me fais un topo sur les premiers constats. Occupe-toi aussi des photographes...

– C'est tout, patron ?

– Pour l'instant, oui.

La famille Bertin est là, regroupée sur le perron. Le cordon de sécurité empêche qui que ce soit d'approcher. Hortense, le visage sévère, est au premier rang, les mains jointes en un geste de prière ; Julia, dans les bras de son père, sanglote ; Guillaume, lui, paraît assommé : il observe le cadavre d'un regard d'aveugle. Derrière, sur le seuil de la maison, Régine essuie ses mains dans son tablier. D'un coup de menton, elle semble défier la morte, comme si elle lui lançait : « Je l'avais bien dit ! »

Le commissaire Desrivières est un professionnel chevronné. Il sait que la mort détruit des familles, arrache des cœurs, tord des vies. Ce ne sont pas les morts qui souffrent, se dit-il, ce sont ceux qui restent. Pour les décédés, c'est fini. Pour les autres, ça commence. Il s'avance vers la famille et se présente.

– Commissaire Desrivières, SRPJ de Saint-Denis.

Un silence stupéfait lui répond. Brusquement, Hortense, pincée, marque son territoire.

– Qui a bien pu faire une horreur pareille ?

Desrivières s'apprête à dire quelque chose, des paroles de consolation, une excuse pour empiéter ainsi sur le domaine, quand un hurlement se fait entendre. Tous se retournent : c'est Marie-Thérèse, le poing pressé contre les lèvres. Elle vient de découvrir le cadavre, le curcuma... Hortense se précipite sur sa fille et, la prenant dans ses bras, l'entraîne vers la maison. Devant l'air interloqué du commissaire, Guillaume ressent la nécessité d'expliquer la situation.

– C'est ma sœur, commissaire. Elle est dépressive, très fragile... Mademoiselle Moussié s'occupait d'elle, à titre de dame de compagnie. Je peux... J'aimerais être près de ma mère. Puis-je?

– Bien sûr. Occupez-vous de votre famille. Je vous verrai plus tard, monsieur Bertin.

Guillaume monte quatre à quatre les marches qui mènent à la chambre de Marie-Thérèse. Là, il aperçoit Hortense qui tente de consoler sa sœur. Celle-ci est défaite : elle se vide de ses larmes, ses gestes sont désordonnés, son corps est agité de tics. La crise n'est pas loin. Elle répète, sur un ton effaré :

– Ça recommence! Ça recommence!

Tandis qu'Hortense cherche les médicaments de sa fille, Guillaume prend Marie-Thérèse par les épaules :

– Calme-toi. Calme-toi. Ça va aller...

– Ça recommence comme avant!

De quoi parle-t-elle? À peine Guillaume a-t-il le temps de se poser la question que, déjà, Hortense pare au plus pressé :

– Tu sais où est Alexandre? Il n'a pas dormi ici!

Guillaume accuse le coup. Son fils, absent? Où est-il donc? Et que signifie cette poudre jaune, signe de mauvais sort?

Dehors, le commissaire continue son enquête préliminaire. De sa veste froissée, il sort un calepin écorné et commence à prendre des notes. Ces lignes tracées à la va-vite ressemblent à du sanscrit. Personne ne peut les décrypter, hormis leur auteur, qui en tire d'ailleurs une certaine fierté. Venu de métropole avec une licence de droit, Michel Desrivières est monté dans la hiérarchie policière à la force du poignet. Il a un sens inné de la justice. Pas seulement la justice selon Dalloz, mais la justice humaine. Le droit est une chose pour lui, mais la vie en est une autre. Il faut savoir tenir compte des circonstances, de l'entourage social. Il a appris qu'à la Réunion les clivages sociaux sont importants, essentiels. Il a acquis une plus grande compréhension de la nature humaine. Il regarde les meurtres absurdes, les catastrophes idiotes, les ravages insensés avec l'œil de celui qui a longtemps médité, et il enquête parce que c'est son travail. Mais aussi parce que c'est dans sa nature de chien truffier.

Il se tourne vers Julia :

– Cette femme était votre employée ?

– Elle travaillait chez nous, oui. Sophie s'occupait de ma tante, qui est dépendante...

– Sophie Moussié, c'est ça ?

– C'est ça, commissaire. Je...

– Oui ?

– Je l'aimais bien. Tout le monde l'aimait bien. Elle était chez nous depuis quatre mois, et...

– Et pas un accroc, pas une faille, rien ?

– Non, je ne vois pas, commissaire.

Un flash de photographe fait sursauter Julia. Le policier griffonne quelque chose et reprend :

– La dernière fois que vous l'avez vue, vous n'avez rien remarqué ?

– Non. Elle était comme à son habitude... Elle a dit « À demain » et puis elle est partie, après avoir soigné Marie-Thérèse.

– Hier soir, vous étiez chez vous ?

– Non, je suis sortie. C'était un peu spécial... J'étais invitée chez les Mahé, vous savez, pour les fiançailles de Jasmine Mahé...

– Je connais. À quelle heure êtes-vous rentrée ?

– Vers minuit, je crois...

– Vous avez vu quelque chose ?

– Non, rien.

– On n'avait pas encore déposé le cadavre, j'imagine.

Le mot fait tressaillir Julia. Là, près des magnolias, près des plates-bandes où la vie grouille, il y a un *cadavre*. Sous cette végétation tropicale luxuriante, une vie s'est éteinte. Pourquoi ? Puis Julia réalise ce que la phrase de Desrivières sous-entend.

– *Déposé* ?

– Oui. Déposé.

– Vous voulez dire...

– Oui, mademoiselle, c'est ce que je veux dire. Sophie Moussié n'a pas été tuée devant votre porte. On l'a... déposée. Donc, reprenons : quand êtes-vous rentrée ?

Un brouhaha se fait entendre. Les policiers scientifiques montent dans leur Land-Rover, enlèvent leurs gants, se délestent de leur équipement. L'un d'entre eux se plaint d'avoir perdu son temps.

– Des comme ça, c'est facile. Vengeance, je dis. On se dépêche, il y a le match cet après-midi.

Desrivières hausse les épaules. Les aficionados du foot lui ont toujours paru dingues. Julia, un instant, revoit la fête d'hier soir. Alexandre... Puis elle répond à Desrivières :

– Comme je vous l'ai dit, vers minuit.

*
* *

Thomas ouvre les yeux. Oui, en effet, il est bien rentré au pays. Pendant un instant, il a pu en douter. Avec le décalage horaire, la fatigue du voyage... Mais non, il a bien quitté Paris et sa grisaille, cette vie universitaire si monotone, ce ciel si bas... Il a eu de bons moments, certes, avec les copains, et surtout durant les rares semaines où Jasmine venait le rejoindre. Et puis il s'est adapté : il a trouvé à Paris ses coins favoris, ses cinémas, ses librairies. Mais, malgré tout, la Réunion lui a manqué : pays des odeurs, pays de chaleur.

Il pénètre dans ce qui sera son bureau : une pièce lambrissée d'acajou où, déjà, on installe ses cartons. L'immeuble est agréable, l'accès facile mais bien surveillé. La secrétaire de la société, Nathalie, est là pour l'aider de bon matin. Elle avise Thomas, un peu perdu.

– Il faudra que je vous note le code d'entrée, monsieur Souheil.

– Thomas.

– Bien, monsieur Thomas.

Les rapports hiérarchiques mettent le jeune homme mal à l'aise. Il ne les maîtrise pas encore. Il est vrai qu'à vingt-cinq ans, ce n'est pas facile. Il lui faudra apprendre... Tandis qu'il se familiarise avec les lieux, il aperçoit Cristina, qui a troqué le sari de la veille contre un costume deux-pièces en lin léger : dans la mesure où cela est possible, elle est encore plus belle. Passant devant le bureau, elle sourit à son futur gendre. Il en profite pour lui demander son assentiment :

– J'ai réorganisé la pièce, ça te va ?

– Tu es chez toi, Thomas...

Elle a répondu machinalement, l'air absent. Il poursuit :

– Et le dossier Fournier, on l'archive ?

– Certainement pas ! Maintenant que tu es là, nous sommes les meilleurs, Thomas ! Nous n'aurons aucun mal à dégager les Bertin du projet. Peut-être même réussirons-nous à couler définitivement Cases Créoles...

– Pas besoin de les couler, Cristina. Il suffit d'être les meilleurs.

– Ici, mon petit, c'est une entreprise, pas un comptoir de charité ! Tu crois qu'Hortense aurait ce genre d'égards à notre place ?

Thomas est partagé. D'un côté, il y a le respect dû à sa future belle-mère. De l'autre, il y a la vieille amitié qu'il a pour les Bertin. Après tout, le soleil brille pour tout le monde... Dans un milieu de requins, faut-il être un requin aussi ? Il se rebiffe gentiment.

– C'est Guillaume, et non Hortense, qui dirige Cases Créoles...

La réponse a le don d'irriter Cristina. Elle lève le menton.

– Dis-toi bien que, chez les Bertin, les femmes ont toujours été plus solides que les hommes. Sauf celle de

Guillaume, qui a fini par rendre son tablier et rentrer en métropole ! Qui sait si elle n'a pas eu raison ?

Les joues rouges, Cristina semble presque en colère. Sa mauvaise humeur s'affiche sur les coins de sa bouche, qui tirent vers le bas. Elle commence à regarder les dossiers qui sont sur la table. Voit-elle seulement ce qu'elle feuillette ? Mattéo passe la tête dans la pièce, jauge l'ambiance électrique qui y règne, et, sans un mot de trop, se borne à dire :

– Cristina, je veux te voir un instant.

Quand Cristina arrive dans le bureau de son père, Mattéo s'appuie sur le meuble Directoire et, très autoritaire, expose la situation. Sophie Moussié est morte, la police enquête, on a trouvé une poudre jaune suspecte autour du cadavre et, évidemment, les Mahé vont être interrogés. Pas question de passer dans le camp des suspects : la famille doit préserver son image à tout prix. Donc, Mattéo martèle :

– Cette fille n'est jamais, jamais venue chez nous. Jamais, entends-tu ?

– Mais le personnel...

– J'en fais mon affaire. Je te demande juste de dire la même chose que moi. Nous devons être sur la même ligne.

Cristina s'assied, brusquement sous le choc. Sophie Moussié, assassinée ? Et que signifie ce « J'en fais mon affaire » ? Déjà hier soir, s'agissant de Sophie, il lui a répété : « Je t'ai dit que je m'en occupais. » Que lui cache-t-on ? Son regard, inopinément, tombe sur le portrait de son frère Alberto, posé sur le bureau. Qu'il était jeune... Il a tragiquement disparu, certes, mais son souvenir reste bien vivant. Tandis que ses pensées vagabondent, Cristina sent le regard de Mattéo peser sur elle. Elle émerge, et remarque :

– Pour une fois, tu me fais confiance.

– Je n'ai pas le choix.

– Il faut quand même que tu m'expliques...

– L'affaire est close, Cristina. Sophie Moussié n'est jamais venue chez nous. Il n'y a rien à expliquer.

*
* *

Le travail de la police s'achève, dans la première phase. Les constats ont été faits, les dépositions ont été recueillies, les éléments matériels conservés, les lieux arpentés et photographiés. Des infirmiers, vêtus de blouses blanches, emportent le cadavre sur une civière. Les assistants du légiste commencent à ranger leur matériel : pinces luisantes, appareil de mesure à laser, flacons de poudre, réactifs divers. Ils enlèvent leurs gants. Un épais silence, empoissé de tristesse, règne sur La Roseraie.

Le commissaire Desrivières sort de la maison des Bertin. Guillaume l'accompagne jusqu'à son véhicule. En regardant l'ambulance s'en aller, il réalise que c'est un morceau de son cœur qui part. Desrivières, qui a remarqué le trouble de son interlocuteur, demande :

– Vous la connaissiez bien ?

– Pas vraiment... Comme ça... Elle était très gaie, serviable. Ma sœur l'aimait beaucoup.

Le calepin à la main, Desrivières opine. Sa veste fait une sorte d'accordéon sur son avant-bras. Le commissaire reprend :

– Mademoiselle Moussié avait-elle un mari ? Un fiancé ? Un ami peut-être...

– Pas que je sache.

– De la famille ?

– Je ne sais pas. Quoique... Je crois qu'une femme s'est occupée d'elle, dans son enfance... Elle habite à Cilaos, me semble-t-il...

– Vous connaissez son nom ?

– Je ne m'en souviens plus...

– Avait-elle des ennemis ?

– Non. Je ne vois pas pourquoi elle en aurait eu. Elle était tellement...

– Et vous ?

Là, Guillaume s'arrête de marcher. Il regarde le commissaire, estomaqué. Et une évidence fond sur lui : évidemment, en déposant le cadavre de Sophie devant la maison Bertin, le tueur a cherché à délivrer un message. Un message de haine ? Un avertissement ? Desrivières en rajoute dans l'ironie :

– Ce n'est certainement pas un de vos amis qui a déposé ce cadavre devant votre porte !

– Commissaire, vous avez une façon...

– Façon, pas façon, c'est la vérité, monsieur Bertin.

– Sans doute, sans doute. Ah, je me souviens du nom de la nourrice de Sophie : Legendre. Joséphine Legendre. Et, je le répète, je ne connaissais pas d'ennemi à mademoiselle Moussié.

– Bien, merci monsieur Bertin. Je reviendrai demain interroger votre sœur.

Desrivières tourne les talons. Sur le perron, Hortense lui adresse un signe de tête un peu sec. Avant de partir, le commissaire ajoute :

– Monsieur Bertin, vous direz à votre fils de passer au commissariat, n'est-ce pas ?

L'affaire Moussié vient de s'ouvrir. Où aboutira-t-elle ? Nul ne le sait. Guillaume, en baissant la tête, se demande vaguement à quoi rime cette disparition. Il sent une vague de pitié l'envahir. La mort est une mauvaise compagne.

– 5 –

Dans le salon, Hortense tient conseil de guerre. Il est impératif, pour elle, de sauver la face. Elle s'est instituée gardienne du bon renom de la famille. À ce titre, elle entend maintenir l'unité de la maisonnée et réagit comme un capitaine qui verrait son navire menacé. Julia et Guillaume, assis dans des causeuses, sont décomposés. Dans la pièce, un lourd silence accompagne la pénombre. Les rideaux de tulle ondulent doucement sous la brise de cette fin de matinée. Hortense semble savoir des choses... La veille, Guillaume a découvert qu'elle était au courant de sa liaison avec Sophie, bien qu'elle n'en eût jamais parlé ouvertement jusque-là. Allusions, demi-vérités, c'est là qu'elle se trouve à l'aise, Hortense, dans ce clair-obscur où les secrets de famille restent enfouis. Quand enfin, elle prend la parole, c'est pour se plaindre.

– Nous sommes en train de vivre un cauchemar ! Franchement, je ne vois pas qui avait intérêt à tuer cette pauvre fille !

Aucune émotion dans ce constat. Juste la description de la situation, froide et raisonnée. La doyenne des Bertin n'est pas femme à se laisser aller à ses humeurs : elle sait depuis longtemps – l'expérience de l'âge – que les hommes ont des inclinations, des jardins secrets, et qu'il faut les laisser tranquilles. Son mari – Dieu ait son âme ! – n'a-t-il pas eu ainsi quelques liaisons, qu'elle a tolérées à condition qu'elles fussent discrètes ? Une femme comme elle doit tenir sa place, et elle n'a pas l'intention d'ouvrir les placards.

– Elle n'a peut-être pas été tuée par intérêt. Elle avait peut-être un amant... Je ne sais pas, moi, suggère Julia.

– Pourquoi serait-on venu déposer la malheureuse devant chez nous ?

Hortense a le don d'aller à l'essentiel. Or, pour elle, l'essentiel, ce n'est pas Sophie Moussié. C'est la famille Bertin.

– Moi, je ne vois qu'une explication, insinue-t-elle.

D'un mouvement du menton, elle désigne l'ouest, la direction de la demeure des Mahé. Inutile de mettre un nom sur cette accusation. Dans la pièce, tout le monde a compris. Guillaume tente, mollement, de discuter.

– On ne peut pas accuser sans preuve.

Julia insiste.

– J'étais avec eux jusqu'à minuit ! Personne n'a quitté la fête !

Hortense a un petit rire méchant.

– Tu ne sais pas de quoi ils sont capables !

Visiblement, la doyenne est excédée. Dans cette lumière adoucie par le tulle des fenêtres, elle semble avoir rajeuni. Est-ce la colère ? La vieille dame, brusquement, se mue en ange gardien ; ses rides se sont effacées.

Au moment précis où elle ouvre la bouche pour ajouter quelque chose, la porte du salon s'ouvre sur Alexandre.

L'enfant rebelle du clan Bertin a l'air mal en point. La nuit blanche a laissé des traces. Ses yeux sont cernés, sa mine est défaite, sa bouche amère. Une odeur de ménagerie, rapportée de l'arène où se déroulent les combats de coqs, traîne autour de lui, mélangée au patchouli dont Kim s'est inondée pour sortir. Voyant la famille réunie, les mines graves, Alexandre se passe la main dans les cheveux et demande, d'une voix éraillée par le manque de sommeil :

– Que se passe-t-il ?

– D'où viens-tu, Alexandre ?

C'est Hortense qui a parlé. Son ton s'est adouci. Avec son petit-fils, elle n'a jamais pu être sévère. Elle l'aime d'un amour démesuré... Surpris, le jeune homme répond :

– Mais... de chez Kim. Qu'est-ce qui se passe ? Il y a la police partout ! Drôle d'accueil !

Drôle d'accueil, en effet. Ce qu'Alexandre ne sait pas, c'est qu'il sera, certainement, le suspect idéal.

*
* *

Le temps semble s'être arrêté. Non loin, on entend la rumeur de la mer. La plage n'est qu'à quelques centaines de mètres... Dans le village, le commissaire marche en regardant les visages, sur le pas de chaque porte. Les petites maisons sont propres, souvent peintes de couleurs vives, orange, vert pomme, bleu outremer... et le sol est bien balayé. Cependant, une poussière tenace s'insinue partout, et couvre d'une pellicule rouge les chaussures bien cirées du policier. Mais Desrivières n'en a cure : le limier suit la piste... Il connaît ces petites bourgades de la Réunion, nichées dans la verdure, ces villages aux mille cours d'eau. Il y fait bon vivre, mais l'existence n'y est pas facile pour autant. Car, souvent, l'électricité est défaillante, les communications incertaines, le niveau de vie assez bas. Les gens se débrouillent comme ils peuvent : à coups de petits jobs, d'expédients. Il y a aussi, dans ces endroits, une grande solidarité. Quand un policier arrive ainsi, la veste à la main, le visage marqué par la sueur, ce n'est pas bon signe. Les commères se réfugient dans le silence. Les enfants sont rattrapés par leurs mères. Et les hommes demeurent invisibles.

Desrivières cherche Joséphine Legendre. Une femme avec un seau d'eau le renseigne. L'instituteur du village complète ses indications. « Oui, Joséphine Legendre, c'est juste après ce petit jardin, là, avec le banian. Vous verrez, il y a des plantes que vous ne connaissez pas... » Le commissaire remercie et s'avance. Il toque à la porte tout en remarquant d'étranges rhubarbes, des sortes de camélias pointus. La porte s'ouvre et une vieille femme – pas si vieille, au fond, mais très ridée – apparaît. Avec ses cheveux teints en roux, sa taille minuscule et sa peau cuivrée, elle a l'air d'une grand-mère coquette. Ses yeux semblent animés d'une vie intense. Elle dévisage le policier comme si elle voulait le transpercer du regard. Un instant paralysé, Desrivières finit par se présenter.

– Joséphine Legendre? Bonjour, je suis le commissaire Desrivières. Je viens vous voir au sujet de Sophie Moussié.

C'est au tour de Joséphine d'être saisie. Elle reste un instant interdite, puis rentre dans l'ombre de la petite maison. Desrivières la suit, conscient d'être hors de son monde. Immédiatement, l'étrangeté de l'endroit l'intrigue. Il y a là des fioles, des flacons, des bouquets de plumes, des simples écrasés dans des bols, des assiettes remplies de pétales. Les étagères, sur le pourtour de la pièce, sont garnies de bocaux où baignent des racines, des morceaux de... de quoi ? Desrivières se garde bien de regarder de plus près. Sur la cuisinière, une bouilloire est posée. Dans la fraîcheur de la maison, il préfère se concentrer sur son interlocutrice. Celle-ci s'est assise sur une chaise droite, face à une table carrée, les mains posées bien à plat. Ainsi installée, Joséphine ressemble à une reine ; elle en a la prestance et l'aplomb. Du coin de l'œil, Desrivières note un mouvement : le rideau qui sert de séparation avec une autre pièce a bougé. Instinctivement, le commissaire recule d'un pas, sur ses gardes. Le rideau s'écarte, une petite fille apparaît. Elle a une dizaine d'années, elle est vive et souriante, avec de grands yeux étonnés. Dans la main, elle tient une boule de verre, un souvenir d'une station balnéaire, dirait-on.

Desrivières s'assied face à la vieille femme, et pose les questions d'usage.

– Vous connaissez Sophie Moussié, n'est-ce pas ?

– Oui. Je l'ai élevée.

– Vous l'avez vue, récemment ?

– Il y a longtemps qu'elle n'est pas venue me voir... Depuis qu'elle travaille, c'est moins facile. Elle vient... moins souvent.

L'enfant regarde Joséphine avec une mine incrédule. La vieille, immédiatement, réagit :

– Sunsia, tu peux nous apporter la bouilloire avec les tasses ?

La gamine s'exécute. Elle pose la boule de verre sur la table, pour avoir les mains libres. Le policier regarde l'objet : il y lit, à l'envers, le mot « Antibes ». Où la petite a-t-elle pu trouver ce souvenir ? Sans doute ignore-t-elle où se trouve la ville d'Antibes, c'est si loin... Desrivières se sent mal à l'aise, ici. Il ignore pourquoi. Il capte comme une sourde hostilité. Il sait, aussi, qu'il n'a pas besoin de mettre Joséphine au courant de la mort de Sophie. Car, il en a la conviction, la vieille est mieux informée que lui. Elle n'a pas la radio ni la télé, mais ses sources sont plus rapides, plus précises. Il reprend :

– Vous savez si elle fréquentait quelqu'un ?

L'imparfait ne semble pas du tout surprendre Joséphine. Desrivières a vu juste : elle est déjà au courant.

– Elle m'a parlé d'un métropolitain, dont elle serait tombée amoureuse. Un métro, pensez ! Il vit à Maurice, je crois... Mais elle ne me l'a jamais présenté. Je ne sais pas qui c'est.

Et elle verse le thé avec des gestes lents. Le policier est bien décidé à ne pas perdre le fil de son enquête. Il sort son petit carnet, prend des notes, corne une page et repose le calepin.

– Parlez-moi de Sophie.

– Je ne sais pas ce que je peux vous dire... Elle a toujours été une enfant un peu secrète. Même avec moi, elle était... retirée. Elle avait dix ans quand la Ddass me l'a confiée. Ses parents avaient disparu...

– Vous connaissez la famille Bertin, chez qui elle travaillait ?

– De loin... Sophie s'entendait bien avec Marie-Thérèse, dont elle s'occupait. Je crois qu'elle l'aimait beaucoup, et que c'était réciproque.

– Vous l'avez rencontrée ?

– Non, commissaire. Mais tout le monde connaît les Bertin, sur l'île. Vous n'êtes pas d'ici ?

– Non, pas tout à fait... Je suis désolé, mais il faudra venir identifier le corps.

Joséphine acquiesce, sans commentaire... Un bruit de pas rapides se fait entendre : c'est Sunsia, la petite fille. D'un air apeuré, elle se réfugie dans la chambre, derrière le rideau. À distance, Joséphine la calme :

– N'aie pas peur. Personne ne te fera de mal, chez moi.

Les mots deviennent pesants. Desrivières sent sa tête bourdonner. Des odeurs de fleurs, de compost, des vapeurs envahissent la maison, surmontées d'une note de vétiver. Ou s'agit-il de santal ? Peut-être est-ce cette petite casserole, qui mijote sur une bougie, là, près du confiturier où trône une statuette de saint Expédit ? Le commissaire a le sentiment que tout a été dit, qu'il n'apprendra rien de plus. Il se lève.

– Je dois y aller... Je vous remercie de votre accueil. Je suis désolé de ces circonstances... Dites au revoir à la petite fille...

– Sunsia, viens dire au revoir au monsieur !

– Au revoir, monsieur, gazouille une voix fluette.

Desrivières s'en va, soulagé de se retrouver au soleil, dans la seule rue du village.

À peine est-il sorti que Joséphine s'approche de saint Expédit. Là, dans le coin, un petit oratoire est dressé. Sunsia rejoint la vieille dame et la prend par la main. Joséphine allume une autre bougie. Puis elle murmure, la gorge serrée :

– Sophie ! Qu'as-tu fait ?

*
* *

Marie-Thérèse, allongée sur son lit, regarde le plafond. Sa chambre, plongée dans l'obscurité, volets fermés, ressemble aux cages de ses oiseaux quand on les a recouvertes de draps : c'est un endroit pour dormir. La rumeur du monde n'y pénètre pas, les désagréments de la réalité sont tenus à distance. Sur les meubles bas sont posés des coussins brodés ou des napperons ourlés ; les fauteuils sont doublés de velours fané ; un globe en verre enserre un rameau de vieilles fleurs séchées. Sans doute est-ce le bouquet de mariée d'une aïeule Bertin, pieusement conservé de génération en génération. Une odeur d'encens et de médicament flotte.

Marie-Thérèse est abattue. On lui a ôté son seul contact avec le bonheur : Sophie, pour elle, était le gage d'une vie meilleure, souriante. Tous ces gens qui l'entourent, elle n'a pas envie de les voir. Sauf son frère Guillaume, parfois... À cette pensée, Marie-Thérèse se redresse. Elle se lève lentement et, d'un geste fébrile, ouvre le tiroir de sa table de nuit. Deux photos gisent, poussiéreuses. Elle les saisit, cherche autre chose, enlève le tiroir de son logement, le retourne, rien n'y fait. Seules quelques perles de verre, oubliées depuis longtemps, roulent par terre. Au bord d'une panique irrépressible, Marie-Thérèse sort et se précipite vers la cuisine. Hortense est en train d'y donner des ordres à Régine, pour le dîner du soir. Ce sera un curry... De la viande de chevreau... Du riz, bien sûr, et les assiettes bleues. Tandis que la vieille dame examine un bouquet aromatique, Marie-Thérèse s'écrie, titubante et hors d'haleine :

– Rendez-la-moi !

Hortense regarde sa fille avec stupéfaction. Est-elle à nouveau en proie à l'une de ses crises ? Rendre quoi ? De quoi parle-t-elle ? Devant le mutisme de sa mère, Marie-Thérèse s'emporte, et sa voix atteint les aigus.

– Vous n'avez pas le droit ! Vous n'avez pas le droit de fouiller dans mes affaires ! C'est tout ce que j'ai ! Rendez-moi cette photo !

Puis, à bout de souffle, vidée par cette émotion qui la traverse avec violence, Marie-Thérèse s'appuie contre le chambranle de la porte. Elle est au bord des larmes. Régine, dans un coin, se fait discrète, mais reste prête à intervenir. Hortense s'essuie les mains sur son tablier et, face à sa fille, le visage dur, contre-attaque :

– Tu déraisonnes, ma fille. Je n'ai pas fouillé dans tes affaires. Tu le sais bien.

– Ma photo, rendez-moi ma photo !

Une vive inquiétude se peint sur les traits d'Hortense. Ah, la photo... D'un geste, elle congédie Régine, pourtant dévorée par la curiosité. Puis, apaisante, elle s'approche de Marie-Thérèse, qu'elle prend par les épaules :

– Ma pauvre Marie-Thérèse. Ce n'est pas moi qui l'ai prise, ta photo. Je ne vois qu'une seule personne qui ait pu le faire...

Les yeux de Marie-Thérèse s'agrandissent. Son orage intérieur devient tempête. Ses mains se mettent à trembler. Elle a du mal à articuler :

– C'est So... So... Sophie !

– Peut-être est-ce à cause de ça qu'elle est morte. Mon Dieu ! Paix à son âme !

Hortense se laisse tomber sur l'unique chaise de la cuisine, perdue dans ses supputations... Par la fenêtre, on voit des bougainvillées éclatantes. Personne ne remarque Julia qui, dans la pénombre de la varangue, a entendu la conversation...

Julia reste pensive... Puis, alertée par le démarreur de la moto d'Alexandre, elle se glisse hors de la maison, court vers la route. Au moment où son frère enclenche la première et où la puissante Yamaha fait un bond de fauve bridé, elle arrive, essoufflée :

– Alex ! Il faut qu'on parle !

– De quoi ? De tes amours ? Pas très intéressant !

– De Sophie Moussié ! Où étais-tu, hier soir ? Où as-tu passé la nuit ?

La main sur la poignée des gaz, Alexandre s'impatiente. Il serre le frein à main, prêt à le lâcher pour partir. Le moteur rugit, et l'oblige à élever la voix :

– Je te l'ai dit, où j'étais ! Chez Kim !

Les cheveux encore humides de sa douche, l'air fatigué – il n'a pas dormi plus d'une heure –, Alexandre regarde sa sœur comme si elle était folle. Puis il s'élance dans un panache de poussière. Il y a quelque chose de suicidaire chez lui, dans cette façon de brûler la chandelle par les deux bouts, de s'étourdir. Parfois, quand il est saoul, il répète son credo : « Vivre vite, mourir tôt, et faire un beau cadavre. » Comme James Dean, par exemple.

*
* *

Arrivé au bord de la mer, Desrivières s'arrête. Il regarde l'eau, d'un bleu éclatant sous le soleil. Des coquillages crissent sous ses pas. Soudain, son portable sonne : c'est Titou, le fidèle adjoint.

Celui-ci, à l'autre bout de l'île, sort à peine de l'immeuble où habitait Sophie Moussié. Les nouvelles sont mauvaises : Titou a fait chou blanc, ce qui ne plaît guère à Desrivières.

– Tu n'as rien trouvé ? Rien ? Tu es donc sourd et aveugle ?

– Mais non, patron, c'est pas ma faute !

– C'est jamais ta faute ! Allez, raconte !

– Ben, patron, c'est comme ça. Elle habitait un meublé, vous savez, un truc où rien ne vous appartient...

– Et alors, il suffit d'ouvrir les tiroirs, Titou !

– Justement, patron, je les ai ouverts. Plus rien ! Rien de rien ! Plus une affaire à elle, pas de portefeuille, de sac à main, d'agenda, rien.

– Comment ça rien ? Quelqu'un a fait le ménage ?

– Non. Enfin, je ne crois pas. Le truc, c'est qu'elle venait de donner son congé. Sans explication. C'est un voisin qui promenait son chien qui m'a dit tout ça. Il a vu un type discuter avec elle.

– J'arrive. On se retrouve au bureau, Titou.

Au commissariat, c'est la folie. Les gens circulent, se bousculent, les dossiers s'empilent, les coups de téléphone pleuvent. Les deux palmiers qu'on voit par la fenêtre, en plein parking, paraissent eux-mêmes las de cette agitation. Les voitures de police s'alignent, rangées en épi, tandis que des inspecteurs cherchent les clés. L'affaire Moussié fait grand bruit, visiblement : à la Réunion, on n'a pas l'habitude. L'île est plutôt tranquille, et chacun sent que, cette fois-ci, le calme n'est pas de mise : les Mahé et les Bertin sont les deux familles les plus célèbres de l'endroit, et nul n'ignore que tout les oppose. Desrivières, pensif, semble étranger à la fièvre qui s'est emparée du commissariat de Saint-Denis, de ses couloirs. Titou, les cheveux ébouriffés, s'approche de lui. Desrivières se tourne vers son adjoint :

– Tu vas m'éplucher tous les départs en avion, depuis deux jours. N'oublie pas les bateaux, non plus. On ne quitte pas une île comme ça... Elle a forcément pris un billet, réservé quelque chose. Elle avait un plan, tout ça ne relève pas du coup de tête. Tiens, pendant que j'y pense, et le fameux voisin qui t'a renseigné ?

– La description du type qu'il a vu est floue. Pour le moment, ça pourrait être n'importe qui. Entre trente et cinquante ans... Ça fait de la marge. En plus, il faisait sombre...

Desrivières soupire.

– Je suis verni. Toi qui connais tout le monde, parle-moi des Bertin.

– Vous savez tout sur eux, patron. Je n'ai rien à vous apprendre.

– Ça ne fait rien, on reprend. Vas-y, Titou.

– Ben... C'est une des plus grosses familles de l'île. Enfin, c'était... Parce que le temps a passé. Maintenant, c'est plutôt la décadence.

– Je t'écoute. Continue.

– La cause, c'est Cases Créoles, leur entreprise. Elle ne marche plus très fort. Ils se sont fait bouffer par Batibo, qui appartient aux Mahé, la famille rivale.

– Les Mahé et les Bertin ne sont pas amis, tout le monde le sait. Mais encore ?

– C'est assez compliqué... Le petit-fils Bertin, Alexandre, est sorti un temps avec la petite-fille Mahé, Jasmine. Voyez le genre. Tout le monde se déteste, mais...

– Mais ça n'empêche pas les sentiments, évidemment.

Une secrétaire passe, les bras chargés de dossiers. L'un d'eux tombe à terre. Desrivières se penche, ramasse les feuilles, lit « Rapport d'activité à la Préfecture », et reprend :

– Et le père, Guillaume Bertin, qu'est-ce qu'on sait ?

– Ah, sale affaire. Sa femme, une métropolitaine, a quitté l'île il y a deux ans. Elle a tout laissé tomber, mari et enfants. Depuis, le père Bertin est cassé. Je ne peux guère en dire plus. Je ne suis pas très intime avec eux...

– Tu crois que les Mahé auraient pu balancer aux Bertin un cadavre ?

– Qui sait ? Mais ce serait idiot de leur part : ils sont les premiers en ligne de mire. Et puis j'ai vérifié. Ils ont tous des alibis en béton, confortés par le témoignage de deux cents personnes. Ça fait du monde...

Certes, ça fait du monde. Mais deux cents personnes ne font pas de bons témoins, pense le commissaire. Les dépositions se contredisent, les gens ont vu des choses différentes, les perceptions ne sont pas les mêmes. Combien en a-t-il entendus, de ces témoins innombrables qui ont aperçu des choses inexistantes, des couleurs folles, des délits imaginaires ? Tout bon policier sait que plus il y a de témoins, plus il y a de flou. Il va falloir faire le tri là-dedans. Du travail en perspective...

*
* *

Dans le fumoir de la maison Mahé règne un silence lourd, troublé uniquement par le crissement des insectes, dehors : les fenêtres sont ouvertes, une brise légère passe sur les meubles anciens et les livres des étagères, faisant voler une fine poussière qui poudre les rayons de soleil. Cristina passe la main dans ses cheveux courts. Dans ce clair-obscur, sa séduction naturelle est mise en valeur, plus sensuelle que jamais. Penchée sur un petit bureau Empire, elle lit le journal : le meurtre de Sophie Moussié s'étale en première page, photos à l'appui. Elle relève la tête.

– Tu es certain que c'était lui ? murmure-t-elle.

Richard, assis dans un fauteuil, se lève. Grand, une dizaine d'années de moins que Cristina, il la regarde avec un désir qui ne laisse aucune ambiguïté quant à la nature de leur relation. Évidemment, entre l'ex-DJ du Maloya et l'héritière des Mahé, veuve depuis peu, la *love story*, très occasionnelle, se doit d'être discrète. Il n'est pas question de s'afficher. Surtout avec cette sombre histoire que Richard Tourneur, l'ami de Thomas, traîne derrière lui. Tout le monde sait qu'il a été accusé d'avoir abusé d'une fille mineure, après un concert fiévreux. Les charges ont été abandonnées, certes, mais la rumeur lui attribue tous les défauts du *bad boy* : inconduite, aventures diverses, manque de rigueur... Bref, Richard n'est pas un amant dont Cristina puisse se vanter; et lui ne s'en inquiète guère. Sur son beau visage à peine marqué, on ne lit aucune émotion, sinon un appétit de vivre. Richard n'est pas un tendre : c'est un tombeur. Même s'il s'est rangé en abandonnant sa carrière de DJ pour devenir chef de chantier chez Batibo, ce qui n'a pas été sans provoquer jalousies et sous-entendus... Batibo, la firme des Mahé... Richard se rapproche de Cristina pour répondre à sa question.

– Bertin, je le connais bien, quand même! C'est quand j'ai vu la photo de la fille dans le journal que je me suis souvenu de les avoir vus ensemble. C'était dans une boîte branchée...

– Guillaume Bertin avec Sophie Moussié, tu ne te trompes pas, tu es sûr?

– Non. Et en les voyant danser, je peux te dire qu'il n'y avait aucun doute sur la nature de leurs rapports.

– Eh bien ils ne sont pas au bout de leurs ennuis, les Bertin! On va s'en occuper!

Elle regarde par la fenêtre comme si, déjà, elle cherchait à les atteindre. Un éclat mauvais assombrit la couleur de ses yeux, et sa bouche a pris un pli dur. Richard, près d'elle, pose ses mains sur ses hanches, par derrière. Il regarde sa nuque, et son désir est perceptible. Elle se retourne à moitié.

– Dis donc, toi, avec ta réputation de don Juan... La petite Moussié, tu n'y as pas goûté?

– Pas mon genre. Et puis j'ai été vacciné : plus jamais une fille dans une boîte, non merci.

– C'est quoi, ton genre?

– Devine.

Il tente de l'embrasser dans le cou. Mais, à peine ses lèvres s'approchent-elles que Cristina s'esquive. Elle est comme les oiseaux dans le jardin : les couleurs du plumage sont belles et attirantes, le ramage est séduisant, mais quand il faut attraper l'objet de convoitise, celui-ci sait, comme personne, se dérober. Cristina aime sentir le désir dans les yeux des hommes. Inassouvi, il peut lui servir. Assouvi, il n'existe plus.

Oui, le volcan qui veille sur la Réunion semble avoir quelque influence sur elle. Toujours au bord de l'éruption, mais au bord seulement. Cristina est-elle la fille du volcan ? Pas impossible, disent les vieilles servantes.

– 6 –

Desrivières observe les cages à oiseaux de Marie-Thérèse. Il contemple les perroquets, les aras : plumes multicolores, envols bruyants, becs acérés. Parfois, une brève dispute éclate, et un volatile ébouriffé se réfugie derrière un palmier nain ou un jacaranda en pot. On pourrait enfermer un enfant dans ces cages, tant elles sont vastes, se dit le commissaire. Puis il revient à la famille Bertin, qui arrive par la varangue. Hortense, la première, lui fait face. Le visage creusé, elle a les bras croisés sur la poitrine : elle barre le chemin. Pour s'en aller, le policier devra la contourner. C'est sa façon à elle de marquer son territoire, et de faire sentir à son interlocuteur qu'il est, chez elle, juste toléré. Desrivières prend la main.

– Sophie Moussié était inscrite sur un vol pour l'île Maurice le soir de sa mort. Vous étiez au courant ?

Hortense tombe des nues, mais elle n'en laisse rien paraître. Jetant un bref regard à Guillaume, elle s'aperçoit que lui aussi est décontenancé. Pâle. Enfin elle répond :

– Si elle avait eu l'intention de partir, elle nous aurait prévenus... Il doit y avoir une explication.

– Vous, monsieur Bertin, elle ne vous a rien dit non plus ?

– Non...

Desrivières note dans son calepin. Puis il s'adresse à Alexandre :

– La nuit de sa mort, vous étiez chez votre petite amie, c'est bien ça ?

– C'est bien ça.

– Elle se nomme Kim Lomé ?

– Oui.

– Bien. Nous la questionnerons plus tard. Pour le rapport, vous comprenez... Et un peu plus tôt, dans la soirée, où étiez-vous ?

Alexandre est mal à l'aise. Les yeux battus, les traits tirés, il a piètre allure. Il hésite un peu, puis, devant l'insistance du commissaire, il se force à répondre.

– J'étais chez... J'étais à une fête chez Jasmine Mahé-Levens.

Hortense lève les sourcils. Tout, dans son attitude, marque une violente désapprobation. Son petit-fils était donc chez les ennemis ? Voilà qui n'est pas tolérable. Mais le policier semble ne pas s'apercevoir de ces sentiments. Il poursuit :

– Sans votre petite amie, donc...

– Il n'était pas prévu que j'y aille. On s'est retrouvés après.

– Les Mahé... Ce sont vos concurrents directs, n'est-ce pas ?

Hortense n'y va pas par quatre chemins. Elle sait que le policier n'ignore rien de ce conflit, mais qu'il pose les questions par routine. Elle répond :

– Oui. Batibo, qui appartient aux Mahé, est devenue la plus grosse entreprise de la région.

– Vous ne vous demandez pas qui peut vous en vouloir au point de déposer un cadavre chez vous ?

– Nous n'avons pas de réponse, monsieur Desrivières. Il ne vous a pas échappé que nous sommes sur une île, et non dans un western. Nous ne réglons pas nos affaires par cadavres interposés.

Un oiseau caquette violemment. Un perroquet répète, en écho : « ... interposés... posés... posés. » Un instant, tout le monde se déconcentre. Sauf Desrivières, qui reprend :

– Sophie Moussié ne vous a pas prévenus de son départ. Or elle a été tuée le soir où elle devait s'en aller. Forcément, les deux événements sont liés.

Il a l'air de réfléchir à haute voix. Ses interlocuteurs se regardent. L'attente se prolonge. Décidée à ne pas laisser cet intrus s'installer chez elle, Hortense prend les devants :

– Que pouvons-nous faire pour vous, commissaire ?

– Je voudrais voir votre fille.

– La voir ? Mais naturellement. Suivez-moi.

Dans sa chambre, Marie-Thérèse est bouleversée. En larmes, elle s'est jetée sur le lit et, depuis ce matin, gît là, la poitrine secouée de gros sanglots. Hortense fait entrer le policier.

– Elle est comme ça depuis ce matin... Cette histoire l'a totalement retournée... Elle est très fragile.

Desrivières s'approche doucement de la gisante.

– Madame... Je voudrais vous parler de votre infirmière... Vous voulez bien me répondre ?

Marie-Thérèse se retourne sur son lit. Elle s'assied, le corps avachi, les épaules basses, un poids invisible sur la tête. Tout son être baigne dans une tristesse infinie. Elle lève sur le commissaire des yeux noyés, et se borne à dire, sur un ton apeuré :

– Il faut le trouver, il faut trouver qui a fait ça... J'ai peur, j'ai tellement peur...

– De quoi avez-vous peur, Marie-Thérèse ?

– De tout !

Brusquement, la voilà de nouveau ravagée par les pleurs. Un gémissement sort de sa bouche. Elle cache son visage dans ses mains. Hortense, enfin saisie d'une pointe d'émotion devant le spectacle de sa fille malheureuse, pose sa main sur l'épaule de Marie-Thérèse.

– Ma chérie... Ma chérie...

Elle lui caresse la tête. Desrivières, gêné, n'insiste pas. Quels secrets cache cette famille ? Brusquement, il a l'impression de se débattre dans un cul-de-sac. Mais chaque enquête comporte ces zones d'ombre qui génèrent un certain découragement, il le sait. Et puis ça passe. Ça passera donc. Il faut attendre.

*
* *

La petite voiture roule vite. Julia, au volant, tendue, garde les yeux sur la route. Parfois, elle donne un coup de volant plus brusque pour éviter une carriole chargée de feuilles, ou un groupe d'enfants qui joue le long de la chaussée. Au soleil, le goudron semble luisant, comme un mirage lointain. Derrière, le volcan surplombe le paysage.

Julia peut le voir dans son rétroviseur, avec ses fumerolles et ses coulées de lave durcie. Juste au moment où elle arrive devant la propriété des Mahé, elle aperçoit Thomas qui se dirige vers la grille. Julia gare sa voiture un peu plus loin. Quand elle en sort, Thomas est là, devant elle : une gêne terrible s'installe entre eux. Julia rompt le silence :

– Je suis venue voir Jasmine.

– J'ai... J'ai... J'ai voulu t'appeler mais je n'osais pas... C'est affreux, ce qui vient de se passer. Comment ça va, chez toi ?

– Très bien, Thomas... Enfin non, pas très bien. Pas du tout, même. Pas du tout.

Le silence retombe. Ils ne savent pas comment continuer. Les mots semblent inutiles. Thomas tente de meubler.

– En même temps... c'est normal avec ce qui vous arrive.

– C'est vrai, avec ce qui nous arrive...

Nulle ironie dans la bouche de Julia. Juste des phrases creuses, pour faire semblant. Car, sous les mots, autre chose se dessine. Entre Thomas et Julia, l'électricité passe. On s'y brûlerait.

Tous deux se rendent compte de leur malaise, du ridicule de leur situation. Ils se connaissent depuis si longtemps, et les voici comme deux étrangers en visite chez une vague tante de province. Thomas ne peut s'empêcher d'éclater de rire. Julia le regarde, surprise, et s'en va. Elle fait quelques mètres et se retourne : il est là, planté, le regard empreint de tendresse. Cette tendresse, cette chaleur la pénètrent jusqu'au cœur.

Quand Thomas regagne la maison Mahé, tout paraît calme. Les servantes s'affairent, les jardiniers s'occupent de la végétation luxuriante. Les camélias, en fleur, inondent les allées de leur parfum entêtant et les tubéreuses ajoutent une note moite, plus dense. Mattéo dit souvent qu'un jardin laissé à l'abandon pendant quatre jours, avec le climat de la Réunion, est quasiment impossible à rattraper. C'est donc quotidiennement que les trois jardiniers taillent, émondent, greffent, arrosent, rectifient, plantent ou arrachent. Non loin de là, le patriarche, assis sous la véranda en compagnie de sa petite-fille, surveille d'un œil aigu tout ce qui se passe. Il tient à la main un journal qu'il parcourt par moments, indifférent aux menus du traiteur que propose la jeune fille. Finalement, celle-ci l'arrache à sa rêverie :

– Grand-père ?

– Oui, Jasmine ?

– Ou alors on fait un cocktail ?

– Un cocktail ?

– Oui, c'est moins prout prout, et on ne s'embête pas avec les plans de table.

Mattéo, qui ne comprend pas le sens du mot « prout prout », donne son assentiment.

– Tu as raison.

Mattéo, soudain, se fige. Il vient d'apercevoir Julia, qui remonte l'allée centrale. Jasmine, qui s'apprêtait à dire quelque chose, se tait. Tous sont gênés. Que vient faire Julia ici ? Celle-ci brise la gangue de malaise :

– Bonjour, monsieur Mahé. Je suis venue apporter les photos de la soirée.

Jasmine se lève et, faisant fi de la rivalité entre les deux familles, embrasse son amie. Sur le visage de Mattéo, un bref sourire apparaît. Les deux jeunes filles se mettent à l'écart et ouvrent l'enveloppe de photos, dont le papier cristal grésille.

– Elles sont géniales ! s'enthousiasme Jasmine.

– Je garde les autres pour l'album, ce sera une surprise.

– Merci ! Tu es un amour ! Regarde, grand-père !

Mattéo replie son journal et, lentement, prend les photos. Il sent qu'il doit dire quelque chose :

– Je suis désolé de ce qui vous arrive, Julia.

Désolé ? Leur ennemi héréditaire ? Julia est trop surprise pour répondre.

Mattéo feuillette les clichés. Par moments, son œil s'attarde sur telle ou telle image, mais il revient toujours sur les mêmes : celles où figure Alexandre.

– Bientôt, tu viendras dîner ici avec ton frère.

Julia, interloquée cette fois, ne sait comment réagir. Elle se balance d'un pied sur l'autre, puis s'adresse à son amie.

– Ce serait super ! À condition qu'Alex ne nous fasse pas une jaunisse en plein repas. Avec lui, on peut s'attendre à tout !

Pour seule réponse, un éclat de rire : Jasmine, amusée par cette idée, laisse libre cours à son hilarité. Alexandre tout jaune ! Ce serait d'un comique... Elle reprend :

– Au moins on est sûr de ne jamais s'ennuyer, avec lui !

Les deux amies descendent l'allée centrale du jardin. Derrière les frondaisons, on entend la mer. Il est vrai qu'à la Réunion, celle-ci n'est jamais loin. Le pays est né des vagues et la mer est son élément, tout comme la braise du volcan. Curieux destin géographique d'un lieu qui allie l'eau et le feu...

Parvenues sur la plage, Jasmine et Julia, « les deux J » comme elles se surnommaient dans l'enfance, règlent leur pas l'une sur l'autre. Elles se déchaussent et, sous leurs pieds nus, le sable semble se dissoudre comme du sucre. La chaleur, ici, devient moins pesante et les chagrins semblent plus acceptables. La mer guérit les blessures, celles de l'âme comme celles du corps.

Jasmine regarde l'horizon, où une voile blanche se détache, marque-page sur le livre ouvert du bleu infini.

– C'est vrai que ce serait bien que vous veniez tous les deux, murmure-t-elle.

Avec un peu d'ironie, mais sans méchanceté, Julia relève :

– Et ça ferait tellement plaisir à ta mère !

– Tu l'as dit : elle ne peut pas supporter Alexandre ! Il faut reconnaître qu'il est un peu dur, ton frère ! On dirait qu'il fait une légère fixette sur moi, non ?

– Je ne le comprends pas toujours, tu sais, Jasmine. Il n'était déjà pas facile, mais depuis que notre mère est partie il est carrément, comment dire... sauvage.

– En tout cas il faut qu'il se calme, parce que si ça continue je me demande comment il va se comporter le jour du mariage.

Jetant un coup d'œil à Julia, Jasmine enfonce le clou.

– Il nous a mis dans un état, l'autre soir... J'ai même eu peur que tu me voles Thomas !

– J'ai vu. Mais on vole les choses, pas les gens. Thomas ne t'a pas volée à Alexandre, c'est toi qui l'as choisi, n'est-ce pas ?

– Bien sûr. Tu as raison. Mais...

D'un pied, elle touche la frange extrême de l'eau, où les vaguelettes meurent dans un bruit doux. Un coquillage, un lambi, tente de revenir vers un caillou. Délicatement, Jasmine le pousse vers sa destination et, soudain, change de conversation.

– Cette fille qu'on a retrouvée devant chez vous, tu la connaissais un peu ?

– Oui, je la voyais souvent, et je l'aimais bien, d'ailleurs... Je crois que tout le monde, chez nous, l'aimait bien. Je ne comprends pas ce qui s'est passé...

– On va retrouver celui qui a fait ça. Tout redeviendra comme avant... Mieux, peut-être.

Jasmine passe sa main sur l'épaule de Julia. Celle-ci, assombrie par la suspicion dans laquelle sa famille est tenue depuis la mort de Sophie Moussié, a besoin de réconfort... Tout à coup, Jasmine regarde sa montre.

– Mon dieu ! Je dois rentrer ! Tant de choses à faire !

Elle embrasse légèrement son amie et, faisant volte-face, revient sur ses pas en courant. Là-bas, la voile a disparu. Il ne reste qu'un horizon sans accroc, éternel.

Julia continue de marcher, seule. Quand elle arrive aux rochers de la Grande Anse, elle choisit un trône que la mer a sculpté, au fil des siècles, dans la roche rouge et noire. C'est un siège grossier, en basalte, sur lequel, enfants, les Mahé et les Bertin, ont joué. Rois, reines, princes, toute une cour naissait dans ce coin. Pendant quelques heures, le temps était suspendu, et les rapports sociaux modifiés. Car les petits Mahé étaient alors les seigneurs et les petits Bertin leurs employés. Le clivage social qui se perpétuait de père en fils, de génération en génération chez les adultes, n'avait plus lieu d'être chez les enfants. Que de jolis souvenirs...

Julia sent les larmes lui monter aux yeux. Dans cette nature luxuriante, le sentiment de solitude qu'elle ressent se fait encore plus vif, par contraste. Déjà, des sanglots lui étreignent la gorge... Soudain, un bras passe autour de ses épaules. Elle sursaute et la pression du bras se fait encore plus forte. C'est Alexandre. Que fait-il ici ? Julia ne se pose pas la question. Il est là, présent, et c'est l'essentiel. Son frère est arrivé à point nommé. Elle se blottit contre lui, se calme peu à peu.

– Alex, Alex... Comment as-tu su que j'étais là ?

Il prend une inspiration, et ses yeux bleus brillent, malgré son teint marqué par la fatigue.

– C'est ici que tu es venue quand j'ai brûlé ta poupée, il y a bien longtemps, tu te souviens ? Et le jour du bac, quand on s'est disputés à mort... Et aussi quand maman est partie... Chaque fois que ça ne va pas, tu viens ici. Je le sais parce que je suis ton frère, Julia.

– C'est vrai.

– Pourquoi ici ?

– Parce que c'est beau, Alex. Regarde autour de toi : la mer, le ciel, la forêt... On s'amusait avec ce trône de lave, autrefois. Je ne sais pas, je me sens bien ici.

– Tu parles comme si tu étais dans une église !

– C'est ça, exactement ça. Je ne sais pas si je crois en Dieu, mais s'Il existe, Il demeure ici.

– Et Il t'écoute, au moins ?

– Pas toujours... Pour maman et tante Marie-Thérèse, il n'a pas entendu grand-chose...

Le frère et la sœur se regardent. Malgré leur ton de dérision légère, ils se comprennent. Au fond, ils n'ont pas besoin de mots. Leur passé commun a forgé une intimité totale entre eux. Ils sont comme des jumeaux. Alexandre sait ce qui se passe dans la tête de sa sœur... Il demande quand même :

– C'est quoi, le *deal* aujourd'hui, avec Dieu ?

– Rien... Je lui ai dit que j'avais peur.

– Peur de quoi ?

– Peur de je ne sais quoi. Je sais en revanche pour qui j'ai peur...

– Pour qui ?

– Pour tante Marie-Thérèse, pour papa, pour toi.

– Laisse tomber, ne t'en fais pas pour moi, je suis grand.

Il la serre contre lui. La mer bat à leurs pieds, au rythme de leur cœur. Alors Julia, vaincue, cesse de tergiverser et dit enfin les mots qui lui brûlent les lèvres :

– C'est horrible, Alex, je suis en train de tomber amoureuse du fiancé de ma meilleure amie.

– Ça, j'avais compris.

Un oiseau multicolore se pose près d'eux, les regarde d'un œil rond et inquiet. Quand le téléphone portable de Julia se met à sonner, l'oiseau s'envole : la civilisation a froissé la nature. Julia jette un coup d'œil sur l'écran digital, ne décroche pas. Alexandre demande :

– C'est lui ?

Julia se blottit dans ses bras. Avec un ton de désespoir qu'Alexandre ne lui connaît pas, elle demande :

– Qu'est-ce que je dois faire ? Je ne sais plus ce que je veux... et ce que je ne veux pas.

– Il n'y a pas que toi dans cette histoire, Julia. Vous êtes deux. Sais-tu seulement s'il veut de toi ?

– Moi, je ne veux rien de lui. Mais je ne veux pas passer à côté de ma vie.

D'habitude, c'est Julia qui soutient Alexandre. Aujourd'hui, les rôles sont inversés.

Le bruissement des feuilles, dans la forêt tropicale, apaise. Au fil du temps, la mer grignote les rochers. Il y a là une idée d'éternité, alors que l'amour qui brûle le cœur de Julia est encore de l'ordre de l'immédiat. Peu à peu, le jour baisse. Le frère et la sœur ne disent rien. Ils attendent. Ils attendent quoi ? Le destin, la chance, qui sait ? Tandis que le soleil plonge derrière la ligne océane, là-bas, inondant l'île de ses rayons rouges, la nuit s'avance. Elle engloutit tout, les pensées, les êtres, les sentiments. Tout à coup, c'est l'obscurité.

Après avoir garé leurs véhicules, Julia et Alexandre remontent l'allée de La Roseraie. La jeune fille remarque alors, contre la grille, la voiture de son père, une BMW noire : les phares sont allumés, le moteur tourne, mais il n'y a personne à l'intérieur. Où est Guillaume ? Soudain Marie-Thérèse arrive, soutenue par Régine. La servante installe sa maîtresse à l'arrière, boucle la ceinture de sécurité, et s'efface pour laisser passer Hortense. Celle-ci, vêtue d'une veste noire, s'installe au volant du véhicule et démarre. Julia demande à Régine :

– Où vont-elles, à cette heure-ci ?

– Elles vont où elles doivent aller, Julia. Il ne faut pas poser de questions.

Des questions, pourtant, Julia en aurait plus d'une à poser. Et elles la hantent. Or les réponses sont rares et difficiles. Un philosophe a dit : « Il n'y a pas d'interrogations, il n'y a que des solutions. » Sans doute n'avait-il jamais mis les pieds à la Réunion, celui-là. Car ici, dans l'île, c'est tout le contraire.

– 7 –

La pièce est éclairée par des bougies. Des ombres dansent dans les coins. Les bocaux rangés sur les étagères, où des plantes macèrent depuis longtemps, prennent des allures fantastiques. La terre battue de la maison, inégale sous les pieds, ajoute encore à l'atmosphère lourde. Ici, c'est le règne des mots silencieux, des dieux discrets, des sorts jetés en murmurant. Dans un angle, des plumes de paon, placées dans une bouteille ventrue, frémissent sous un courant d'air. Le rideau qui sépare la pièce principale de l'habitation semble bouger. Tout est trompeur, ici : Joséphine a transformé cette case en maison des esprits. Une inquiétude sourde parcourt les visiteurs.

Joséphine est penchée sur Marie-Thérèse. Celle-ci, assise sur une chaise, semble endormie. « La tisanière », son corps tordu par la vieillesse, s'interpose entre une bougie presque fondue et l'autel, contre le mur où les divinités venues d'Afrique sont représentées avec des visages grimaçants. Il y a là Evian, le dieu de la ferraille et de la guerre ; Marcellus, le servant du feu et des orages ; Rimaré, l'ange de la mer et des esclaves ; Ti-Canon, le multiplicateur, protecteur des amants et des volailles ;

Choumaizie, la déesse des tables, des hommes politiques et de la Terre. Quand Joséphine se déplace, chacune de ces figures est brossée par son ombre.

La guérisseuse passe les mains le long du corps de Marie-Thérèse, sans la toucher. Celle-ci ne bronche pas. La vieille dame murmure des mots anciens, des rituels d'initié. De grosses gouttes de sueur perlent sur son front. La respiration de Marie-Thérèse se calme peu à peu... La séance dure depuis plusieurs heures : certaines bougies ont totalement fondu, formant par terre des flaques de cire qui se solidifient et sur lesquelles Joséphine grave des signes cabalistiques. Au bout d'un moment, épuisée, la prêtresse s'arrête. Elle place un drap sur les épaules de sa visiteuse. Puis, traversant la pièce à pas lents, elle éteint, une à une, les dernières bougies. Dans un coin noyé d'ombre, allongé sur un banc, une fillette dort sous une couverture : c'est Sunsia. Un de ses bras pend presque jusqu'au sol. Alors Joséphine le prend avec douceur et le remet sous la couverture. Puis elle saisit un petit verre sur une table et écarte le rideau de raphia qui tient lieu de porte d'entrée.

Dehors, c'est déjà le petit matin. Un soleil éclatant naît à la lisière des arbres, mais la grosse chaleur n'a pas encore eu le temps de s'installer. Dans un rocking-chair – ici on dit une dodine – Hortense se balance doucement. Dans sa main, la boule de verre, souvenir d'Antibes. En sortant, Joséphine s'empare d'une bouteille de rhum : Marie-Thérèse, le corps tassé sur sa chaise, semble plongée dans un sommeil sans fin. La bouteille à la main, Joséphine s'assied sur un tabouret, près d'Hortense. Celle-ci, un peu engourdie par une si longue attente, accepte volontiers le verre qui lui est tendu. Elle boit, puis, enfin réchauffée, recommence à se balancer. Rêveuse, elle se passe la main dans les cheveux, encore plus roux sous la lueur du matin.

– Tu l'as déjà soignée, autrefois... dit-elle.

– Oui. Elle en avait besoin. Le jour de la mort de monsieur Octave, puis le soir du mariage de Guillaume...

– C'est la troisième fois aujourd'hui... Mais explique-moi, Joséphine : pourquoi la meilleure tisanière du pays ne peut-elle pas guérir définitivement ma fille ?

– Je la soigne, c'est déjà beaucoup.

– C'est vrai. Mais tu ne la guéris pas.

Hortense arrête de se balancer. Elle se penche vers Joséphine, lui prend les mains et, ses yeux dans les siens, murmure :

– Tu penses à la même chose que moi : la malédiction.

Joséphine se sert un verre de rhum. Elle penche la tête, hume l'alcool et le boit d'un seul trait, laissant volontairement tomber la dernière goutte sur le sol : « Pour les anciens », dit-elle.

Puis, renouant avec le fil de la conversation :

– La malédiction n'explique pas tout.

– Mais alors dis-moi tout, Joséphine : Qui ? Mattéo ? Cristina ?

– Non. Seuls ceux qui vont mourir peuvent maudire.

Joséphine se tait. Hortense sait qu'elle n'en dira pas plus. Inutile d'insister. Elle continue à fixer « la tisanière » un instant, puis se détourne. Les arbres frissonnent. Un vol d'oiseaux traverse le ciel. Il y a comme un petit vent d'orage, qui grandit. Hortense change de sujet et de ton.

– Tu sais pourquoi Sophie est morte. Tu sais qui l'a déposée devant chez moi. Dis-le-moi !

Aucune réponse. Le vent, brusquement, devient plus violent. Une bourrasque décoiffe les deux vieilles femmes. Mais Joséphine se replie sur ses secrets :

– Je serai toujours là pour vous, madame Hortense. Vous le savez bien.

Le vent couche les herbes hautes, emportant avec lui ces mystères que Joséphine connaît si bien, et dont elle ne dira rien à âme qui vive. Qui vive...

*
* *

Matinée lourde à La Roseraie... On se croise dans l'escalier sans mot dire. Régine, dans la cuisine, s'affaire. Les oiseaux, dans leurs cages, demeurent immobiles. Alexandre et Julia, assis dans le salon, feuillettent des journaux sans les lire. Visiblement, ils ne s'intéressent guère au contenu : ils sont ailleurs. Le jeune homme se lève, se verse un verre de rhum.

– Nous sommes encore le matin, Alex. C'est un peu tôt, non ? réagit aussitôt Julia.

– Oui. Et alors ?

– Alors rien.

– Il y a des fois où l'urgence recommande de désinfecter les plaies. C'est comme de l'aspirine, ce truc-là, mais en mieux.

– Puisque tu le dis... Tiens, après tout, sers-m'en un, veux-tu ?

Alexandre verse le liquide couleur d'ambre dans de grands verres en cristal, et soudain se tourne vers sa sœur.

Il vient de se remémorer une scène précise et s'en ouvre à Julia.

– Je les ai entendus, Julia.

– Qui, Alex ?

– Mattéo et Cristina. Ils s'étaient mis à l'écart de la fête, l'autre soir.

– Et... ?

– Et ils parlaient tous les deux. Mattéo était le plus énervé. Il disait, il disait...

– Il disait quoi ? Vas-y !

– Il disait : « Tu ne donneras pas d'argent à cette fille. C'est moi que ça regarde, maintenant. » Voilà ce qu'il a dit, Mattéo.

– Qu'est-ce que ça signifie, Alex ?

– ... Puis j'ai vu Sophie. Ce soir-là, elle se rendait chez les Mahé.

– Tu es sûr ?

Julia boit un lampée de rhum, puis se penche et, assise sur l'extrême bord du canapé, le visage incrédule, redemande :

– Tu es sûr ?

– Oui.

– Attends, Alex. C'est très grave, tu te rends compte de ce que ça veut dire ?

Il ouvre la bouche pour répondre quand un martèlement se fait entendre à la porte d'entrée de la maison. Tous deux sursautent. Quelqu'un toque avec force. Julia se lève, se précipite. Elle ouvre et manque d'entrer en collision avec Régine. La vieille servante, un marteau à la main, est en train de clouer un ex-voto sur la porte. C'est saint Expédit, patron des carrefours et des voyageurs. Devant la mine stupéfaite de Julia, Régine explique :

– C'est pour les « mal morts », mademoiselle Julia. Pour qu'ils partent loin... Et qu'ils laissent les vivants tranquilles.

*
* *

La journée s'est achevée sans incident. La police travaille, Marie-Thérèse, dans sa chambre, se repose. Hortense veille. Peu à peu, la nuit s'avance. Le mystère du meurtre de Sophie Moussié fait la une des journaux télévisés et alimente toutes les conversations de l'île. Pas un café, pas un bar, pas un restaurant où l'on n'évoque cette affaire. Même Desrivières est au bord de la surdose.

Chez les Mahé, on n'en parle pas. Cristina, ce soir-là, en sari blanc, a du mal à trouver la paix. Il est encore trop tôt pour dormir, mais trop tard pour sortir en ville. Alors, seule, elle décide de faire quelques pas dans la tiédeur de la nuit, le long des allées du jardin. Passant devant la chambre de son père, elle note que celle-ci, au premier étage, est allumée. En contre-jour, elle discerne la grande silhouette de Mattéo. Visiblement, le vieil homme ne trouve pas le sommeil lui non plus. Il semble regarder droit devant lui. La nuit, décidément, promet d'être longue...

*
* *

Oui, longue a été la nuit pour tous, et le jour se lève sur une ambiance morose. Mélancolique, même. Julia, vêtue d'un tailleur strict, arrange sa coiffure dans le miroir de l'entrée. Hortense, sobre et élégante dans un camaïeu de gris, descend l'escalier. Guillaume, complet veston et cravate, arrive avec Régine : pour les Bertin, c'est l'heure de l'enterrement de Sophie Moussié. Hortense, prête à partir, se tourne vers Régine pour lui donner ses instructions.

– Surtout, tu ne te laisses pas faire. Tu lui fais prendre ses médicaments. Si ça ne va pas, tu peux m'appeler sur mon portable.

D'un signe de la tête, Régine indique qu'elle a compris. Guillaume, n'osant manifester sa surprise de voir sa mère se rendre à la cérémonie funéraire d'une fille qu'elle n'aimait pas, demande si quelqu'un a pensé aux fleurs.

– J'ai commandé une couronne chez Lomé. La même que d'habitude, lui répond Hortense.

Julia se permet d'intervenir :

– Ils avaient dit « sans fleurs ni couronnes », grand-mère.

– Moi, j'ai toujours fait comme ça ! On ne comprendrait pas que je change mes habitudes, surtout aujourd'hui. J'ai passé l'âge.

Un coup de klaxon, bref, se fait entendre. Guillaume ouvre la porte.

– Allez, on va être en retard.

Déjà Hortense est sur le pas de la porte, lorsque le téléphone sonne. Elle décroche :

– Allô ? Allô ?

Personne ne lui répond. Elle entend juste le déclic : le correspondant a raccroché. Qui cela pouvait-il être ? Un mauvais plaisant ? Hortense lance un regard inquiet sur ce questionnement et, d'un pas décidé, se dirige vers la limousine des pompes funèbres, dont le chauffeur tient la portière ouverte, prêt à aller au cimetière.

Sous un ciel bas, la cérémonie se déroule sans éclat. Peu de gens – des amis, des connaissances – et quelques métis dont nul ne sait qui ils sont. Appartiennent-ils à la famille Moussié ? Sont-ce des relations de travail ? Guillaume, encore plus pâle que d'habitude, se tient légèrement voûté, comme si cette mort lui pesait sur les épaules. Il a l'air absent. Derrière lui, petite et nouée, Joséphine, avec un chapeau à voilette. Julia ne la connaît pas. Qui est donc cette femme étrange ? Et cette petite fille qui l'accompagne ? Quand elle voit sa grand-mère adresser un discret signe de la tête à cette inconnue, Julia se penche et demande à Hortense :

– Tu la connais ? C'est qui ?

La grand-mère ne répond pas... Les participants commencent leur défilé en jetant chacun une poignée de terre sur le cercueil, signe de la fin de la réunion mortuaire. Hortense se détache alors du groupe et s'avance vers Joséphine. Sous l'œil étonné de Julia, les deux femmes se serrent les mains et, sur le visage d'Hortense Bertin, on lit une compassion sincère. Suivant sa grand-mère, Julia s'approche à son tour. Et quand Hortense lui désigne les mains de Joséphine, elle se sent contrainte de reproduire le même geste et de serrer les mains de cette dame à voilette. Elle remarque qu'un peu plus loin, près d'une statue d'ange gardien, deux hommes observent la scène. Ce sont Desrivières – toujours avec son vieux calepin – et Titou. Le commissaire et son adjoint semblent absorbés par leur travail, et dévisagent chacun des participants de la cérémonie.

À présent, c'est au tour des anonymes de s'avancer. Chacun vient s'incliner devant Joséphine qui, en tant que mère nourricière, est la seule famille de Sophie Moussié. Un Blanc inconnu fait alors son apparition. En plus d'une poignée de terre, il a jeté sur le cercueil une fleur... Grand, le visage buriné, les cheveux frisés et les yeux bleus, il ressemble à un célèbre tennisman. Parvenu devant Joséphine, il s'incline et se présente :

– Mes condoléances, madame. Je m'appelle Serge Todobrini. Je suis l'ami de Sophie. Elle m'a beaucoup parlé de vous...

Il ne cherche pas ses mots ; une assurance certaine se dégage de lui. Surprise, Joséphine le regarde avec attention. C'est la première fois qu'elle rencontre cet homme, dont elle ignorait l'existence. Desrivières se penche vers Titou :

– Tu connais ?

– Jamais vu, patron !

Todobrini s'en va à pas lents en direction du parking, longeant les tombes couvertes de fleurs. Des photos d'êtres chers disparus, des vases, des offrandes sont disposés de part et d'autre.

Autour du caveau, les gens commencent à se disperser. Mais la famille Bertin, serrée, semble clouée sur place : un homme est apparu, après avoir claqué la porte de sa limousine. Il est en retard, ce qui n'est pas étonnant : il l'a fait exprès. En effet, Mattéo Mahé n'avait pas l'intention de rencontrer les Bertin. Mais puisqu'ils sont encore là, il s'avance quand même, tant pis. Hortense, de rage, se raidit. La vieille rivalité de ces deux-là n'est pas près de s'éteindre. La doyenne des Bertin ne peut oublier que Mattéo Mahé, il y a un demi-siècle, était le descendant de leurs esclaves, et qu'aujourd'hui il emploie sa fortune à affronter ses anciens maîtres.

Parvenu à la hauteur de la tombe, le vieil homme salue sèchement les derniers visiteurs, d'un coup de tête. Toute son arrogance de nouveau riche affleure dans ce geste. Mais il aperçoit Alexandre, pour lequel il a toujours éprouvé de l'affection, et son visage s'adoucit. Puis il s'avance vers la fosse, se recueille un instant.

Julia sent les vibrations de haine qui se dégagent entre les Bertin et Mattéo ; elle est traversée par ces ondes maléfiques. Il n'y a pas de raison, se dit-elle, que les enfants souffrent des inimitiés des parents. Ce qui est vrai, mais, hélas ! peu réaliste. Julia est ainsi : le réalisme n'a jamais été son fort. Elle entend Hortense murmurer :

– Qu'est-ce qu'il fait là, ce charognard ?

Le silence retombe. Au loin, sur la route de Saint-Denis, des camions vrombissent sur l'asphalte chauffé. La fraîcheur de la matinée est vaincue. Titou glisse à l'oreille de son patron :

– Les Bertin et les Mahé au même endroit, ça ne se voit pas tous les jours, ça. C'est de l'inédit. Regardez la petite Julia, patron, elle semble avoir des trucs à dire.

En effet, Julia se rapproche de son frère.

– J'ai réfléchi. Alex, il faut que tu dises aux policiers ce que tu as vu.

– Non... Je ne suis plus si sûr... Peut-être n'était-ce pas Sophie, peut-être que j'ai confondu... Oublie ça.

Un pas en arrière, Julia détaille son frère du regard. Comment ? Lui si rebelle, si conquérant, il reculerait devant une évidence ? Il se dédirait ? Est-ce juste une petite lâcheté, ou une prudence élémentaire ? Ou, pire, quelqu'un le tient-il ?

Le prêtre a donné la dernière bénédiction, les croque-morts, déjà, ont saisi leur pelle pour refermer le trou. Dans les allées du cimetière, chacun s'en va, avec ses pensées : Joséphine et Sunsia, Mattéo Mahé, Serge Todobrini... Desrivières et Titou ferment la marche. Le commissaire commence à transpirer : la chaleur l'incommode. Il demande à son collaborateur :

– C'est bizarre que Mahé soit là. Il connaissait Sophie Moussié ?

– Faut croire, patron.

– Vraiment bizarre...

Sur le parking, le gravier crisse sous les souliers vernis. Curieusement, Mattéo Mahé, dans son costume sombre, hésite. Puis, sans doute pris d'une inspiration subite, il se rapproche des Bertin. Saluant Julia et Alexandre, il avance jusqu'à faire face à Guillaume. Là, il tend une main noueuse, une main de buis à ce dernier qui, l'espace d'un instant, ne sait que faire. Sa bonne éducation prend le dessus, et il serre finalement la main de Mattéo. Ils appartiennent à deux générations différentes. En tant qu'aîné, c'est à Mahé de parler le premier :

– Bonjour, Guillaume.

– Bonjour, monsieur Mahé.

L'un tutoie, l'autre vouvoie. Les règles de bienséance relatives à l'ancienneté se trouvent ainsi respectées. Satisfait, Mahé poursuit :

– Tu dois te demander ce que je suis venu faire ici, n'est-ce pas ?

Mais c'est Hortense qui répond. Avec elle, les conventions de l'âge ne tiennent plus : elle est de la même génération que son interlocuteur. Elle jette sèchement :

– Tu es venu voir si nous étions encore debout? Te voilà rassuré, j'espère, Mattéo Mahé!

Mattéo ne se démonte pas devant cette agressivité. Aucune réaction. Sous ses cheveux blancs, il prend un instant l'aspect du joueur de poker qu'il a été, construisant son entreprise à coups de bluff, de chance, d'ambition et de travail. Batibo est son empire, sa royauté. Il a réussi là où d'autres se sont écroulés. Il se retourne vers Guillaume :

– Guillaume, pourrais-tu passer me voir? Nous avons des choses à nous dire... Impossible de continuer comme ça... Je crois que je peux vous aider.

La simple perspective de voir Mattéo Mahé débarquer dans les histoires de sa famille est un véritable affront pour Hortense. Les lèvres pincées, le regard de glace, elle s'interpose.

– Tu nous a assez aidés en semant tes cadavres sur notre perron. Guillaume, viens, mon fils.

Hortense se retourne et s'en va. Le bruit du gravier sous ses pas s'apparente à celui d'une craie sur un tableau et produit un effet agressif, sinistre même. Les chauffeurs des voitures, sentant le moment propice, se précipitent : ils savent que les gens vont maintenant s'en aller. C'est le cas. Sauf Guillaume, qui, doucement, s'adresse à Mattéo :

– Vous n'avez pas choisi le bon moment, monsieur Mahé, ni le bon endroit.

– C'est égal, Guillaume. Pense à ce que je viens de dire.

Les deux hommes se séparent. Non loin de là, dans la confusion, un témoin discret que personne n'a remarqué : Serge Todobrini.

Qui est-il ? Le joker de cette partie de cartes dont nul ne connaît l'issue ? Plus important : que veut-il ?

*
* *

L'hôtel Fournier est l'un des plus anciens de Saint-Gilles. Bâti à l'époque de la colonie, il est merveilleusement situé : à gauche, la plage et son éternel murmure de vagues ; à droite, la piscine, longue et azurée. Une double rangée de palmiers encadre le bâtiment principal, dont les deux étages sont ceinturés par des balcons festonnés. C'est l'architecture créole dans sa plus grande beauté : l'ensemble est aéré, stylé. De discrets serviteurs accourent pour verser le café ou offrir des cocktails et les touristes, rares en cette saison, semblent heureux d'être aussi bien traités. C'est l'endroit idéal pour les vacances, les hommes d'affaires préférant poser leurs bagages un peu plus loin, dans l'un des hôtels modernes, le Granhotel ou le Softytel.

Serge Todobrini entre dans l'hôtel Fournier, un sac de voyage à la main, un ordinateur portable en bandoulière. Rapidement, l'employée de la réception lui attribue une chambre, dans laquelle le visiteur pénètre tout aussi prestement, sans s'intéresser à la présentation du bagagiste qui lui décrit l'accès au minibar, le fonctionnement de la salle de bains et l'utilisation de la télécommande pour les chaînes câblées. Todobrini se borne à donner un pourboire, puis à refermer la porte derrière lui. Il tire les rideaux, se privant par la même occasion d'une superbe vue sur la plage du Boucan, l'un des plus beaux lieux de l'île. Dans une demi-pénombre, il installe son ordinateur, retire la housse de l'appareil, enlève sa veste qui, lourdement, glisse du dossier de la chaise en rotin. Il la ramasse et, agacé par un poids qui attire la veste vers le sol, en vide les poches. Un peu de monnaie, quelques papiers, puis... un Glock 19-C. L'arme, mate et sophistiquée, tient peu de place, mais est redoutablement efficace. D'un poids assez modeste – 586 g sans le magasin – le pistolet n'est guère long : 250 mm, et son calibre, 9 mm, est idéal, surtout avec un chargeur de dix-sept balles, qui ajoute 255 g à l'ensemble. Todobrini pose le Glock sur une tablette et se penche sur son écran.

Tandis que cet étrange visiteur se plonge dans ses recherches, dans le hall de l'hôtel Fournier d'autres tractations ont lieu. Car c'est ce chantier, qui vise la rénovation de l'aile gauche de l'hôtel, que se disputent les Mahé et les Bertin. Or, justement, Guillaume et Julia sont en lice pour emporter le marché. Il pourrait remettre à flot la société Cases Créoles.

– La banque ne nous suit plus, souligne Guillaume. Le directeur de la Créobank, tu sais, Jacques Talloire, je l'ai vu hier. Il ne peut plus nous aider. Or...

– Or nous avons besoin d'argent pour mettre sur pied le projet Fournier. Je sais, papa. Et nous avons un découvert...

– Vingt mille euros, ce n'est pas la mort !

– Oui, mais c'est quand même une hémorragie. Mon frère m'avait juré qu'il avait arrêté de jouer. C'est sans fin, et c'est justement ce que Talloire ne peut plus couvrir.

– Mais Alexandre ne joue plus, tu le sais !
– Il a recommencé.
– Non ! C'est une erreur de la banque !
– Tu veux qu'on y retourne ?

Julia, en colère, tourne les talons et sort du hall de l'hôtel. Qu'est-ce qui lui donne la rage ? Que son frère ait repris ses activités nocturnes, ou que son père continue de faire l'autruche ? Elle traverse la rue, se jette dans sa petite voiture et démarre sur les chapeaux de roues, sous le regard de quelques passants étonnés de voir une si jolie fille avec un air aussi furibond.

*
* *

Dans la cour, des cages empilées. Dedans, des coqs ébouriffés, prêts à s'entre-tuer. Des camionnettes multicolores stationnent devant le petit bâtiment rond, dont le toit en tôle grésille sous le soleil. Une odeur de déjections flotte, et un gardien contrôle l'accès de l'arène. On entend des cris, des pépiements, des rugissements quand l'un des combattants perd contre toute attente. Julia gare sa voiture en vitesse, et se précipite vers l'arène. À peine le gardien a-t-il essayé de s'interposer que, déjà, elle est à l'intérieur. Là, une cinquantaine d'hommes se bousculent, agitent des billets de banque, invectivent les adversaires, encouragent leurs champions. Deux coqs, encore tenus par leurs propriétaires, sont aspergés d'alcool de rhum, qui leur pique les yeux et les énerve. Assis sur un banc, Alexandre glisse quelques billets au meneur de jeu.

– Deux mille sur le noir.

À côté de lui, Kim, en tee-shirt rose et en blue-jean, semble s'ennuyer. Alexandre a sa mauvaise mine. Visiblement, il vient encore de perdre. Quand il lève la tête, sa sœur est devant lui. Elle crie, à la fois pour surmonter le brouhaha ambiant et pour donner libre cours à sa colère :

– Heureusement que tu as arrêté de jouer ! Et toi, Kim, tu le laisses faire ! Tu ne vois pas qu'il s'enfonce ! Et qu'il nous enfonce avec !

Pris de court, humilié, Alexandre se lève d'un bond :

– De quoi je me mêle ? Je t'ai demandé quelque chose ?

Là, la coupe est pleine. La voix de Julia monte dans les aigus :

– Non, tu n'as rien demandé ! Tu t'es servi ! Vingt mille euros ! Regarde autour de toi, Alex ! C'est un égout, ici ! Et tu vis dedans ! Tu me dégoûtes ! Tu me dégoûtes !

Quand elle s'en va, c'est comme si rien ne s'était passé : tout à leur passion, les joueurs n'ont pas même aperçu cette furie au milieu des gradins...

*
* *

Mattéo, installé à son bureau, contemple un dossier net et soigneusement posé sur le dessus de la pile. Sur la pochette, on peut lire : « Batibo. Projet hôtel Fournier ».

– 8 –

Cristina, agacée, marche de long en large. Elle a soigneusement coiffé ses cheveux courts, et ses ongles laqués en rouge dessinent des volutes dans l'air quand elle fait de grands gestes. La chaleur ne la gêne pas : elle y est habituée depuis longtemps. Dans un coin, pourtant, un ventilateur tourne paresseusement, provoquant un léger courant d'air et écartant les insectes. Car il faut se méfier des moustiques, qui reviennent depuis quelques mois. Qu'est-ce qui agace Cristina à ce point ? La simple pensée d'avoir de la concurrence. Pourtant, le dossier de l'hôtel Fournier préparé par Batibo est deux fois plus gros que celui de Cases Créoles. Devant elle, assis, Mattéo et Thomas écoutent. Le premier est retranché derrière son bureau, et ses larges mains reposent sur le dossier Fournier. Le second se contente d'une chaise à dos droit, contre le mur, sous une gravure qui représente la propriété Mahé au siècle dernier : une petite exploitation sans grand avenir. Cristina s'adresse à Mattéo.

– Thomas a trouvé le moyen d'avancer les délais de livraison. Fournier gagne un mois sur sa saison touristique par rapport au projet Bertin. Il n'y a aucune raison pour qu'on n'emporte pas le marché.

– Si, il y en a une.

Cristina regarde son père avec stupéfaction. Une raison de ne pas gagner ? C'est la première fois que l'ambition du vieux lion défaille.

– Laquelle ? demande-t-elle.

– C'est tout simplement que je ne veux pas.

– Tu plaisantes ?

– J'ai dit non.

Mattéo se montre ferme. Il ne bouge pas. Son autorité de chef de famille s'exerce à plein. Il ne cède rien, ne laisse aucune place au doute. Sa décision, on le sent, est irrévocable. D'ailleurs, Mattéo Mahé n'a pas l'habitude qu'on discute ses ordres. C'est un homme à l'ancienne manière : il est le roi.

Cristina, bien qu'elle connaisse son père par cœur, est désarçonnée. Elle se tourne vers Thomas, resté silencieux, et, espérant le faire passer dans son camp, lui dit :

– Explique-lui, Thomas.

Mais celui-ci ne s'exprime pas. Secrètement, peut-être même est-il satisfait du tour que prennent les événements ? Mattéo reprend, avec une sourde menace dans la voix :

– Cette fois-ci, on ne sortira pas les Bertin du chantier.

C'est sans appel. Cristina baisse la tête, violemment contrariée. Elle se tait, mais n'en pense pas moins. Thomas, dans son coin, observe le duel silencieux qui se déroule sous ses yeux. Momentanément vaincue, Cristina s'empare du dossier Fournier, tourne les talons et sort du bureau en claquant la porte.

Dès son départ, les deux hommes se regardent. Thomas, sans un mot, sans une émotion, parfaitement lisse, se lève à son tour, salue Mattéo et s'en va. Ce dernier, resté seul, décroche le téléphone. Une odeur de piment et d'ail doux monte de la cuisine, où l'on prépare une morue au pili-pili pour le déjeuner. Mattéo s'adresse à sa secrétaire.

– Nathalie ? Prends-moi rendez-vous avec maître Gossin.

Mais l'affaire n'est pas close. Cristina, postée au bout du couloir obscur, intercepte Thomas. Après tout, il est son obligé, celui-là. Il va épouser sa fille, donc il a intérêt à filer doux. Elle le prend par le coude :

– Tu ne vas quand même pas suivre ces directives ! Je veux ce marché.

Son futur gendre essaie de louvoyer.

– Il y a d'autres marchés à décrocher. On n'est pas obligés de s'acharner sur celui-ci.

Mais Cristina n'entend pas laisser échapper sa proie.

– C'est aux Mahé que tu dois d'être où tu es. J'aimerais que tu ne l'oublies pas.

– Je sais ce que je vous dois et je suis prêt à tout donner pour Batibo, mais...

Cristina lui met, de force, le dossier entre les mains. Elle crie presque :

– Alors, si tu es prêt à tout donner, tu vas chez Fournier !

Thomas se sent humilié : c'est comme s'il avait reçu une gifle. Il ne dit rien. Quand il s'en va, le visage froncé, il passe devant Nathalie, la secrétaire. Celle-ci remarque qu'il a le dossier Fournier sous le bras...

Dans le calme de son bureau, Mattéo se recueille. Il sait qu'il a des choses à accomplir. C'est un vieil homme, il n'a plus guère de temps. Il se lève, ouvre un tiroir d'acajou et, pensivement, en extrait une enveloppe. Il la soupèse, la retourne, la regarde. Il s'assied à nouveau, touche du bout du doigt la photo de son fils décédé, et inscrit sur l'enveloppe : « À n'ouvrir qu'après ma mort ». Dès qu'il entend frapper à la porte, il dissimule l'enveloppe. Il sait que Cristina va tenter quelque chose... Il lit dans les pensées de sa fille.

*
* *

Thomas est assis dans un bureau lumineux, moderne. Des plantes en pots viennent agrémenter les coins obscurs et, dehors, on peut voir la piscine, longue et encadrée de fleurs. Sur le bureau, une plaque : « Léon Fournier ». Celui-ci, les mains jointes, le front dégarni, rajuste ses lunettes. Il respire l'affabilité professionnelle et la gentillesse personnelle : Fournier a construit cet hôtel, en a fait la résidence quatre étoiles qu'elle est aujourd'hui, contribuant à attirer sur l'île un tourisme de luxe. Il en est très fier, et pour rien au monde il ne laisserait qui que ce soit appauvrir ou détourner son travail. Mais, c'est certain, l'établissement a besoin d'être rénové. Surtout l'aile gauche, où l'humidité ambiante commence à faire des dégâts.

La conversation en est à sa phase finale. Fournier demande à une servante de préparer deux cafés, pour lui et pour Thomas. C'est un peu sa façon de conclure. Et tandis que, quelques instants plus tard, la jeune femme remplit deux jolies tasses marquées au chiffre de l'hôtel, Fournier sourit et s'adresse à Thomas :

– On va s'occuper de ce contrat... Quoique, avec Batibo, je sais que je peux signer les yeux fermés !

Thomas, satisfait, referme le dossier et fait fondre un sucre dans sa tasse.

Soudain, la porte s'ouvre. Fournier et Thomas, surpris, lèvent les yeux. Qui ose ? Dans l'encadrement, Mattéo, blême de colère, les jambes écartées, planté comme un vengeur, lance :

– Monsieur Souheil est responsable de notre succursale à l'île Maurice. En aucun cas de ce dossier.

Il répète :

– En aucun cas.

Le temps s'arrête... Thomas, extrêmement embarrassé, en oublie son café. Fournier, lui, est perplexe : que signifie ce conflit dont il ignorait tout ?

Tandis que le drame se noue, ignorante de cet affrontement Julia arrive dans le hall de l'hôtel. Elle porte un top bleu azur et un pantalon en toile blanche. D'élégantes sandalettes Ferrucci complètent l'ensemble, qui donne une impression de sensualité et d'élégance décontractée. Comme d'habitude, la jeune femme est agréablement surprise par l'ambiance de douceur et de calme qui règne en ce lieu : on entend l'eau apaisante d'une fontaine, des oiseaux passent pour se poser sur les palmes et, non loin, on perçoit la rumeur de la mer. Une brève pensée pour son trône de pierre, là-bas, sur la plage, et Julia se dirige vers les bureaux. Une porte s'ouvre, d'où jaillit Thomas. Il semble en colère. Julia, sur son chemin, lui sourit :

– Qu'est-ce que tu fais là ?

Au même moment, elle remarque le dossier qu'il tient dans la main. Évidemment, la rénovation ! Elle se reproche en silence de ne pas avoir deviné plus tôt, recule d'un pas. Toute son aménité s'est effacée. Julia est désormais de l'autre côté de la barrière. Thomas, gêné, tente un geste.

– Laisse-moi t'expliquer...

– Expliquer quoi ? Que tu obéis aux Mahé au doigt et à l'œil, comme un bon toutou ? Ça me paraît clair. Pas besoin d'explications !

Thomas ouvre la bouche pour répondre, tenter d'apaiser la tempête qui gronde, mais une voix s'élève.

– Mademoiselle Bertin... Je vous attendais.

C'est Léon Fournier, sur le pas de la porte, qui fait un geste d'invitation. Thomas, abasourdi, vaincu, hausse les épaules pour marquer son impuissance. Julia le contourne, et entre dans le bureau de Fournier.

La première chose qu'elle remarque, c'est le grand fauteuil Knoll en cuir noir. La deuxième, c'est que Mattéo Mahé est dedans, les mains sur les accoudoirs. Que diable fait-il ici ?

Elle va vite le savoir... Léon Fournier, debout devant son bureau, l'invite à s'asseoir.

– Prenez place, mademoiselle Bertin.

Une fois assise, Julia entend la proposition.

– Monsieur Mahé propose que Cases Créoles soit le maître d'œuvre du chantier, avec les moyens techniques de Batibo. C'est bien ça ?

Enfoncé dans son fauteuil, Mattéo opine. Fournier reprend :

– Je suis persuadé que Guillaume Bertin comprendra qu'il est dans son intérêt d'accepter.

– Attendons qu'il soit au courant, mon cher Fournier.

– Bien sûr, monsieur Mahé.

Fournier se tourne vers Julia qui, hésitante, ne comprend pas. Il explique clairement :

– Je compte sur vous pour avoir une réponse bientôt.

La réunion est terminée. Elle a duré quelques secondes à peine. Qu'est-ce que cela signifie ? Où est passée la légendaire inimitié entre les deux familles ? Fournier ouvre la porte et Mattéo Mahé sort en premier, suivi par Julia. Ils font quelques pas dans le hall de l'hôtel, en silence. Puis Julia, prenant le taureau par les cornes, décide d'en avoir le cœur net.

– Je ne comprends pas. Vous nous fournissez des marchés, maintenant ?

– Dis à ton père que j'ai besoin de le voir. Vite, c'est important. Au revoir, ma petite Julia.

Avec un sourire énigmatique, Mattéo Mahé s'éclipse vers sa voiture, où l'attend son chauffeur.

Julia est ahurie. Puis, peu à peu, l'idée qu'il s'agit d'une manigance peu claire s'insinue en elle. Oui, bien sûr, c'est un piège. Ce ne peut être autre chose.

*
* *

Dans sa chambre, Jasmine tourne sur elle-même. Dans sa robe de mariée, elle a belle allure : les guipures, les broderies s'entrecroisent, et une profusion mousseuse de tulle recouvre le tout. La taille est bien prise, un léger décolleté met en évidence son cou tandis que le bas de la robe, évasé, frôle le plancher. Les couturières ont même repris les dentelles d'une ancienne robe de son arrière-grand-mère, qui menaçait ruine, et les ont disposées sur la robe nouvelle. Une arpète met la dernière main à l'ourlet, une autre rehausse les épaules. Cristina, face à sa fille, admire le travail.

– C'est très joli. Tu seras l'une des plus belles mariées de l'île !

– Tu crois ?

– À condition que le mariage se déroule dans l'île...

Jasmine ouvre de grands yeux. Il est donc question que la cérémonie ait lieu ailleurs ? Cristina, avec une pointe de sadisme, la met au courant : oui, il en est question. Oui, grand-père en a décidé ainsi : la cérémonie se fera à Maurice, et vous vous installerez là-bas. Oui, c'est une idée bizarre. Non, elle n'est pas d'accord avec Mattéo. Jasmine s'inquiète.

– Ça n'a jamais été prévu ! On se marie dans quinze jours ! Qu'est-ce qui lui prend, à grand-père ? Moi, je ne veux pas aller à Maurice !

Cristina, le visage contracté par la colère, lance :

– Crois-moi, vous n'y êtes pas encore !

Les couturières, silencieuses, ne perdent pas une miette de la conversation. Jasmine réfléchit un instant et demande :

– Qu'est-ce qu'il a fait, Thomas ? Qu'est-ce qui s'est passé ?

– Rien... C'est ton grand-père !

Pour détourner l'attention, Cristina s'en prend aux petites mains :

– Prenez garde à l'ourlet ! Vous voyez bien que ce n'est pas droit !

Puis elle en revient à Mattéo. Il est important, pour elle, d'instiller le doute.

– Tu sais, j'ai lu un truc sur les diabétiques. Il paraît que l'insuline, ça agit sur le caractère. Et pas en bien.

Sa méchanceté, dissimulée jusqu'alors, fait surface :

– L'insuline ! Belle excuse... Mais attends ! Il va trouver à qui parler !

Manifestement, elle est outrée. Comment ? Mattéo a osé la contredire ? Depuis son enfance, Cristina est habituée à ce qu'on lui passe tous ses caprices, et sa beauté a joué dans ce sens auprès des hommes de sa vie. Sans plus s'occuper de sa fille, elle sort, s'isole dans une pièce et, en regardant par la fenêtre les allées jardinées, ouvre son téléphone portable :

– Allô ? J'ai des révélations à faire sur le meurtre de Sophie Moussié. Vous m'entendez ?

*
* *

Dans le bureau de Desrivières, l'ambiance est tendue. Le préfet est intervenu auprès du commissaire pour que cette affaire qui implique deux familles honorablement connues soit résolue au plus vite. Pas question de traîner. Desrivières, le visage grave, se penche sur Guillaume, lequel est assis, les épaules tombantes, sur une chaise. Visiblement, il est fatigué, démoralisé. Il n'a pas envie de se battre. Titou, derrière son chef, tape la déposition. Le commissaire reprend :

– Pourquoi nous avoir caché que vous aviez une liaison avec Sophie Moussié ?

– Une liaison, c'est beaucoup dire... On se retrouvait de temps en temps, c'est tout.

– Reprenons. Le soir de sa mort, vous n'avez pas bougé de chez vous... On est bien d'accord ?

– Oui.

Desrivières fait un signe à Titou. Celui-ci abandonne sa tâche et sort du bureau. Sa sortie favorisera-t-elle les confidences ?

– Vous n'êtes pas allé chez elle ?

– Non.

Titou n'est pas parti longtemps. Il entrouvre la porte et rentre. Il est accompagné d'un homme avec un chien. Le quidam est d'une banalité à pleurer. Le genre de type que personne ne remarque, dont personne ne se souvient. Gris. Desrivières lui demande :

– C'est bien ce monsieur que vous avez vu discuter avec la victime ?

Le propriétaire du chien regarde Guillaume, ennuyé mais sincère :

– Oui.

Le chien, visiblement, s'ennuie aussi et en profite pour arroser un pied de table. Desrivières insiste :

– Vous êtes sûr ?

– Oui.

Titou fait sortir le témoin. À peine celui-ci a-t-il disparu que Guillaume s'effondre. On le sent au bord des larmes. Sa veste en lin est froissée, il est mal rasé, et de grands cernes entourent ses yeux. Il avoue :

– C'est vrai, je l'ai vue, mais je ne l'ai pas...

Les mots lui manquent. Desrivières intervient.

– Je crois qu'il vaut mieux que vous nous disiez tout ce que vous savez.

– Mais, commissaire, je ne sais rien. Elle ne parlait jamais d'elle. Je ne sais rien ! Je vous assure...

– On va avoir le temps de revenir sur le sujet, monsieur Bertin. À partir de maintenant, vous êtes en garde à vue.

La presse, pense Titou, va faire ses choux gras de la nouvelle. Rien de tel qu'un petit scandale avec des amours ancillaires... Sur le plancher, la flaque laissée par le chien s'élargit.

*
* *

Il regarde par la fenêtre de son bureau les ouvriers de Batibo. Il est 5 heures, l'heure de la fin du travail. Mattéo, les mains dans le dos, observe les véhicules qui s'en vont, les casques qui s'empilent, les poignées de main. Puis, pensif, il revient s'asseoir à son bureau. Là, il déplie une feuille de papier, et se met à lire, à mi-voix :

– Moi, Mattéo Mahé, sain de corps et d'esprit, né le 26 février 1926 à Saint-Denis-de-la-Réunion...

Le reste est noyé dans un murmure indistinct. Le vieil homme plie la feuille, la glisse dans l'enveloppe où il a marqué : « À n'ouvrir qu'après ma mort ». Il a une brève pensée pour sa famille, et pour les Bertin. « Julia, formule-t-il comme un vœu, j'espère que tu auras une belle vie... »

Le vieil homme ignore que Julia, au même moment, piétine dans les couloirs du commissariat. Bousculée par des fonctionnaires pressés, mal accueillie, elle tente de trouver son chemin. Des policiers passent, des secrétaires affairées à se peindre les ongles ne trouvent pas le temps de lui répondre, et elle panique un peu. Que faire ? Un heureux hasard la place sur le chemin de Titou, qui raccompagne un monsieur gris avec un chien gris. Elle se précipite sur lui :

– Qu'est-ce qui se passe, avec mon père ? Qu'est-ce qu'il a fait ?

– Écoute, Julia... Ton père... Il est dans les ennuis, voilà.

– Qu'est-ce que ça veut dire ? Pourquoi le garde-t-on ?

Titou soupire. Julia insiste :

– S'il te plaît, dis-moi... On se connaît, quand même ! J'ai besoin de savoir !

Problème de conscience, pour Titou : doit-il parler à une ancienne camarade d'école ? Ou respecter les règles de son métier, et se taire ? Il hésite. Par la porte vitrée, près de la réception, il voit le quidam au chien s'en aller. Il lui en coûte, mais il prend une décision.

– Je n'ai pas le droit, Julia. Si je pouvais, je le ferais... Mais là, c'est trop grave.

Julia s'assied sur un banc, perdue. Combien de parents, combien de victimes, combien d'accusés se sont-ils reposés sur ce même banc, usé par les années ? Des voleurs de lapins, des escrocs rattrapés par la justice, des femmes abandonnées, des enfants oubliés ? Il traîne, dans ce commissariat, une odeur de souffrance : les gens ne viennent là que par obligation, en dernier ressort. En ville, à Saint-Denis, on appelle cet endroit « l'Oubliette ». Les voleurs y perdent la mémoire, les policiers essaient de la retrouver, c'est le cercle de la vie. Julia, un instant, pense à l'ironie de ce recommencement éternel, puis revient à sa préoccupation : son père.

A-t-il été jeté dans une oubliette, lui aussi ?

*
* *

Le dernier coq titube et tombe. Son bec, fendu dans le sens de la longueur, ne lui est plus d'aucune utilité. Dans la poussière, l'animal gigote un instant, porté par sa rage, suspendu à son instinct de combat, mais rien n'y fait. La défaite est proche. Déjà, les parieurs font circuler l'argent sur le prochain duel. Le bookmaker annonce : « Brutus est tombé. » Brutus, en effet, est K-O. Il a combattu d'innombrables fois, il a été un champion mémorable, mais il a rencontré son maître : un jeune coq nommé Comidor qui, dit-on, a une belle carrière devant lui. Une fois de plus, Alexandre a perdu. Il est décavé : plus d'argent.

Il se lève, s'approche de l'un des ramasseurs de billets, et, sur un ton fatigué, demande :

– File-moi vingt euros... Je vais me refaire, c'est sûr.

D'un signe de tête, le métis refuse. Alexandre, furibond, pousse une chaise et sort de l'arène. Là, dans le parking, il ouvre son portable et, la rage au cœur, compose un numéro. On décroche.

Dans les bureaux de Batibo, presque déserts – seule Nathalie, la secrétaire, n'a pas fini de ranger ses affaires –, il n'y a plus un bruit. Les ouvriers sont partis et, dans le hall, Richard traîne un peu. Nathalie sait bien pourquoi il reste... Cristina n'est pas loin. Lorsque le téléphone sonne, c'est Nathalie qui décroche.

– Oui... Ne quittez pas. Je vous le passe.

Elle pianote sur son combiné :

– C'est pour vous, monsieur Mahé... Alexandre Bertin.

Richard Tourneur n'a rien perdu de la conversation. Il se tourne vers Nathalie, mi-enjoué, mi-sérieux :

– Qu'est-ce qu'il veut, celui-là ?

Nathalie hausse les épaules. Elle n'en a aucune idée. Richard, lui, en a, des idées. Des bonnes, des moins bonnes, des médiocres. Mais toutes n'ont qu'un but : gagner quelque chose. Richard n'a jamais été désintéressé. Jamais.

*
* *

Seul devant le comptoir, Thomas compte les verres. Il y en a huit. Huit verres de rhum. Il faut bien ça pour oublier son humiliation. Il est mortifié. Pour avoir suivi les ordres de sa future belle-mère, il se retrouve dans la position la plus inconfortable : celle de victime expiatoire. Impossible de s'en sortir sans compromettre Cristina. Il broie du noir...

Quand Richard entre dans le bar, ses yeux ont du mal à s'accommoder : il n'aperçoit donc pas Thomas tout de suite. Au fond de la salle, quelques habitués, noirs et métis, jouent au billard : une variante locale du billard à quatre bandes. Richard se dirige vers les grandes tables pour observer le jeu et soudain remarque son ami, qui lui semble bien en peine. Il décide de le rejoindre et, s'asseyant au bar, fait signe au serveur de remettre une tournée.

Du coin de l'œil, Thomas note la présence de son copain. Mais il est déjà trop imbibé pour remonter la pente. Il se contente de se plaindre :

– Cinq ans d'études à Paris... Pour me retrouver dans une annexe à l'île Maurice. Si j'avais su...

– Le vieux, en ce moment, est pénible. Mais t'en fais pas, Thomas, ça va s'arranger. À mon avis, Cristina ne laissera pas sa fille partir...

Thomas engloutit la moitié de son verre de rhum et, la langue pâteuse, reprend :

– Cristina, elle a toujours des projets pour tout le monde ! Sauf que, Batibo, ce n'est pas mon rêve ! Pas mon rêve du tout ! Ça ne l'a jamais été ! Moi, je voulais travailler dans un truc qui sert aux gens, je ne sais pas moi, faire des ponts, des routes... Et me voilà coincé dans une minable magouille de rats !

Voilà qui n'est pas tombé dans l'oreille d'un sourd. Richard glisse doucement une nouvelle information.

– Tout ça, c'est des trucs avec les Bertin. Je ne comprends pas ce qu'il fricote avec eux, le père Mahé, depuis quelque temps... Mais je peux te dire que ça ne leur porte pas chance !

Thomas, malgré les vapeurs de l'alcool, est désormais tout ouïe. Il réalise qu'il s'agit de quelque chose d'important. Il est entré dans ce bar avec l'intention d'oublier, il va en sortir avec la décision de se souvenir.

– Qu'est-ce qui se passe ? demande-t-il à Richard.

– T'es pas au courant ? Guillaume Bertin est en garde à vue chez les flics !

– Pourquoi ?

– Pour l'histoire Sophie Moussié. Il est soupçonné !

Thomas semble avoir pris un coup de massue. Tout à coup, la fumée du bar, l'air de reggae qui traîne sur le juke-box, les bouteilles de rhum alignées sur les étagères lui semblent être en carton. Un décor peint. Une fausse reproduction de la Réunion. Une minute passe : Richard, qui n'a pas beaucoup de finesse, met cette réaction sur le compte de l'état embrumé de son interlocuteur. Quand Thomas se lève et s'en va sans un mot, l'ancien DJ commande un autre verre au barman et, désignant la porte d'entrée par laquelle Thomas a disparu, déclare dans un sourire :

– Il a son compte, je crois.

Rien ne saurait être plus loin de la vérité. La nouvelle a simplement dégrisé Thomas. Dans la rue, sous le soleil, celui-ci prend sa voiture. Ses soucis sont oubliés. Son déplacement à Maurice n'a plus d'importance. Il a une tâche urgente à accomplir.

Quand il arrive au commissariat, il repère Julia, les traits tirés, assise sur un banc. Il s'assied à côté d'elle, sans faire de manières. Et dit simplement :

– Tu veux bien que je reste ?

Julia sourit, et son visage s'éclaire.

– 9 –

Cristina, rafraîchie par une douche bienfaisante, pose son plateau sur une table basse. Le soir, la chaleur est telle qu'il vaut mieux rester à l'ombre, chez soi. Enveloppée dans un kimono qui, par endroits, se plaque sur son corps, laissant apparaître des zones humides, Cristina allume la chaîne stéréo et met un disque de maloya. Puis elle s'assied, pour déguster sa salade d'avocats et de pamplemousses. Au moment où elle s'apprête à planter sa fourchette dans le bol, Jasmine entre, visiblement inquiète. Elle replie son téléphone portable et regarde sa mère. Celle-ci désigne sa salade :

– Tu veux partager ?

– Non, maman. Je ne sais pas où est Thomas.

– Tu l'as appelé ?

– Oui. Il ne répond pas.

– Passe à table, ma fille, ça va le faire venir.

– Ce n'est pas drôle, maman.

– Il doit récupérer, après son rendez-vous avec Fournier...

– Il pourrait prévenir !

– Ça, ma chérie, il va falloir t'y habituer. Ils sont tous pareils...

Jasmine se laisse tomber dans le canapé. Devant elle, une télé à écran plat... Le soleil descend, et la nuit ne va pas tarder à tomber. Ennuyée, la jeune fille commence à trier, d'un air absent, les DVD qui sont rangés sur une étagère, à portée de main. Dehors, un vent léger fait frotter les palmes contre la fenêtre. Vivaldi accompagne. Finalement, Jasmine renonce à mettre un film et, pensive, fait tourner sa bague de fiançailles sur son doigt. C'est une bague ancienne, magnifique, mais la fiancée de Thomas la regarde sans la voir. Elle aurait un Rubik cube dans la main, ce serait égal. Elle est loin, très loin. Petit à petit, ses yeux s'emplissent de larmes. Cristina voit que sa fille est sur le point de craquer. Alors elle pose sa fourchette et s'installe sur le canapé à côté d'elle, passe son bras sur ses épaules. À peine a-t-elle touché Jasmine que celle-ci fond en larmes. De gros sanglots jaillissent de sa poitrine.

– Maman, maman...

– Ma chérie...

– Je ne sais pas ce qui... ce qui se passe avec Thomas.

– Tu veux dire ce soir ?

– Non... Non... Depuis qu'il est rentré.

– Il ne se passe rien, Jasmine. C'est un gros changement de vie, pour lui. Laisse-lui le temps de s'habituer.

– Mais quand j'allais le voir à Paris, j'avais l'impression que rien ne pouvait nous arriver... Maintenant, j'ai l'impression que ça pourrait casser n'importe quand.

Cristina prend les mains de sa fille, la regarde dans les yeux. Elle se veut rassurante, maternelle. Elle n'est que dominatrice. Froidement, elle demande :

– Tu le veux ?

– Oui, maman.

– Alors tu l'auras.

La phrase sonne comme une sentence plus que comme la promesse d'une belle histoire d'amour. Est-ce ainsi, chez les Mahé, qu'ont lieu les *love stories* ? L'autorité a toujours été le nerf de la famille. L'autorité de Mattéo, celle de Cristina, et un jour, celle des héritiers. C'est dans le sang. Cristina a décidé que sa fille aurait Thomas, c'est ainsi que les choses s'accompliront. Décision d'une reine ? Sauf que « les choses », dans la vie, ne se déroulent pas toujours comme prévu. Les yeux du volcan, au loin, sont là pour jouer le sort.

*
* *

Une lumière blafarde, jaillie du commissariat, éclaire le trottoir. La nuit est tombée. Il fait chaud. Sur un banc, Thomas fume une cigarette, en regardant le ciel étoilé de Saint-Denis. Il distingue vaguement l'étoile du Sud. La montre à Julia, assise près de lui. Il aspire une grande bouffée. Sa voisine lui prend la cigarette des doigts et tire dessus. Puis elle la lui rend. Encouragée par la gentillesse qui se dégage de lui, elle décide de parler.

– Il faut que je te dise, Thomas. Il paraît que Sophie est venue chez vous, le jour du meurtre.

– Qui t'a dit ça ?

– Alex. Il a même entendu Mattéo et Cristina parler d'elle...

– Bah, tu connais ton frère : dans le genre mythomane...

– Remarque, il m'a dit après que ce n'était pas vrai...

– Ah, tu vois !

– En tout cas, ce qui est sûr, c'est que Mattéo est vraiment bizarre avec nous, en ce moment.

– Pas seulement avec vous, Julia. Il est bizarre avec tout le monde.

Thomas écrase sa cigarette par terre. L'atmosphère est douce. De rares passants traînent dans la rue et les policiers ont, pour la plupart, déserté le commissariat. Thomas frôle Julia, se retient de l'embrasser. D'un geste tendre, il relève simplement une mèche de cheveux sur son cou. Elle le regarde, dit simplement :

– On peut marcher un peu ?

– Si tu veux.

Un air tiède frôle leurs joues. Une odeur de mimosa traîne dans la rue. Des façades s'éteignent, des fenêtres s'allument, des voitures passent. Une immense paix s'empare des deux jeunes gens. Devant un néon rouge qui décore un magasin, sur une petite place, ils s'arrêtent. Ils sont unis, ils le savent, et rien ne peut arrêter ce formidable flux d'affection qui circule entre eux. Doucement, Thomas prend le visage de Julia entre ses mains.

Leur baiser dure une éternité.

– J'en avais envie depuis que je t'ai revue, Julia.

L'amour naît ainsi, un soir d'inquiétude, sur un trottoir éclairé par un néon rouge.

L'extase est de courte durée : déjà, le téléphone de Thomas sonne. Il décroche.

– Oui... Maintenant ?

Il fait signe à Julia qu'il doit partir.

– J'arrive, monsieur Mahé.

Il raccroche, heureux de cet amour qui vient de naître, malheureux d'être obligé de s'en aller si tôt.

– Je reviens, je n'en ai pas pour longtemps.

– Je t'attends. Fais vite !

Une seconde de grâce... Puis Thomas s'éclipse, comme si un magicien l'avait fait disparaître.

Quand il arrive au bureau de Mattéo chez Batibo, celui-ci l'attend patiemment. Le vieil homme semble fatigué, préoccupé. A-t-il des soucis ? Impossible de le savoir. Thomas voit simplement que Mattéo caresse le dessus de son bureau, comme si l'acajou dont il est fait lui inspirait de la force. C'est un meuble ancien, chargé d'un passé dont Thomas n'a aucune idée. Des rayonnages de livres complètent l'atmosphère de concentration qui règne dans cette pièce. Thomas peut lire les titres des ouvrages : *Histoire de la Réunion* par Gérard Saint-Maxence ; *Le Volcan et ses dieux* de Mme de Bousu-Coutancé ; *Saint-Denis-de-la-Réunion et le défi de l'avenir* par Jean-Pascal Foruneaux... Des livres qui attestent de la curiosité intellectuelle de leur possesseur et de son attachement à sa terre. Sur une table basse, un peu plus loin, il y a un nécessaire de diabétique : le vieil homme doit se soigner, et ses injections doivent être effectuées à heures fixes.

Mattéo fait signe à Thomas de s'asseoir. Leur dernière rencontre a été houleuse, et le jeune homme redoute cette nouvelle confrontation. Il s'assied avec réticence. Alors le patriarche prend la parole.

– C'est Cristina qui t'a demandé de pousser le projet Fournier ?

Thomas ne répond pas. Mattéo se penche sur le bureau, joint les mains. Il est grave.

– Écoute-moi bien, Thomas. Un jour, tu dirigeras une entreprise ; qui sait, peut-être celle-ci... Tu comprendras alors qu'il ne peut y avoir qu'un seul patron.

– Votre exemple le prouve, monsieur Mahé.

– C'est partout ainsi. Je vais jouer franc-jeu avec toi, Thomas. Cristina a des projets pour toi.

– Je sais.

– Et ce ne sont pas les miens.

– Je ne vous suis pas, monsieur Mahé.

– Je vais être plus clair. Si un jour tu dois prendre la tête de Batibo – et je crois que tu en as les capacités – c'est moi qui déciderai, moi et moi seul !

Thomas comprend enfin. Il doit filer doux, baisser la tête et accepter les humiliations. Il n'en est pas question ! Il est revenu de métropole pour travailler, certes, mais pas à n'importe quelles conditions. C'est une question de fierté. Il relève la tête.

– Monsieur Mahé, je tiens à mettre les choses au point. Qu'il n'y ait pas d'ambiguïté entre nous. Je ne suis pas revenu pour diriger Batibo, ni pour m'occuper de l'une de vos succursales. Du travail, je peux en trouver n'importe où. Et j'ajoute que je n'irai pas à Maurice.

Le vieil homme regarde avec fureur ce blanc-bec qui le défie. Ses yeux flamboient. Il frappe du plat de la main le bureau.

– C'est à prendre ou à laisser, Thomas. Ce sera Maurice ! Sinon, tu quittes Batibo. À prendre ou à laisser, je te le répète...

*
* *

Devant le commissariat, Julia tente de prendre son mal en patience. La nuit, désormais, est bien avancée. Elle fait les cent pas, revient en arrière, surveille l'entrée du bâtiment : et si Desrivières arrivait, après avoir rempli ses formulaires, prêt à rentrer chez lui ? Elle n'hésiterait pas à lui poser des questions. De temps en temps, un policier accompagne un poivrot, pour le placer en cellule de dégrisement. Mais, dans l'ensemble, la nuit est calme.

Une voiture s'arrête. Julia reconnaît le véhicule de Thomas. Elle se précipite, ouvre la portière, s'assied. Un peu de réconfort, enfin... Mais quand elle découvre l'expression bouleversée du jeune homme, elle réalise qu'il s'est passé quelque chose de grave...

– Ça n'a pas l'air d'aller... Qu'est-ce qui t'arrive? demande-t-elle, inquiète.

Pour toute réponse, Thomas, d'un geste rageur, balaye le dessus du tableau de bord.

– Je ne vais pas le supporter longtemps. Ni Batibo, ni Mattéo, ni le reste.

Il se tourne vers elle. Dans son regard, il y a tout l'amour du monde...

– Ne restons pas là.

La voiture démarre. Où vont-ils, les deux amoureux? L'avenir inconnu s'ouvre devant eux...

Par l'une des fenêtres du commissariat, Desrivières les voit s'éloigner.

*
* *

Les premiers rayons du soleil percent à travers les jalousies. Cette matinée s'annonce douce et agréable. Dans sa chambre décorée avec goût – une gravure de Stavridès, un manuscrit autographe de Proust encadré, deux statues taïnos et un grand lit à baldaquin –, Cristina s'assied, en teeshirt, sur son plancher en teck. Sur une musique *new age*, elle entame une série de mouvements de yoga : extensions, élongations, respiration. Les postures mettent en évidence son corps souple, et sa sensualité de femme bien dans sa peau. Tout s'enchaîne, tout coule, selon les préceptes du Maharishi Gowtana, quand, soudain, Cristina s'arrête, visiblement interrompue par une pensée contrariante. Elle se lève. Fini la position du lotus et la pensée du grain de sable...

S'approchant de sa chaîne hi-fi, elle coupe la musique au beau milieu d'un gong et sort de son tiroir un carnet, qu'elle feuillette fébrilement. Ayant trouvé le numéro qu'elle cherchait, elle saisit son téléphone portable... Et quand, un instant plus tard, l'interlocuteur décroche, elle se contente de dire :

– Hortense ? C'est Cristina. Je voudrais vous parler de Julia.

– Vous faites erreur, madame.

Mais il n'y a pas eu erreur : Hortense Bertin a simplement raccroché. Parler à Cristina Mahé ? Allons donc ! Elle n'a rien en commun avec cette femme. Elle revient à ses occupations, troublée. Pourquoi cette tentative d'entrer en contact de la part de Cristina ? La vieille dame se rassied dans son rocking-chair, dans la varangue de la maison Bertin. Les oiseaux de Marie-Thérèse s'éveillent, et leurs piaillements emplissent la maisonnée. Déjà Régine prépare le petit déjeuner.

Comme d'habitude, Hortense s'attable avant tout le monde. Elle aime ce moment de la journée : seule, devant sa tasse de café, les soucis un instant écartés. Mais aujourd'hui, les soucis s'incrustent. Elle songe à son fils, Guillaume, qui a passé la nuit derrière les barreaux. Comment le sortir de cette vilaine affaire ? C'est alors qu'elle voit entrer Julia. Où était-elle ? La jeune fille se penche pour embrasser sa grand-mère, mais celle-ci se détourne, raide et lointaine, puis, sur un ton de réprobation, demande :

– Tu as vu l'heure qu'il est ? Où étais-tu ?

– Grand-mère...

– Et ton portable, tu peux me dire à quoi il sert, si on ne peut jamais te joindre ?

Julia réfléchit vite. Impossible de lui dire qu'elle était avec Thomas Souheil. Elle se contente de bredouiller :

– Pardon... J'étais chez Christophe. Il était tard quand je suis partie du commissariat, je n'ai pas osé te réveiller.

– Je n'ai pas fermé l'œil de la nuit !

Julia s'assied, regarde les tasses de café dont aucune, sauf celle d'Hortense, n'a servi. Elle réalise que son frère non plus n'est pas là. Hortense a donc passé la nuit seule, à un moment ô combien difficile pour elle.

– Alex n'est pas descendu ? s'enquiert-elle.

Hortense sourit tristement.

– Lui aussi, il a découché. Quoi de plus naturel, quand son père est en prison ?

– En garde à vue, grand-mère. Ce n'est pas la même chose.

– Si, c'est la même chose ! Et de toute façon ça ne vous excuse pas. Vous auriez dû être ici, tous les deux ! On ne peut même plus compter sur la famille !

Julia se sent submergée par un malaise croissant. En effet, où est passé Alexandre ? Elle décide de changer de conversation.

– Grand-mère, tu as appelé l'avocat ?

Sa grand-mère ne répond pas. Agitée, elle passe la main dans ses cheveux, défaisant sa coiffure qu'elle met d'habitude un point d'honneur à conserver impeccable. Tous les matins, en effet, elle brosse longuement sa chevelure, à l'ancienne, avec deux brosses, une dans chaque main. Aujourd'hui, son énervement se traduit pas ces quelques mèches folles, échappées. En rajoutant un sucre dans son café, elle dit :

– Ton père est dans de mauvais draps, Julia. Je dois à la vérité de te dire une chose en confidence...

– Quoi donc, grand-mère ?

– Le soir de sa mort, Sophie Moussié a reçu la visite de Guillaume. Il est allé la voir. Et, avec sa chance habituelle, quelqu'un l'aura remarqué.

Du coup, Julia laisse tomber sa cuillère, qui rebondit sur le sol. Son père, chez Sophie ? Qu'y avait-il entre eux ? Le soupçon de la vérité passe, furtivement, sans qu'elle y accorde crédit. Elle refuse de voir la réalité des choses.

– Mais... Grand-mère... Ce n'est pas possible ! Pourquoi serait-il allé la voir ?

Hortense se verse encore un peu de café. Puis, froidement :

– Parce qu'il couchait avec elle.

Et voilà. Les choses sont énoncées. Les amours ancillaires sont une tradition, dans les grandes familles de l'île. Combien de petits métis sont-ils nés de l'union furtive des propriétaires et de leurs esclaves, au XIXe siècle ? Et combien de notables locaux ont-ils perpétué ces usages jusqu'aujourd'hui ? Rien de choquant là-dedans, à condition de rester discret. Mais de là à imaginer que Guillaume Bertin... Julia met du temps à digérer la nouvelle. Et ses implications.

– Un peu de café ?

Régine, la servante, se précipite. Elle verse du café à Julia, qui demeure silencieuse. Hortense reprend la parole.

– Quoi qu'il en soit, il faut le faire sortir de là, et vite. Nous n'avons pas besoin de ce genre de publicité. Surtout en ce moment...

Julia, assommée, ne peut qu'approuver. Cette nuit, sa vie a décidément changé de cours.

*
* *

Alexandre tente de caler des bottes en caoutchouc dans son sac légèrement trop petit. Dans cette serre tropicale, l'humidité fait couler sur son front des gouttes de sueur qui lui piquent les yeux. Autour de lui, des orchidées à profusion : des fleurs de toutes les couleurs, de toutes les tailles. Il y a là des buissons entiers qu'un jardinier diligent a taillés, arrosés, entretenus. L'endroit est magnifique : un poème de formes et de couleurs. Mais

Alexandre est totalement indifférent à cet environnement luxueux. Il y a deux heures, il était du côté de la maison Mahé, secrètement. Il y a accompli un acte qui, espère-t-il, va le sortir définitivement de ses ennuis : sa passion du jeu a été trop forte. Alors qu'il tente de fermer son sac, Kim apparaît devant lui. Elle porte un corsage safran, boutonné par-devant, qui laisse le cou et les bras nus. Jolie, avec une pointe de vulgarité, elle sait qu'elle fait de l'effet aux hommes, et elle en joue. Aussi est-ce en se déhanchant légèrement, une main sur la taille, qu'elle désigne une poignée de billets que son amant a posée sur une tablette, entre un sécateur et un arrosoir griffé « Le Prince Jardinier ».

– Pourquoi tu me demandes d'aller porter ce fric ? Pourquoi tu ne le déposes pas toi-même ?

Il ne relève même pas la tête. Il se contente de répondre :

– J'embarque dans deux heures. Je n'ai pas le temps.

Elle le regarde, sidérée. Il est fébrile, les traits tirés, les yeux cernés. Mal rasé, fatigué, il sort d'un mauvais coup, elle en est sûre.

– Ne me prends pas pour une idiote, Alex. Qu'est-ce que tu as fait ? Pourquoi tu pars ?

– J'ai eu une embrouille avec un type, hier. Je t'expliquerai. Faut que je prenne le large, le temps que ça se calme.

– Quel type ? On a passé une partie de la nuit ensemble, pourquoi tu ne m'as rien dit ?

Agacé, il secoue la tête. Décidément, tant pis, ce sac restera ouvert, il l'emportera comme ça. Il est pressé, très pressé.

Kim est certaine qu'il a fait une énorme connerie. Quelque chose de grave : elle ne l'a jamais vu ainsi, aussi affolé. Il sort de la serre, presque en courant, et sur une dernière recommandation.

– Sois gentille. Si on te pose des questions, on a passé la nuit ensemble, c'est tout. Tu ne m'as pas quitté des yeux. Et n'oublie pas d'aller déposer cet argent à la banque, c'est important. D'accord ?

– D'accord.

Kim regarde Alex. C'est peut-être la dernière fois qu'ils se voient, elle le sent. Entre eux, ce n'est pas le grand amour, mais elle est attachée à cet étrange rebelle qui, selon elle, n'est qu'un garçon perdu. Les nuits d'angoisse, elle le console. Les nuits de plaisir, elle s'amuse avec lui. Ils ont une vie toute de hauts et de bas, mais qui leur convient. Est-ce la fin ?

*
* *

Chez Batibo, on vient de trouver Mattéo mort, affalé sur son bureau. A-t-il succombé à son diabète ? Est-il décédé naturellement, ou l'aurait-on assassiné ?

Les employés qui ont découvert le cadavre ont constaté que le coffre, derrière le fauteuil de leur maître, était ouvert.

Et vide, bien entendu.

– 10 –

Dans le bureau directorial soudain trop étroit, tout le monde se bouscule. Au centre, le buste de Mattéo, affalé sur sa table, sans vie, contraste avec l'agitation fébrile alentour. Près de lui, le nécessaire médical pour diabétiques est étalé. Le commissaire Desrivières, son éternel calepin à la main, contemple la scène. Lividité cadavérique, position de la victime, rien ne laisse penser qu'il peut y avoir eu autre chose qu'une mort naturelle. Rien... Sauf cette vitre brisée, et ce coffre-fort ouvert, vidé de son argent. Le vol est-il le motif de cette agression ? Y a-t-il seulement eu agression ? Tandis que Desrivières tente de relever des indices, d'autres policiers scrutent le plancher, examinent les rideaux, enlèvent les morceaux de verre pour les glisser dans des pochettes transparentes. Le médecin légiste attend que le photographe ait terminé.

Cristina, elle, regarde tout ce cirque avec effroi. Parfois, elle tente de s'approcher de son père, mais Desrivières s'interpose : pas question de toucher quoi que ce soit avant que les investigations ne soient complétées. Richard, présent lui aussi, cherche à se rendre utile. Il prend le bras de Cristina qui, une fois de plus, voudrait se rapprocher du corps de Mattéo. Mais Desrivières est intraitable :

– Madame... Je suis désolé. Vous ne pouvez pas rester là.

Protecteur, Richard Tourneur entoure maintenant les épaules de Cristina. D'autres policiers arrivent. Évidemment, la mort suspecte de l'un des plus gros propriétaires de l'île est sujette à caution. Il va falloir suivre la procédure à la lettre. Pas question de laisser quoi que ce soit à la dérive. S'il y a eu meurtre, il faudra trouver le coupable. Le vieux Mahé avait le bras long et, à la Réunion, les appuis politiques ne sont jamais très loin.

Au bout du couloir, on avance une civière. Derrière : Thomas, décomposé. Prise d'une pulsion irrésistible, Cristina se jette sur lui, le serre dans ses bras. Le geste est inattendu, mais compréhensible : cette femme se raccroche à sa famille. Et Thomas en fait presque partie. Puis elle s'en va, les larmes aux yeux, vers sa chambre.

Dans l'encadrement de la porte, le fiancé de Jasmine regarde le travail de la police. La nouvelle de la mort de Mattéo l'a littéralement anesthésié. Il observe, il est là, mais comme paralysé. Il entend le légiste donner son avis.

– À première vue, ça ressemble à une crise cardiaque.

Thomas comprend les mots, mais pas le sens général de la conversation. Une chose s'est déconnectée dans son cerveau. Les réactions, devant la mort, sont diverses : celle de Thomas est normale. Il est simplement en état de choc. Brusquement, il sent quelqu'un le prendre par le coude : c'est Desrivières.

– S'il vous plaît, monsieur Souheil. Vous pouvez nous laisser ?

Thomas recule. Pas à pas, il s'enfonce lentement dans ce qui lui semble être un long, un très long couloir. Dans son esprit, c'est une nuit sans fin. Parvenu presque au bout, il entend Desrivières contredire le légiste.

– Moi, je pencherais plutôt pour un crime crapuleux. Le deuxième en quarante-huit heures... Vous savez ce qu'on dit, docteur ?

– Oui, je sais. Jamais deux sans trois. Ça fera un client de plus pour moi.

– Vous voyez toujours le bon côté des choses, doc. La seringue, là, vous pouvez m'en dire plus ?

– Eh bien c'est une seringue banale, auto-injectante, dont se servent les diabétiques, commissaire. Rien d'extraordinaire.

– Rien d'extraordinaire, sinon que son possesseur est mort, quand même.

– Ce sont des choses qui arrivent.

Desrivières soulève la seringue, en se servant d'une enveloppe pour ne pas la marquer de ses empreintes. Il se tourne vers un technicien en blouse blanche :

– Tiens, Antoine, tu peux m'analyser le contenu ?

– *No problemo*, commissaire.

Le technicien prend sa mallette, en sort quelques pipettes et des flacons. Pendant ce temps, Desrivières se dirige vers le bureau adjacent, celui de Nathalie, la secrétaire. Il la trouve blême, tremblante. En chemisier strict et jupe droite, cette femme travaille depuis longtemps pour Mattéo Mahé : elle était sa conscience et sa petite main. En voyant le commissaire entrer, elle roule en boule son mouchoir et lève la tête.

– Commissaire, je suis bouleversée...

– Je comprends, Nathalie. Prenez votre temps.

– Je...

– Vous avez quelque chose à me dire ?

– Oui, je crois.

Le commissaire repose le dossier Fournier, qui traînait sur le bureau de Nathalie. Elle reprend :

– Je sais avec qui monsieur Mahé avait rendez-vous, avant de mourir.

Desrivières tire une chaise à lui, s'assied à califourchon et prend son calepin. Voilà qui promet d'être passionnant.

*
* *

L'inspecteur Ragus, natif de la Réunion, est un policier curieux de nature. Il a dix-huit ans de carrière à Saint-Denis, où il connaît tout le monde. Les réseaux d'amitiés et d'intérêts, il les a pratiqués. Les circuits financiers de complaisance, il les a décortiqués. Les trafics de tabac ou d'alcool, le marché noir, la drogue, il les a vus de près. Une certaine forme de fatigue – peut-être est-il blasé, en fait – s'est emparée de lui. Ce métis à la peau cuivrée a développé une carapace de cynisme mais, au fond, c'est un policier intègre et méticuleux. Bien des suspects, qui ont essayé de le soudoyer, s'y sont trompés. Ils sont aux galères, maintenant.

Ragus s'intéresse au coffre de Mattéo. C'est un Sécurex à double combinaison, de petite taille, mais extrêmement résistant : avec son acier quatre pouces et ses joints soudés au carbone, il est indestructible. Une charge de dynamite n'en viendrait pas à bout. Les serrures – dont une à vingt points – sont parfaites. Pour ouvrir ce machin, soit il faut un professionnel muni d'un équipement électronique, avec scanner infrason et double balayage de cathode, soit il faut connaître le numéro. Visiblement, le coffre a été vidé. Selon les estimations de la famille, près de cent mille euros se sont envolés. Une jolie somme, quand même. « Elle ferait bien mon affaire », se dit Ragus, tout en riant intérieurement de cet accès de malhonnêteté qui n'aura pas de suite. Il s'intéresse aux charnières – intactes. Il regarde le pêne – intact. Il scrute la surface des tablettes, à l'intérieur du coffre. Peut-être une empreinte, là ?

Puis il passe à la fenêtre. Quelque chose le tracasse. Pourquoi avoir forcé la fenêtre sans forcer le coffre ? Pourquoi cette fenêtre est-elle cassée de façon si grossière ? En la brisant, l'intrus courait le risque de donner l'alarme. Et de faire sursauter Mattéo. Ou bien celui-ci était-il déjà mort ?

Ragus se frotte les mains. Voilà une enquête qui s'annonce passionnante. Dans la compétition qui l'oppose à Desrivières, Ragus se voit déjà calife à la place du calife. Une petite promotion hiérarchique ne lui ferait pas de mal...

*
* *

Cristina n'en croit pas ses oreilles. Desrivières est malade ! Une autopsie ? Mais c'est affreux ! Rien que le mot sent la mort violente, la suspicion, la crapule. Pourquoi faire subir à Mattéo ces outrages ? Elle s'en ouvre, vivement, au commissaire. Et Thomas, près d'elle, est d'accord. Pourtant le flic n'en démord pas et s'explique.

– Pardonnez-moi, madame. Mais les circonstances de la mort sont loin d'être claires. Après tout, il manque cent mille euros dans le coffre. Nous devons faire toute la lumière sur le décès de votre père. De plus, c'est la procédure habituelle.

– Je sais, commissaire. Mais quand même...

– Je suis obligé de vous demander, madame... C'est une question de pure forme, évidemment... Où étiez-vous hier soir vers minuit ?

– Chez moi. Avec ma fille.

Une imperceptible crispation passe sur le visage de Thomas. Desrivières continue, en regardant le jeune homme :

– Vous, je sais où vous étiez.

Le commissaire note quelque chose dans son calepin, puis, sous le regard étonné de Cristina, demande à Thomas :

– À quelle heure avez-vous quitté nos locaux, en compagnie de mademoiselle Bertin ?

– Vers 1 heure du matin, enfin je crois... Vous pouvez vérifier, un de vos plantons nous a demandé de sortir si nous voulions fumer, répond calmement Thomas, soutenant le regard furieux de Cristina.

Celle-ci déteste que les choses lui échappent. Mais là, elle ne comprend plus. Ou plutôt, elle comprend trop bien... Thomas avec cette... cette... cette... Elle a envie de crier, de briser quelque chose, mais c'est impossible. Thomas, lui, semble presque soulagé. Visiblement, cet aveu lui fait du bien. Il assume. Le commissaire reprend :

– Madame, votre père vous a-t-il parlé d'un rendez-vous hier soir ?

– Mon père ne me donnait pas l'emploi du temps de ses soirées, commissaire.

– Celle-ci était particulière : il avait rendez-vous avec monsieur Bertin, hier soir.

– C'est impossible, commissaire. Guillaume Bertin est sous les verrous, chez vous ! En garde à vue !

– Pas Guillaume Bertin, madame. Son fils, Alexandre. La secrétaire de monsieur Mattéo est formelle. Julia Bertin ne vous a rien dit de ce rendez-vous ?

Thomas est abasourdi. C'est beaucoup, pour une soirée ! Il va de surprise en surprise, de Charybde en Scylla. Il sent quelque chose se réveiller en lui, un instinct du combattant. Trop, c'est trop. Il n'est pas encore prêt à se battre, mais il y a quelque chose, dans cette affaire, qui n'est pas net. Comme une odeur âcre...

– Viens, lui dit Cristina. Il faut prévenir Jasmine.

Thomas, renfermé, soupèse son avenir. Cristina insiste :

– Viens !

– Jasmine n'est pas au courant ?

– Non. Et elle va avoir besoin de toi.

Thomas sent que l'étau se resserre autour de lui. Plus ça va, plus il se dit qu'il n'est pas dans la vie qui lui convient...

*
* *

Titou et Ragus sont assis, côte à côte, à la terrasse du Blue Moon, le café qui fait face au commissariat. Cet endroit offre une vue inattendue sur le volcan. À moins que ce ne soit le volcan qui ait une vue sur les hommes attablés... Ragus commande deux cafés et pointe du doigt le rapport que Titou a posé sur la table :

– Dis donc, Titou, c'est du rapide !

– Ben oui, mon vieux, on a ses connexions, hein! Remarque, c'est un rapport préliminaire. Mais il est éloquent.

– Dis-moi tout.

– Eh bien, c'est bizarre. Il y avait du datura dans la seringue.

– Du datura? Tu te rends compte?

– Bien sûr. C'est un poison violent. C'est ce que les prêtres vaudou utilisent, en Haïti, pour fabriquer des zombies : le poison s'attaque au système nerveux central, et, dans un premier temps, s'il est bien dosé, peut provoquer la catalepsie, souvent confondue avec la mort. D'où les cas de morts enterrés vivants.

– Le vieux Mahé n'y a pas réchappé, en tout cas.

– Ça, non.

Tous deux boivent leur café, redemandent du sucre : à la Réunion, la mode est aux mets sucrés. Pour un métropolitain, ce café-là est un sirop. Pour Titou et Ragus, c'est l'habitude. Ce dernier, les yeux mi-clos, susurre :

– Peut-être qu'on peut découvrir des choses intéressantes, mon Titou.

– Tu veux dire, intéressantes pour nous?

– Exactement. Pour nous, Titou. Il est temps qu'on récompense nos services, non?

– Grand temps, en effet.

Ragus sourit. Desrivières n'a qu'à bien se tenir : « commissaire Ragus », voilà qui sonne bien.

Quand on parle du loup... Le téléphone de Titou se fait entendre, au fond de sa poche.

Le portable vissé à l'oreille, le commissaire Desrivières quitte la maison Mahé. Il s'installe au volant de sa voiture et, d'un ton rogue, lance :

– Titou ?
– Oui, commissaire.
– Tu es où ?
– Je suis au labo. J'attends les résultats.

Titou boit les dernières gouttes de son café, là où c'est le plus sucré.

– Que puis-je pour vous, commissaire ?
– Alexandre Bertin. Convoque-le. Immédiatement !
– Je m'en suis occupé. Il est introuvable.
– Les aéroports, les bateaux, tout ! Il faut tout surveiller. Lui mettre la main dessus.

Ragus, qui a compris le sens général de la conversation, se lève et, après avoir adressé à Titou un signe de la main, s'éloigne. Le commissaire, au bout du fil, tempête :

– Tu sais où il traîne, d'habitude, Alexandre Bertin ?
– Combats de coqs, troquets de tous genres, tripots sur le port.
– Vas-y. On le cherche. Le grand jeu, hein ?
– OK. Le grand jeu, patron.

Ce qui signifie : barrages, surveillance accrue des points de sortie du territoire, plan Épervier déclenché. Si Alexandre est resté à la Réunion, la police – éventuellement avec l'aide des informateurs – le trouvera.

*
* *

Devant la petite maison, Joséphine cueille des simples. Il y a dans son jardin de la bardane, du benjoin, des pivoines cavifères, des pétunias hors-bouts, des cactées inédites... C'est là qu'elle compose ses remèdes : rien de tel que les plantes, à condition de connaître leurs secrets. Certaines peuvent être dangereuses. Sunsia, dans une petite robe à étoiles, pieds nus, aide la vieille femme. Elle récolte de longues herbes à fleurs blanches, qui semblent accueillantes. Joséphine, du coin de l'œil, la surveille :

– Tu te laves bien les mains, hein, Sunsia ? Malgré son apparence, c'est une plante mauvaise. Très dangereuse.

– Et celle-ci ?

– Celle-ci, c'est du poison.

– Ah. Il y a donc des plantes méchantes ?

– Oui, Sunsia, méchantes. Tu dois les connaître.

Sunsia décampe pour se laver les mains. Joséphine se redresse. Devant elle, un homme apparaît. C'est Serge Todobrini. Il a l'air plus dangereux que les plantes. Immédiatement, Joséphine se replie sur elle-même : une ride de contrariété apparaît sur son front. Elle n'attend pas que l'intrus parle et, hostile, jette immédiatement :

– Je vous ai déjà dit que je ne savais rien. Sophie ne me racontait pas sa vie.

Il s'approche, un sourire étrange sur les lèvres. Mais que cherche-t-il, cet étranger ? Il laisse passer quelques minutes de long silence, puis :

– Je ne vous crois pas. Elle était plutôt bavarde et vous étiez sa seule famille...

– Laissez faire la police, monsieur Todobrini. C'est à elle de retrouver son meurtrier.

Un ricanement sort de la bouche du visiteur. L'homme est à la fois exaspéré et inquiétant. On le sent prêt à tout. Sous sa chemise à larges taches rouges, qui pend sur son pantalon, il y a une grosseur suspecte. Une arme ? Joséphine n'a pas peur. Elle est vieille, elle a bien vécu, elle connaît les mystères de l'Au-delà. S'il est temps pour elle de partir, il est temps. Mais qui s'occupera de Sunsia? Todobrini reprend :

– La police ne sait rien faire! Je ne quitterai pas votre île avant d'avoir coincé ce salaud!

– La vengeance ne la fera pas revenir.

Il s'approche encore, s'assied sur le banc devant la maison. Puis il allume une cigarette locale, une « Tout Va Bien », âcre et goûteuse. Un vent léger, venu de la mer, balaie les volutes de fumée. Todobrini pose son coude sur son genou, dans une attitude de grande attention, et dit :

– Je sais que le soir de sa mort, elle avait rendez-vous. Je veux savoir avec qui. Il ne s'agit pas des Bertin, puisqu'elle travaillait chez eux.

– Sophie voyait beaucoup de monde...

– C'est vrai. Les Mahé, par exemple, elle les voyait?

De surprise, Joséphine lâche la brassée d'herbes qu'elle tenait, et reste avec sa serpette dans la main. Elle demande, en écho :

– Les Mahé? Pourquoi les Mahé?

– Parce qu'ils sont les ennemis des Bertin, et qu'ils se retrouvent, comme par hasard, eux aussi avec un cadavre sur les bras...

Joséphine, inquiète, s'assied à son tour sur le banc. Elle pose la question qui lui brûle les lèvres :

– Elle vous a dit quelque chose?

– Oui. Elle a eu le temps de me dire : « J'ai rendez-vous... Ils ont la trouille. » Voilà ce qu'elle a dit. C'est bizarre, vous ne trouvez pas?

Seul le silence répond. Joséphine reste perdue dans ses pensées. Elle a vu bien des événements dans sa vie, et en a provoqué quelques-uns mais, à chaque fois, elle demeure surprise de l'incompréhension profonde manifestée par les curieux, par tous ceux qui essaient de saisir ce qui leur échappe : journalistes, enquêteurs, amis. Pour sonder les cœurs humains, il faut autre chose, une connaissance supérieure. Elle se tourne alors vers son interlocuteur et lui donne le meilleur conseil, selon elle :

– Prenez le premier avion, monsieur Todobrini, et rentrez chez vous. Il y a assez de malheurs comme ça...

Todobrini jette sa cigarette à terre, qu'il écrase avec soin, en tournant le pied. Visiblement déçu, il déplisse sa chemise rouge et s'éloigne vers l'entrée du jardin. Près de la grille, il aperçoit la petite Sunsia. Celle-ci joue avec une poupée mannequin. Todobrini s'en va. Il n'a rien appris. Il est dans le noir. À la Réunion, il y a des secrets auxquels les visiteurs n'ont pas accès.

*
* *

Jasmine sanglote doucement. On sent qu'une peine infinie la déchire. Dans les bras de Thomas, elle se laisse aller. Lui ne dit rien. Il se contente de lui caresser les cheveux, presque avec application. Les grandes douleurs, c'est connu, sont muettes. Par la fenêtre ouverte, Cristina regarde le jardin devant elle. Une époque s'achève... Une période de la vie des Mahé prend fin... Un commencement? Une renaissance? Les lèvres serrées, Cristina effeuille machinalement un superbe camélia rose pâle. Les pétales tombent lentement à terre, emportés par le vent du large. Une domestique accourt, un verre d'eau à la main, et se dirige vers Jasmine. C'est alors que Cristina lui crache :

– Donne !

Elle apporte le verre d'eau elle-même, s'immisçant ainsi dans l'intimité du couple. Jasmine prend le verre, en boit la moitié et, brusquement, craque.

– Papa est mort il y a six mois... Maintenant, c'est grand-père...

Thomas, le visage blanc, laisse passer la plainte. Il sait qu'il vaut mieux qu'elle exprime librement sa douleur. Il sait aussi qu'une discussion ne servirait à rien. Jasmine n'est pas en état d'écouter. Prenant son fiancé par les mains, elle ajoute avec force :

– Thomas, jure-moi... Jure-moi que tu ne m'abandonneras jamais !

Le regard perdu, Thomas fait un signe de la tête. Il vient de signer un arrêt d'éternité sous l'œil attentif de Cristina. Celle-ci est dès lors rassurée quant à l'avenir de sa fille. Mais, pour l'instant, elle a mieux à faire. Rapidement, elle monte l'escalier qui mène au petit bureau de son père. Il y règne une odeur de tabac noir. Un instant, Cristina s'arrête au milieu de la pièce, attentive aux bruits : personne ne vient. Elle a le champ libre.

Elle ouvre un tiroir, puis deux, puis trois. Sur les étagères, elle compulse des dossiers. Rien. En bas du secrétaire d'acajou, elle remarque un petit tiroir. Elle tente de l'ouvrir : il est fermé à clé. Elle insiste : impossible. Un coupe-papier ne ferait-il pas l'affaire ? Elle en cherche un, du regard. Ah, en voici un, à manche de corne, souvenir d'une chasse au Kenya. Elle s'en empare et, au moment où elle va forcer le meuble, un bruit de moteur se fait entendre. Par la fenêtre, elle jette un coup d'œil : c'est Julia. Reposant le coupe-papier, Cristina descend en vitesse, alarmée et en colère : que vient faire cette...

– Comment oses-tu mettre les pieds ici ?

Surprise par cet accueil agressif, Julia ne se démonte pas :

– Je suis venue voir Jasmine. Je sais qu'elle va avoir besoin de...

– De voir la sœur du meurtrier de son grand-père ?

Voilà que Cristina accuse ouvertement Alexandre. Mais pourquoi ? Par méchanceté pure, sans nul doute. Le mot est de trop pour Julia qui se rebiffe :

– Qu'est-ce que vous racontez ? Vous êtes folle !

– Alexandre est le dernier à avoir vu mon père vivant, voilà ce que je raconte ! C'est pour lui voler de l'argent qu'il l'a tué !

Devant ces accusations terribles, devant ce regard plein d'une haine farouche, Julia tourne les talons et, en courant, s'en va. Les phrases de Cristina, portées par le vent, l'écorchent :

– Va-t'en, Julia ! Va-t'en ! Ne reviens plus !

Au bout du jardin, Thomas a été témoin de la scène. Jasmine, dans ses bras, sanglote encore, mais plus doucement.

– 11 –

Desrivières, vêtu de frais, s'attarde devant une orchidée. C'est une *orchidea voluptiis*, dont les pétales retombent langoureusement en volutes crantées. Il repense à une phrase de Francis de Croisset, dans un livre consacré à la Réunion, avant guerre : « Une atmosphère qui laisse penser qu'ici les orchidées s'enrhumeraient. » Il retourne la phrase dans sa tête : d'où sort-elle ? De quel repli de sa mémoire ? Il la note dans son carnet, en se promettant de retrouver le passage d'où elle est extraite. Car Desrivières a été un bon élève, autrefois ; il en a gardé quelque chose. Dans cette serre où le taux d'humidité est au maximum, il se sent en territoire étranger. Son rayon, c'est la rue, les bas-fonds, les turpitudes humaines...

Chez la belle Kim qui, lui semble-t-il, a du sang eurasien, Desrivières se sent mal à l'aise. D'abord parce que la beauté de la jeune fille est singulière, ensuite parce qu'il doit lui poser des questions intimes. Mais, après tout, c'est son travail. Il regarde Kim, moulée dans un chemisier, en short et sandales lacées, et admire sa silhouette. Inconsciemment, peut-être la désire-t-il. Inconsciemment ? Espèce d'hypocrite ! se dit-il. Puis il revient à ses affaires.

– Alexandre Bertin a passé la nuit chez vous, n'est-ce pas ?

– Oui, monsieur le commissaire.

– Il était comme d'habitude ?

– Comme d'habitude. Je ne vois pas ce que vous voulez dire...

– Avait-il des problèmes ? Des ennuis d'argent ?

Le commissaire sent la chaleur de la serre pénétrer ses vêtements. Sa chemise commence à coller dans le dos.

– Non, commissaire, je ne crois pas.

– Les joueurs ont rarement des problèmes financiers, c'est bien connu.

Desrivières a pris un ton sarcastique. Cette fille, avec cette peau soyeuse et ces épaules dorées, lui semble hors d'atteinte. Il déteste tout à coup ce qu'elle représente : l'aisance, la jeunesse, la beauté. Alors il gronde.

– Vous savez combien rapporte une complicité de meurtre, mademoiselle Lomé ?

– De meurtre ?

– Oui, j'ai bien dit : de meurtre. Aggravé, j'ajoute. Préméditation, vol... Entre quinze et vingt ans de prison. Et encore, ce n'est pas cher payé !

Kim blêmit. Parmi les orchidées, Desrivières repère une plante simple, avec de fascinants pétales blancs et un arôme vanillé. Plutôt appétissante. Il la reconnaît vaguement, encore des souvenirs de classe...

– C'est bien du datura, n'est-ce pas ?

– Oui...

Il n'y tient plus. La sueur ruisselle sous ses aisselles, sa veste est imbibée, il ne peut plus respirer dans ce marigot sous verre. Il sort.

– Mademoiselle Lomé, il va falloir me suivre au commissariat. Pour les besoins de l'enquête, lance-t-il, agacé.

– Mais je...

– On ne discute pas. On vient.

*
* *

Déjà, le moteur ronronne agréablement. Sur le pont du voilier, le skipper regarde en direction du soleil, presque à la perpendiculaire. La mer, ourlée de quelques vagues agréables, scintille. Des poissons mich-mich, des odeurs de sel, des goélands voraces... Images d'un bonheur qu'Alexandre, dissimulé à l'ombre d'une voile à demi hissée, ignore. Tendu, il attend le départ. Dans une heure, il sera en dehors des eaux territoriales. Destination l'Afrique... Heureusement qu'il s'y est pris à temps. À travers les frondaisons, il aperçoit le volcan, dont on dit qu'il voit tout. Certes, mais Alexandre Bertin a réussi, pense-t-il, à outrepasser la malédiction des feux de la terre. Ce volcan tout-puissant, dont une légende tenace veut qu'il prenne dans ses rets tous ceux qu'il approche, ne peut rien contre un banal trente-deux mètres, un de ces yachts qui font des courses lointaines...

Le skipper s'apprête à donner le signal de départ quand un vacarme d'ordres criés dans les micros attise la nervosité d'Alexandre.

– C'est quoi, ce souk ? demande-t-il, inquiet.

– On ne passe pas !

Le skipper, la main devant les yeux pour se protéger du soleil, retrousse sa casquette blanche. Il précise :

– Un ordre de la capitainerie. Interdiction de sortir pour tous les bâtiments.

– Mais pourquoi ?

– Ils n'ont rien dit. Mais c'est forcément grave. Ce n'est pas le genre de décision qu'on prend à la légère, surtout quand on a des visiteurs de marque.

D'un mouvement du menton, le skipper désigne un immense yacht, dont on peut distinguer, à travers les hublots, la décoration somptueuse : tableaux de maîtres, poutres apparentes, cheminée en marbre... C'est le bateau de l'héritier Niarchos qui, en ce moment, défraie la chronique avec l'héritière scandaleuse des hôtels Hilton. La presse people est aux trousses de ce couple à potins : Paris Hilton et Stavros Niarchos, c'est de la bonne copie. Alexandre, d'un geste résigné, fait comprendre que les histoires des autres, il n'en a cure. Il lui faut agir vite. Par l'échelle de coupée, il descend en cabine, s'empare de son sac, et enjambe le bastingage. Tant pis pour l'*Isanda*, il va devoir trouver un autre moyen.

À l'autre extrémité du quai, un fourgon de police vient d'arriver. Le Renault s'ouvre, une poignée de policiers en chemisette bleue en sort. À peine ceux-ci ont-ils mis le pied à terre qu'Alexandre, obéissant à un réflexe, se met à courir. Le conducteur du fourgon, apercevant le fuyard, démarre brutalement : la porte claque, les autres policiers s'élancent dans la même direction. En une fraction de seconde, le port s'est transformé en caravansérail. Des crissements de pneus se font entendre, des cris jaillissent, des hommes zigzaguent entre les caisses. Alexandre a la peur au ventre. Il est passé du statut de voyageur clandestin à celui d'animal traqué. Alors qu'il évite un chariot élévateur, il aperçoit, à sa gauche, la voiture de sa sœur qui arrive sur les lieux. Il se précipite : Julia va le sortir de là. Mais au moment précis où il bifurque vers elle, un véhicule de la police lui barre la route, gyrophare bleu en action, sirène hurlante. Il entend Julia crier son nom :

– Alex !

Elle sort de sa voiture, laissant la porte ouverte, et se met à courir vers son frère. Mais deux policiers se jettent sur elle pour l'immobiliser. Une casquette bleue roule par terre. Julia est ceinturée. Elle se débat comme une furie.

– C'est mon frère ! Laissez-moi ! C'est mon frère !

Voyant la police bloquer son chemin, Alexandre fait volte-face. Il jette son sac sur le policier le plus proche et saute sur une pile de caisses qu'une grue s'apprête à charger sur un bananier. Vif, il s'accroche aux mailles du filet géant qui enveloppe le fret puis se laisse glisser de l'autre côté, où des hangars en tôle offrent une issue possible. Il pénètre dans le premier bâtiment, hors d'haleine : une demi-pénombre règne. Essuyant la sueur qui perle sur son front, le fuyard reprend sa course. Il monte au premier étage, sur des passerelles en fer, et il entend, derrière lui, les pas de ses poursuivants. On lui crie :

– Police !

Mais il n'enregistre pas. Ses jambes semblent animées d'une volonté indépendante. Parvenu au bout de la passerelle, il se laisse glisser, à l'extérieur, le long d'une échelle d'incendie. Il est plus motivé que les policiers : ses paumes, brûlées par le frottement, cuisent. Derrière lui, il avise un garage : des camions de plusieurs sociétés chargent ici des produits divers. Il tente de forcer la porte de l'un d'eux, essaie un vieux semi-remorque, rien à faire. Les policiers se rapprochent. Certains ont le pistolet de service en main. Il saute du marchepied, dans une flaque d'huile... et tombe lourdement. Le temps de se relever, il est menotté par des hommes essoufflés. Tout à coup, son agressivité disparaît. Il n'est plus qu'une chiffe molle. Il se rend, submergé par une vague de tristesse. C'est donc ainsi que les choses s'achèvent ? Il se laisse traîner vers les voitures. Il remarque que les policiers ont les mains brunes. Ce sont des Réunionnais. Être pris chez soi par des gens de chez soi, quelle humiliation !

*
* *

– Monsieur Bertin, Guillaume ?

– Oui.

– Une montre, un stylo, trois pièces de monnaie, un portefeuille, un trousseau de clés... Signez ici.

Le fonctionnaire de police rend à Guillaume ses objets personnels. Celui-ci appose sa signature sur une feuille et, hagard après une nuit sans sommeil, demande d'une voix blanche à Titou et Ragus :

– C'est donc fini ?

– C'est fini, monsieur Bertin. Nous vous demandons toutefois de ne pas quitter la ville pendant les jours qui viennent.

– Bien sûr.

Il empoche ses affaires, et tente de reprendre ses esprits. Titou, qui l'accompagne, se fraie un chemin dans l'encombrement des couloirs : des fonctionnaires pressés passent, des piles de dossiers sont entreposées contre les murs et, de temps en temps, une secrétaire fume une cigarette en dehors des pièces de travail. Une machine à café brinquebalante délivre un liquide approximatif dans des gobelets en carton. Titou glisse une pièce et, de bon cœur, l'offre à son libéré.

– J'espère que vous ne nous en voudrez pas, monsieur Bertin. C'est la procédure.

Guillaume laisse fondre deux sucres, et, tandis qu'il tourne le café, la porte du commissariat s'ouvre sur son fils, menottes aux poignets, l'air défait. Guillaume se précipite, renversant son gobelet :

– Alexandre ? Qu'est-ce que tu fais là ?

Alexandre baisse la tête. Ses cheveux lui couvrent les yeux. Il est suant, froissé. Devant le silence de son fils, Guillaume s'emporte et, invectivant les policiers, crie :

– Mais qu'est-ce que vous lui voulez ? Qu'est-ce qu'il a fait ?

Les portes des bureaux alentour s'entrouvrent. Des têtes intriguées apparaissent : quel est cet énergumène qui crie si fort ?

– Qu'est-ce qu'il a fait ?

Guillaume, au bord de l'hystérie, voit qu'on emmène son fils. Une main se pose alors sur son épaule.

– Venez, monsieur Bertin.

C'est Desrivières. Sa chemise, plaquée sur sa poitrine, est trempée. Il essaie de garder son calme, malgré la chaleur. Le ventilateur, dans son bureau, est évidemment en panne. Quant à la climatisation, elle n'existe pas. Le commissaire invite Guillaume à s'asseoir. Rien à faire. Le père d'Alexandre reste debout, les deux mains posées sur la table, et insiste pour avoir une explication. Tout le malheur du monde passe dans ses yeux. Desrivières se lève, va fermer la porte du bureau, et annonce :

– Votre fils est le dernier à avoir vu Mattéo Mahé vivant, monsieur Bertin.

– Mais, comment ?

Des explications du commissaire, il ressort que les empreintes, la disposition des lieux, le mobile, tout incrimine Alexandre. Est-il pour autant le coupable ? Rien n'est moins sûr. Mais il est le suspect le plus probant. Il faut laisser la police faire son travail, insiste Desrivières.

Attendre... Patience... Des mots. Quand Guillaume sort dans la rue, il a basculé dans un autre monde. Le trottoir est le même, l'air est le même, le soleil est le même, mais tout est différent. Il est passé d'un milieu respectable et ouaté, où la plus grande tragédie se résume à un adultère ou à une partie de rami perdue, pour se retrouver dans un univers de sang et de crime. Dans sa voiture, en face du commissariat, Julia attend. Quand elle voit son père, elle sort et se précipite dans ses bras :

– Il n'a pas fait ça, papa... C'est impossible.

Guillaume étreint sa fille. Il sent s'éveiller en lui quelque chose comme une rage sourde. Cet homme qui a été bafoué par sa femme, qui a toujours été un faible, se met brutalement à changer. Au fond de lui-même, un ouragan se lève. Il tente néanmoins d'apaiser Julia.

– Je sais, ma chérie, je sais... Tu vas rentrer à la maison, ça ne sert à rien de rester ici. Dis à grand-mère que j'arrive.

Puis il s'écarte d'elle et s'en va d'un pas rageur.

– Papa, où tu vas ? Papa ?

Mais les interrogations de Julia tombent dans le vide. Ses mots se perdent dans la pétarade d'un scooter qui passe. Elle reste seule, sur le trottoir, les bras ballants, désemparée.

*
* *

Nathalie triture un mouchoir transformé en boule ; la comptable et son assistant, très dignes, gardent une attitude de réserve, presque au garde-à-vous, vaguement inquiets : Cristina a voulu rassembler tout le personnel de Batibo. Vêtue d'une veste légère couleur safran et d'un pantalon en soie grège, elle attend les derniers retardataires dans un silence glacial. Thomas, adossé au mur, près de la fenêtre, laisse son regard errer, parfois, vers les perroquets qui, depuis quelques instants, colonisent un palmier proche. À l'autre bout de la pièce, Richard attend, les bras croisés. Derrière lui, tous les employés, coursiers, chauffeurs, dessinateurs, chefs de travaux. Au total, une quarantaine de personnes.

Une fois tout le monde entré, Cristina prend la parole. Le ton est sec, froid, presque coupant. On connaissait une veuve un peu capricieuse, on va découvrir l'*executive woman*.

– Je vous dirai quand l'enterrement aura lieu. En attendant, on continue à travailler. C'est ce que mon père aurait souhaité. Je vous remercie tous.

Une annonce de trois phrases, désincarnée, presque abstraite. Les employés se regardent, et comprennent : ce n'est pas un avis de décès ou une consolation de groupe, c'est une prise de pouvoir. Cristina est désormais la patronne. Sous le choc de cette passation brutale, le personnel se disperse. Certains murmurent. Cristina prend Thomas par le bras et l'entraîne dans son bureau. Thomas ne résiste pas. Sous le regard ombrageux de Richard, la nouvelle « patronne » se prépare à fermer la porte quand quelqu'un s'écrie :

– Regardez !

Immédiatement, Cristina se penche à la fenêtre. Ce qu'elle voit dépasse l'entendement : Guillaume Bertin, le père de l'assassin présumé, est dans la cour. Comment ose-t-il ? Prise d'une rage incommensurable, Cristina sort pour affronter un homme qui, lui aussi, est consumé par la fureur. Deux passions face à face. Elle attaque la première, sur un ton venimeux :

– Tu viens me présenter tes condoléances ?

Guillaume parle bas. Une fièvre de vengeance l'anime : on a touché à sa famille. Il murmure presque, mais semble, brusquement, encore plus dangereux :

– C'est toi ! Toi qui m'as envoyé la police ! Et maintenant c'est le tour d'Alexandre ! Je ne me laisserai pas faire, tu entends ? Écoute-moi bien, Cristina. Des sales coups, j'en ai vu. Mais là, tu tombes dans l'égout ! Alexandre, tu vas le sortir de là où il est. Tu vas le sortir, sinon c'est moi qui vais te faire regretter d'être là, en face de moi.

Cristina éclate d'un fou rire forcé, la tête renversée en arrière, devant le personnel de Batibo qui s'est regroupé dans la cour.

– Des menaces ? Mais mon pauvre Guillaume, je n'ai rien à craindre de toi ! Rien ! Tu es un minable ! Un médiocre ! Un petit monsieur ! Ton fils a tué mon père, et tout le monde le sait !

– Tu mens. Je sais que tu mens !

Brusquement, Cristina lâche :

– Autrefois, on n'a rien pu prouver, Guillaume. Mais cette fois-ci, je ne vous lâcherai pas. Vous paierez ! Vous paierez ! Vous allez cracher tout ce que vous avez ! Quand j'en aurai fini avec vous, il ne restera même pas des cendres !

– Tu es folle.

– C'est fini ! Les Bertin, c'est fini ! Pour rien ! Vous avez fait tout ça pour rien !

De quoi parle-t-elle ? Quels secrets agitent cette tête, nourrissent cette furie ? Quels actes, vieux de près d'un demi-siècle, enflamment ce brasier ?

Guillaume, lui, comprend. Il tourne les talons et quitte les lieux, déterminé, sous le regard de Richard et des ouvriers de Batibo. C'est donc la guerre ? Très bien, ce sera la guerre. De gentil père de famille un peu mou, Guillaume est en passe de devenir un guerrier.

Un mauvais sourire aux lèvres, Cristina, qui est revenue dans son bureau, le regarde par la fenêtre. Il s'en va, pense-t-elle, vaincu. Elle se trompe... Puis, quittant son bureau, elle entre dans les vestiaires. Là, elle scrute son reflet dans le miroir : la colère lui a creusé des rides, le souci lui a approfondi les joues, la souffrance lui a durci les traits. Sa séduction est tombée, il ne reste que la virago. Elle se passe un peu d'eau sur le visage et, en se redressant, croise un regard dans la glace : celui de Nathalie, la secrétaire. Les deux femmes s'accrochent des yeux un instant puis, la première, Cristina se détourne. Elle ne va pas partager sa détresse avec une secrétaire...

*
* *

Ragus est parti. Desrivières et Titou interrogent Alexandre, assis à califourchon sur une chaise, les mains menottées et rattachées à un anneau dans le mur. Ébouriffé, fatigué, le jeune homme affecte une nonchalance agaçante. Franchement, il a l'air d'un coupable. Desrivières lui a placé une lampe dans les yeux. Sur le bureau, il a déposé divers dossiers et, surtout, la déposition de Kim. Mais Alexandre nie tout en bloc.

– Non, je ne suis pas allé chez Batibo. J'étais chez Kim, ma copine. Demandez-lui.

Titou, qui a ouvert sa veste en Tergal, insiste.

– Dis la vérité, ce sera mieux pour toi. Tu vois, tu énerves le commissaire, c'est mauvais, ça. C'est mauvais...

– C'est la vérité.

Desrivières intervient :

– Ne t'inquiète pas, on l'a interrogée, ta copine. On en reparlera. Pour l'instant, dis-moi si tu sais ce que c'est que le datura ?

– Oui, c'est une herbe, un truc qui pousse, et alors ? Vous vous intéressez à la verdure, maintenant ? Franchement, je ne vous voyais pas en jardinier, en train de tailler les bégonias, commissaire. C'est des trucs de vieux, ça, rempoter, labourer, semer. C'est intéressant si ça donne des trucs à fumer, mais là...

– Eh bien, mon cher Alexandre, il faudra t'y faire. Le datura, ça m'intéresse. Car, vois-tu, ta copine Kim, elle en fait pousser chez elle. En serre, même.

– Et alors ? Il y en a partout, ici. D'ailleurs, où est le rapport ? Mattéo Mahé en prenait ? Pour remettre un peu de jus dans les accus ?

Titou intervient, comme un petit roquet.

– Pas comme ça, mon grand. Parle sur un autre ton, sinon…

– Je parle comme j'ai envie.

– Moi, j'ai envie de te faire avaler tes dents, ça va comme ça ?

Desrivières intervient.

– Du calme, Titou. Monsieur Alexandre Bertin sera sûrement intéressé d'apprendre que Mattéo Mahé est mort d'une crise cardiaque… due à une injection de datura. Du coup, monsieur Alexandre Bertin comprendra beaucoup mieux le sens de mes questions. Et monsieur Alexandre Bertin verra qu'il est dans les ennuis, voire dans le pétrin total. Il a vu la lumière, maintenant, monsieur Bertin ?

Alexandre a une lueur de désespoir dans le regard. Tout est contre lui. Il est décidément en mauvaise posture. Comment s'en tirer ? Desrivières change de pied.

– Revenons à ton rendez-vous avec Mattéo Mahé. Tu voulais lui parler de quoi, monsieur Alexandre Bertin ?

– Je voulais lui présenter nos excuses, à ma sœur et à moi. À cause de l'attitude de ma grand-mère à l'enterrement de Sophie Moussié. Y en a marre de leurs vieilles histoires.

– Bien sûr, bien sûr… J'imagine que Jasmine Mahé-Levens est d'accord avec toi. Des vieilles histoires, hein ?

– Jasmine n'a rien à voir avec ça.

De nouveau, le commissaire attaque. Il évoque les cent mille euros disparus du coffre. Et les empreintes. Et la fenêtre brisée. Et la fuite d'Alexandre. Tout s'accumule, fait boule de neige. Alexandre Bertin, au fond, est un coupable idéal. Il est joueur, a des dettes, traîne avec des gens bizarres dans les combats de coqs. Il a ruiné sa famille et, le commissaire le sait bien, est sorti avec Jasmine. De plus, la vendetta des deux clans pourrit tout. Pour la police, pour Cristina, pour tous, il est le bouc émissaire. S'il est condamné, l'affaire sera résolue proprement. Il n'y aura qu'un seul personnage à connaître la vérité : le volcan. Mais celui-ci ne parle pas. Les volcans ne sont pas des témoins recevables en cour de justice.

– 12 –

– Mais pourquoi ? Pourquoi a-t-il voulu s'enfuir, s'il est innocent ?

Hortense est livide. Assise dans la varangue, sur son rocking-chair, elle a les yeux dans le vide. Ses mains sont agitées de petits tremblements. Visiblement, la nouvelle l'a terrassée. Toute sa nature, toute son éducation lui font rejeter cet événement. C'est l'opprobre sur la famille : d'abord Guillaume derrière les barreaux, puis Alexandre... Elle se demande si son vieux cœur y résistera. Julia, accroupie en face d'elle, le visage à la hauteur des genoux d'Hortense, tente de la consoler.

– Tout ce dont je suis sûre, grand-mère, c'est qu'il ne l'a pas tué. J'en suis certaine... Le reste, je ne sais pas. Je ne sais même pas pourquoi on le soupçonne...

Les oiseaux sont tranquilles. Derrière les aras et leur forêt miniature, cachée par une cage immense, Marie-Thérèse peut tout entendre de la conversation. Voûtée, écrasée par la vie, elle semble prête à s'émietter, là, sur le parquet centenaire. Tout le monde la maintient dans un flou artistique, sans lui donner aucune nouvelle déplaisante, de peur de la voir rechuter. Seulement là, elle écoute, elle enregistre, puis s'éloigne comme une ombre, décidée à rejoindre sa chambre. Mais soudain, tandis que la grand-mère et la petite-fille tentent de comprendre ce qui se passe, après un dernier coup d'œil sur elles, elle bifurque. Elle entrouvre la porte du bureau d'Hortense et, vivement, y pénètre. Sans un regard pour les dizaines de photos encadrées, pour les napperons brodés sur lesquels des objets pieux sont exposés, elle s'assied sur le bord d'un fauteuil, prête à filer au moindre bruit. Elle prend le téléphone, compose un numéro. Sa main tremble moins.

– C'est moi, Marie-Thérèse. Il faut que tu viennes. Vite, très vite.

Puis elle raccroche. À qui a-t-elle parlé, du fond de sa dépression perpétuelle ? Peut-être a-t-elle eu l'impression de s'adresser à Dieu lui-même ?

Pendant ce temps, une voiture est entrée dans la cour. Guillaume en sort, épuisé. Quand il fait son entrée dans la varangue, il est accueilli par le visage sombre de sa mère qui, ivre de colère, abat les reproches.

– C'est ta faute ! Je t'avais prévenu ! Cette fille n'était pas pour toi !

Elle se lève, et vient marteler la poitrine de son fils de ses poings fermés. Guillaume lui saisit les mains, gentiment mais fermement.

– Maman, arrêtez... Ça ne sert à rien. L'urgence, c'est Alexandre...

– J'ai toujours dit que ça finirait mal avec ce garçon... Mais tu ne voulais rien entendre ! Quant à sa mère...

Elle se rassied, tremblante. À l'évocation de la mère d'Alexandre – « cette femme », comme elle l'appelle habituellement –, tout son mépris, tout son dédain resurgissent. L'intruse est repartie, et c'est tant mieux. Mais elle a fait du mal... Guillaume ne se laisse pas déstabiliser et demande d'une voix ferme :

– Laissez Geneviève en dehors de tout ça.

– Elle a abandonné les enfants !

Est-ce la fatigue ? Guillaume, qui s'est toujours montré respectueux envers sa mère, craque. Il se met à crier lui aussi.

– C'est la haine que vous avez toujours entretenue avec les Mahé qui est responsable ! Pas elle ! D'ailleurs, j'aurais dû partir avec elle ! À Paris ! J'aurais dû...

Brusquement, la colère d'Hortense change de registre. La doyenne des Bertin reprend un ton normal, mais glacial.

– Pourquoi ne pas l'avoir fait ?

Puis, en recommençant à se balancer, elle ajoute :

– Maintenant, il faut qu'Alexandre sorte. Coupable ou pas, il n'a rien à faire en prison !

– Coupable ou pas, maman ? Vous doutez donc ? Il est innocent, je vous le garantis ! Il n'a pas tué ! Il en est incapable...

Hortense, silencieuse, se réfugie dans une morne bouderie. Puis, comme si elle se parlait à elle-même :

– Je me demande ce qui se passe avec les Mahé en ce moment... Mattéo nous propose une association, il meurt. Sophie Moussié travaille chez nous, elle meurt. Plus rien n'est normal...

– Qu'est-ce que vous racontez ? La mort de Mattéo n'a rien à voir avec celle de Sophie !

– J'espère au moins que toi, tu n'as rien à voir avec ces horreurs...

Sous le regard stupéfait de sa mère, Guillaume se lève. C'en est trop. Le torchon brûle. Ce n'est pas la première fois, mais c'est la plus grave.

*
* *

– Je ne veux plus que tu fréquentes les Bertin, Thomas.

Cristina a son visage des jours difficiles. Elle se montre dure, elle donne des ordres, elle impose. Dans son rôle d'adjudant-chef, elle est parfaite. Pour un peu, on se mettrait au garde-à-vous devant elle. Visiblement, elle ne souffre aucune discussion. Désormais, elle est le capitaine du vaisseau Mahé, pas question de déroger à sa loi. Thomas, encore sous le choc des événements, sent que cette tutelle lui pèse de plus en plus. Mais comment prendre sa liberté quand on est passé sous les fourches caudines de Cristina ?

– Tu ne penses quand même pas qu'Alexandre a tué ton père ? demande-t-il.

– Si.

La réponse est claire et nette. Pas l'ombre d'un doute, d'une hésitation. Thomas tente de la contredire.

– Il est déjanté, il est irresponsable, il est flambeur, oui. Mais pas assassin ! Pourquoi aurait-il fait ça ?

– Cherche à qui le crime profite. C'est un Bertin, voilà tout. Crois-moi, Thomas.

Cette fois-ci, c'est impératif. Cristina ne veut plus discuter. Elle a énoncé un fait, asséné une évidence, imposé sa vérité. Il faut l'accepter ou se rebeller. Thomas sent la colère monter en lui. Il se retient. Il ne doit pas. Il... Brusquement, il balaie tout le bureau d'un revers de main. Crayons, verres, vases, dossiers, tout valse.

Cristina, impassible, le regarde comme s'il était un insecte nuisible.

– C'est difficile pour toi, en ce moment, Thomas. Tu commences une nouvelle vie.

– Ce n'est pas ça.

– Tu vas épouser Jasmine, et, dans quelques mois, tu auras surmonté ce mauvais moment... Comme nous tous, d'ailleurs.

Thomas est révolté. Révolté par l'arrogance de cette femme, révolté par l'injustice de la situation, révolté par la domination stupide des Mahé. Dans sa tête gronde un ouragan. Alexandre en prison, Mattéo mort, le baiser avec Julia... Il se débat dans un maelström d'émotions contradictoires, il voudrait faire le vide, dormir dix ans, oublier... Il ne peut pas. Il pense à ses parents morts, il songe à la fierté qu'il lui ont léguée, il soupèse l'honneur de son nom. Alors, posément, il fait exploser la bombe atomique.

– Je ne suis pas amoureux de Jasmine.

Voilà, c'est dit. On va bien voir ce qui va se passer.

Mais il ne se passe rien. Rien ! Cristina n'a même pas l'air étonné. Thomas pensait qu'elle allait rager, elle reste là, devant lui, sans un mot. C'est que Cristina vient de réaliser, en une fraction de seconde, que sa fille n'est plus un obstacle... Elle se lève, s'approche de Thomas, prend son visage entre ses mains... Elle se colle contre lui. Il sent ses seins contre sa poitrine, il... Comprenant que cette femme, séductrice experte, est en train de jouer avec lui, il recule d'un pas. Il est absolument outré.

Mal à l'aise, Cristina le regarde, le feu aux joues, le désir dans les yeux. Thomas la gifle moralement.

– Je ne suis pas amoureux de Jasmine, mais je la respecte. Visiblement, c'est trop te demander que d'en faire autant.

Cristina en reste muette d'étonnement... et de rage. Elle vient de prendre une douche froide. Elle n'aime pas. Elle sort, en claquant la porte. Ce n'est que partie remise.

*
* *

Au bord de la mer, assise dans son trône de lave, Julia contemple les vagues. Il n'y a que là qu'elle se sent bien. Dans ce bout de rivage où s'est déroulée son enfance, où les reines et les rois de son imagination se croisaient, elle essaie de mettre de l'ordre dans ses idées, de trouver une marche à suivre. Elle regarde un petit crabe qui, en biais, se cache sous un rocher ; « je devrais faire comme lui », se dit-elle. Les palmiers, sur la plage, oscillent doucement. La paix de midi règne sur la Réunion : les gens déjeunent, il n'y a personne dehors. Un feu, au loin, indique la présence de pêcheurs qui, leur prise écaillée, se préparent sans doute à griller le poisson.

Thomas s'approche doucement. Sans se retourner, Julia sent sa présence et dit simplement :

– Je t'attendais.

Il s'assied sur un rocher. Elle reprend :

– Il faut que tu m'aides, Thomas. Alex n'a rien fait.

Entre eux, le trouble est immense. Ils s'aiment, ils se désirent, ils sont faits l'un pour l'autre, ils le savent, malgré le peu d'intimité qui leur a été ménagé jusqu'ici. Mais tout les sépare, tout conspire à leur nuire. Thomas se décide à dire la vérité.

– Tout est contre lui, Julia. Le rendez-vous chez Batibo...

– Oui.

– La situation...

– Oui, je sais.

– Le vol...

– Quel vol ? Quel vol, Thomas ? De quoi parles-tu ?

Il faut qu'elle sache. Thomas prend une grande inspiration et explique.

– Cent mille euros ont disparu du coffre de Mattéo. Tu comprends ?

Elle fond en larmes et pose sa tête sur l'épaule du jeune homme. Oui, tout est contre eux. Il la serre dans ses bras ; l'odeur de sa peau, poivrée, lui tourne la tête. Il est chaviré.

– Je suis avec toi, Julia. Mais ça ne va pas être simple. Ça va même être une sacrée bagarre.

Derrière la ligne d'arbres, sur la grève, un homme observe. À la taille il porte un pistolet Glock, dissimulé par sa veste. Serge Todobrini n'a rien perdu de l'échange, et murmure pour lui-même :

– C'est intéressant, tout ça...

Julia relève la tête. Sa bouche se trouve à la hauteur de celle de Thomas. Elle sent son souffle sur sa joue, elle touche sa peau, en proie à un désir qui la consume. Elle sent sa main sur son dos, passant sur l'attache du soutien-gorge... Il l'embrasse dans le cou, longuement... Un moment délicieux, mais fugace. Les deux amoureux réalisent que l'heure n'est pas aux caresses, mais à l'action. Thomas se reprend, et tente d'être logique.

– Voyons... Alexandre a entendu Mattéo et Cristina parler de Sophie Moussié. Et il a vu cette dernière chez les Mahé, deux fois, le jour de sa mort...

– D'où tiens-tu tout ça?

– Au commissariat, ça jase, tu sais... Bref, Alexandre a fait une déposition dans ce sens. Mais...

Entièrement accaparée par le sort de son frère, Julia cherche à approfondir.

– Cristina, elle est comment, en ce moment?

– Elle n'y est pour rien. C'est de son père qu'il s'agit...

– Tu as dis à la police que tu avais vu Mattéo peu de temps avant sa mort?

– Non, je n'y ai pas pensé.

La jeune fille s'énerve soudain.

– Mais enfin, pourquoi est-ce mon frère qui doit payer?

C'est une bonne question, et la logique n'a rien à voir là-dedans. Thomas caresse la joue de la femme qu'il aime, et demande, bouleversé :

– Et nous, Julia... Nous?

Il n'obtient pas de réponse. Il la serre dans ses bras, comme s'il la voyait pour la dernière fois. Étrange amour, dissous aussitôt né... Une larme coule sur la joue du jeune homme. Julia, le cœur brisé, se lève et s'en va, à pas lourds.

Rien n'est-il donc possible, sur cette île? se demande Thomas, resté seul sur la plage.

Tout nous est-il interdit? se demande Julia, au volant de sa voiture.

Quand elle arrive à la maison Bertin, le vent s'est levé. Les arbres ploient. Les feuilles volent. Alors qu'elle se dirige vers la porte d'entrée, son pied cogne dans quelque chose. Elle recule, effrayée. C'est un sac dont sort une poule noire, égorgée. Le sang imbibe la poussière. Affolée, Julia se met à courir en tous sens dans la maison, le long de la varangue. Elle halète. Elle tremble...

Une main brutale l'arrête. C'est celle de Régine. La domestique est en train de jeter du sel et de l'eau bénite par toutes les fenêtres.

– Tu m'as fait peur, Régine ! s'écrie Julia.

– Je m'en excuse, Mademoiselle Julia.

– Que fais-tu ?

– Je protège la maison. Vous avez vu la poule noire qu'on nous a envoyée ? C'est très mauvais signe. Madame Hortense est d'accord. C'est elle qui a été chercher l'eau bénite.

D'ailleurs, au bout de la varangue, Hortense et Marie-Thérèse ferment, un à un, les volets.

– Grand-mère, que se passe-t-il ? demande Julia.

– On nous veut du mal.

Guillaume les rejoint. À bout, Julia se jette dans ses bras.

– C'est un cauchemar, papa. Je n'en peux plus.

– Calme-toi. On finit toujours par comprendre.

– Mais pourquoi nous en veut-on ainsi ? Pourquoi ?

Déjà, le ciel se couvre, devient sombre. Presque comme en pleine nuit. Dans l'obscurité, une silhouette avance. Serge Todobrini regarde la poule égorgée, et donne un coup de pied dedans. Son regard s'attarde sur la maison, où viennent de s'allumer les lampes. À la fenêtre du premier étage, il aperçoit Marie-Thérèse. Il la regarde longuement, longuement... Machinalement, il caresse son Glock.

*
* *

Alexandre est recru de fatigue, à bout. Depuis des heures on lui pose les mêmes questions, il fournit les mêmes réponses. Le plafond du commissariat lui paraît plus bas, les murs semblent plus étroits, les menottes plus serrées. L'âcre odeur du tabac l'entête. Des policiers passent, notent quelque chose, s'en vont ; d'autres les remplacent. Ragus a pris son tour, puis a emporté le dossier pour le lire dans son bureau, avec les nouvelles dépositions, notamment celle de Kim.

Desrivières, lui, est allé manger un sandwich au bistro d'en face. On y passait la musique du groupe Tefik, un band local dont il connaît les membres, des braves types qui, parfois, lui fournissent des renseignements. Rien de bouleversant, mais on prend son bien où l'on peut... De retour au commissariat, il retrouve Alexandre qui, quoique à bout de forces, s'acharne à répéter :

– Je ne sais pas ce qui s'est passé entre Sophie Moussié et les Mahé ! Mais ce que je sais, c'est ce que j'ai entendu !

– Redis-le-nous.

Titou, dans un coin, tape sur le clavier de l'ordinateur. De sa voix aiguë, il répète :

– Redis-le-nous.

– Je vous ai dit...

– Oui, oui. Tu nous as dit que Mattéo Mahé allait s'occuper d'elle, mais on a du mal à croire ça, tu vois, Alexandre.

Desrivières intervient.

– Titou, tu mets en doute la parole de monsieur Bertin ? Remarque, c'est vrai que c'est un peu gros, cette histoire. Sophie Moussié sous la houlette de Mattéo ? Mmmm.

– C'est gros, oui, mais c'est vrai.

– On va vérifier. Tu sais qu'on va tout vérifier !

Il se fait tard. Dehors, le vent a redoublé, et la nuit est tombée. Desrivières regarde sa montre.

– On va faire une pause. Un peu de sommeil nous portera conseil, hein Titou ?

– Pour sûr, patron !

Déjà, l'adjoint tourne le dos pour ranger ses formulaires. Desrivières, lui, sort un instant dans le couloir, pour aller chercher le planton. D'un geste vif, Alexandre subtilise un cendrier « Bière Concasseau, bière comme il faut » et le glisse dans la poche de son blue-jean. Il n'a pas de quoi fumer, il n'a pas de canette de bière, mais le cendrier va lui être utile. S'il joue bien sa partition. Et il en a l'intention.

*
* *

Jasmine, couchée, entend le vent hululer dans les plantations. La maison Mahé craque de partout, sous les coups de boutoir de cet alizé devenu furieux, qui escalade les pentes du volcan et les dévale comme un fou. Comme tous les soirs, Thomas frappe à la porte, et vient s'asseoir au bord du grand lit de cuivre. Ils ne disent rien. Vêtue d'une nuisette, Jasmine le prend par les épaules elle l'embrasse. Mais c'est un baiser à sens unique : Thomas est ailleurs. C'est simple, il ne l'aime pas. Il l'aime beaucoup mais il ne l'aime pas. Ne l'aime plus ? À Paris, ça se passait pourtant bien entre eux. Mais Julia a tout balayé. Il a beau serrer Jasmine dans ses bras, faire comme si. En vain. « Je suis dans une imitation », se dit-il. Le casting de la pièce est raté. Jasmine sent sa distance, désemparée. Que se passe-t-il ? Pourquoi cette froideur mortelle ? N'est-elle pas désirable ? Elle pleure, et enfouit son visage dans l'oreiller. Elle n'entend pas les craquements dans le petit bureau de Mattéo, deux portes plus loin. Le vent étouffe tous les bruits.

Pourtant, dans l'antre de son père, Cristina ne prend pas de gants. Elle vide les tiroirs, sonde la table, ouvre les placards. Sur le mur, elle contemple un instant l'arbre généalogique de la famille Mahé, avec un petit médaillon pour chaque parent. Sur l'une des branches, la photo d'un Mattéo jeune, souriant, figure en bonne place. Sous ce portrait, une date : « Mattéo Mahé, 1928 –... » Prise d'une inspiration soudaine, Cristina décroche le petit tableau, enlève le cadre et rajoute, au feutre : 2006. Son regard s'attarde sur un bel adolescent de dix-sept ans, son frère Alberto (1950-1965). Il est mort depuis si longtemps, la photo est jaunie... Mais le souvenir, lui, ne s'est pas estompé. Une grimace de tristesse tord la bouche de Cristina. Elle l'aimait, Alberto. Elle l'aimait tant...

C'est l'orage, sans doute. Ce soir, la mémoire joue des tours. Ce soir, les images anciennes viennent tourmenter les humains, pauvres ou riches, modestes ou arrogants. Dans sa chambre, Marie-Thérèse joue avec la boule de verre, souvenir d'Antibes. La neige y tombe sur la Côte d'Azur... Quand la porte s'ouvre, laissant apparaître Hortense, Marie-Thérèse s'écrie, brutale :

– Je n'ai besoin de rien. Ou plutôt si, vous savez de quoi j'ai besoin. Vous le savez très bien, n'est-ce pas ? N'est-ce pas, maman ?

Elle a dissimulé la boule sous les draps. Quand sa mère referme la porte, Marie-Thérèse reprend l'objet dans ses mains et se remet à jouer, interminablement... Dehors, maintenant, il fait tempête. Un volet claque. Un arbre gémit. Les âmes en peine, dit-on ici, reviennent ces nuits-là...

C'est cette pensée qui jette Joséphine hors de son lit, à l'autre bout de la ville. Une gifle d'air lourd pénètre dans la petite maison : une fenêtre est restée ouverte. En la refermant, l'herboriste guérisseuse vérifie que Sunsia dort bien. Et, en effet, la petite s'est abandonnée au bon sommeil de l'enfance. Dans sa main, une boule de verre. La neige s'est déposée sur le toit des maisons d'Antibes...

L'orage court dans les têtes, aussi. Il énerve, il met les nerfs à vif. Il pousse à bout. Il donne envie de crier, de se heurter aux murs, de s'enfuir. Ou de mourir...

*
* *

Quand le planton du commissariat fait sa tournée, il jette un coup d'œil sur la cellule où est détenu Alexandre. Au fond, il aperçoit la forme du prisonnier, allongé sur la couchette de ciment. Au moment de partir, le policier remarque une tache rouge, par terre. Intrigué, soupçonnant immédiatement le pire, il ouvre la porte, se précipite et...

– Merde!

Alexandre s'est ouvert les veines.

– 13 –

Le banquier, malgré son sourire commercial, paraît ennuyé. Il hésite, se frotte les mains, retouche son nœud de cravate. Assis derrière un bureau de verre, il tergiverse... Des petits palmiers en pots, disposés à intervalles réguliers, agrémentent la banque, qui a l'apparence d'une maison heureuse et prospère, aspect longuement travaillé avec les décorateurs et les concepteurs de « Cases Créoles ». Quand on entre chez Créobank, on doit se sentir chez soi. C'est la meilleure façon de plumer une oie, dit le proverbe réunionnais. Guillaume et Julia, assis dans des fauteuils modernes inconfortables, essaient de comprendre ce qui leur a valu cette convocation matinale. Dehors, la tempête s'est calmée, laissant des chaussées jonchées de débris. Mais l'air est frais, comme lavé. Le banquier entre dans le vif du sujet.

– Je suis obligé de prévenir la police. Vos comptes sont sous surveillance. Mais je voulais vous avertir avant...

– De quoi parlez-vous ?

– Monsieur Bertin, à mon grand regret, c'est une somme qui a été versée à votre crédit qui...

– Quelle somme ?

– Vingt mille euros.
– Par qui ?
– Notre guichetier est stagiaire. Il a omis de demander la carte d'identité du dépositaire. Une très jolie femme, selon lui... Je n'en sais pas plus.
– Mais quand même, vous ne vérifiez pas ?
– C'est-à-dire...

C'est-à-dire, pense Guillaume, que l'argent est toujours bon à prendre, pour une banque. Peu importe la provenance...

Julia, comme son père, est songeuse. Elle a une petite idée. Serait-ce Kim qui... ? Juste au moment où elle se pose la question, son portable sonne. Julia écoute son interlocuteur, et devient blanche comme le mur.
– Oh, non !

La route de la banque à l'hôpital lui semble interminable. Mais qui a tracé ce goudron ? Il zigzague, il fait ralentir les voitures. Bon sang, si seulement... Julia double d'autres véhicules en catastrophe, évite des passants et jaillit comme une folle aux urgences, suivie de son père. Là, après quelques questions hachées posées à la réceptionniste, ils se précipitent vers le bloc. Juste à temps pour voir une civière rouler vers la table d'opération. Un interne leur barre la route.
– Vous ne pouvez pas entrer là, mademoiselle.

Elle insiste. Il résiste. Elle demande :
– Que s'est-il passé ?
– Il s'est ouvert les veines.

C'est Desrivières, derrière elle, qui a répondu. Accompagné de Titou, la mine sombre, il comprend que Julia est au bord de la crise de nerfs.

– Calmez-vous, je vous en prie, mademoiselle Bertin.

Loin de la calmer, l'intervention du commissaire l'énerve encore davantage. Elle trépigne. Guillaume, essoufflé, intervient.

– Il était sous votre responsabilité. Qu'est-ce que c'est que cette police qui ne protège pas ?

– Rassurez-vous, monsieur Bertin. Votre fils va s'en sortir.

D'un seul coup, Guillaume semble se vider de son air. Sa tension retombe. Il était jusque-là porté par son angoisse, par sa colère ; il se raccroche désormais à l'information délivrée par Desrivières : Alexandre va s'en sortir. Et rien d'autre ne compte. Il ne peut néanmoins s'empêcher de faire remarquer :

– Il vaudrait mieux qu'il ne soit pas trop abîmé. Pour lui... et pour vous, aussi.

Puis il tourne les talons et, avec Julia, va s'installer dans la salle d'attente où il commence à feuilleter des magazines dont il ne lit pas un mot. Le temps passe. Les ombres se déplacent. De temps en temps, Julia va chercher un café qu'elle boit à peine. Des parents viennent visiter leurs proches. Une vieille femme, visiblement un peu folle, déclare qu'elle est ici pour accoucher. Enfin, deux heures plus tard, Alexandre est déposé dans une chambre. L'interne qui leur a refusé l'entrée du bloc s'approche de Guillaume.

– Votre fils est hors de danger. On lui a administré un sédatif et on va le garder en observation. Ça va aller, ne vous inquiétez pas.

– Vous êtes sûr ?

– Oui.

L'interne fait un signe à Julia, comme pour appuyer ses propos, et, surtout, dédramatiser la situation. Le père et la sœur d'Alexandre sont désormais autorisés à rejoindre sa chambre. Un policier en uniforme, placé là pour garder un œil sur le suspect, en ferme la porte derrière eux.

Guillaume s'assied au chevet du lit de son fils, avec Julia. Alexandre, forme blanche allongée sous un drap, respire lentement. Son poignet gauche est bandé, et un goutte-à-goutte est relié à son bras droit. Mon dieu, se dit Guillaume, qu'il est jeune ! Un enfant ! Comme tous les pères en pareille circonstance, il est, tout à coup, envahi par un flot d'images du passé : il voit Alexandre, tout petit, apprenant à marcher ; entrant à l'école de Saint-Denis-de-la-Réunion ; faisant ses premières brasses sur la plage du Boucan... Julia le tire de ses réflexions.

– Papa, tu crois que... ?

– Qu'il est coupable ? Non.

– Mais l'argent, papa... L'argent ?

Guillaume reste silencieux. Il sait, au fond, qu'Alexandre peut très bien avoir pris cet argent. Des dizaines de questions se bousculent dans sa tête. En quoi son éducation a-t-elle été insuffisante ? Comment cet enfant rieur est-il devenu ce jeune homme sombre ? D'où lui vient sa passion du jeu, suicidaire par excellence ? Guillaume pose sa main sur celle de sa fille. Il passe dans ce geste une tristesse infinie, dans cette chambre blanche où seule la respiration de la victime se fait entendre...

– Rentre à la maison, papa, dit Julia. Grand-mère et tante Marie-Thérèse ont besoin de toi. Elles aussi doivent se faire du souci, les pauvres. Va. Moi, je reste ici, avec lui...

Puis, devant la mine effondrée de son père, elle ajoute :

– Tu vas tenir le coup ?

Guillaume ne répond pas. Il embrasse sa fille et s'en va. Il a le cœur lourd ; le moindre de ses gestes l'indique. Comment la famille Bertin va-t-elle sortir de cette épreuve ?

Restée seule, Julia reporte son attention sur son frère. Il dort d'un sommeil égal, chimique, sans souci. Julia passe la main sur son front, puis l'embrasse à la racine des cheveux. Le temps coule, lentement, minute par minute. Une heure plus tard, Julia ouvre son sac à main pour chercher son porte-monnaie. Toute à sa recherche de quelques pièces pour la machine à café, elle ne voit pas son frère entrouvrir un œil, et le refermer aussitôt quand elle se tourne vers lui. Quand elle sort, elle prévient le policier en faction :

– Je vais prendre un café. Je reviens.

Le gars opine. Elle referme la porte. Alexandre est seul. Alors il allonge le bras, agrippe le sac de sa sœur, resté en évidence sur la chaise, et s'empare du téléphone portable. Il compose un numéro et chuchote :

– Kim ? C'est moi. Oui, je vais à peu près bien. Écoute-moi...

*
* *

Devant sa fenêtre, Marie-Thérèse est postée comme un oiseau inquiet. Elle regarde fébrilement dans la cour, où il ne se passe rien. Mais son attente ne sera pas déçue. Car, à l'aéroport de Saint-Denis, dans le brouhaha des voyageurs et des orchestres de musique locale, une femme a débarqué. Qui est-elle ? Pas une touriste, à coup sûr : elle ne prête pas un regard aux marchands de bibelots, ne s'attarde pas à contempler le paysage, ne se comporte pas comme une visiteuse d'occasion. Le policier qui la remarque, dans le hall, note qu'elle vient de Paris, qu'elle a une quarantaine d'années, qu'elle a l'air de savoir où elle va, et qu'elle est séduisante. À tout hasard, il note le numéro du taxi Renault Espace qui l'emmène. Il le communiquera à Ragus, on ne sait jamais.

Marie-Thérèse semble maintenant transformée en statue de pierre. Elle attend... Quand le taxi Renault Espace pénètre dans la cour, tout son visage s'éclaire d'une lueur de bonheur, radieuse... La visiteuse paie, puis frappe à la porte. Régine ouvre. La stupéfaction se peint sur son visage :

– Mais... Madame Geneviève ?

– Régine...

Elles s'embrassent. Les deux femmes sont aussi émues l'une que l'autre. Elles restent là, sur le porche, sans savoir que faire. Régine regarde Geneviève, l'épouse de Guillaume : elle n'a guère changé. À peine si de discrètes rides viennent souligner les yeux... Mais elle est toujours aussi belle.

– Je viens voir mes enfants.

*
* *

Alexandre dort ; Julia sirote son café. Dans une chambre d'hôpital, il n'y a rien à faire. Il faut attendre,

attendre. La journée s'écoule, et la jeune fille a tant de choses à régler... À quoi bon rester là ? Elle se lève et s'en va. Elle reviendra plus tard. De toute façon, Alex ne risque pas d'aller bien loin, pense-t-elle en mettant le contact de sa voiture.

Elle se trompe.

Sitôt sa sœur partie, Alexandre quitte son lit, arrache les tubes, prend ses vêtements. Sans faire de bruit, il boucle sa ceinture, lace ses baskets, boutonne sa chemise. Il enjambe l'encadrement de la fenêtre. C'est fait : il est libre. Au coin de la rue, une voiture attend. Il s'y jette. Kim démarre dans un jet de poussière. Le tueur présumé s'est évadé. Un curieux sourire se forme sur les lèvres d'Alexandre.

*
* *

Julia rentre à La Roseraie. Il faut s'occuper de la banque, de la police, prévenir un avocat, mettre en attente le dossier de l'hôtel Fournier... Quand elle arrive dans le salon, le ciel lui tombe sur la tête. Toute la famille est là, réunie autour d'une tasse de thé. Mais surtout, elle aperçoit un visage connu, un visage inattendu : celui de sa mère ! Geneviève en laisse tomber sa tasse, qui se brise. Levée d'un bond, elle se précipite sur sa fille, qu'elle enlace avec ferveur.

– Ma chérie !

– Maman !

Les yeux fermés, Geneviève savoure cet instant de bonheur. Elle n'a pas vu sa petite depuis si longtemps...

Guillaume, la gorge serrée, regarde sa sœur. Lui et Marie-Thérèse lisent dans les yeux l'un de l'autre, ils se disent des choses intimes, ils sont heureux. La seule personne qui ne bronche pas, c'est Hortense. Comme si de rien n'était, elle continue à siroter son thé, impassible. Elle tourne sa petite cuillère d'argent dans la porcelaine de Chine, dissolvant lentement un sucre. Elle semble simplement regretter la tasse brisée, « de la vaisselle de famille ». Geneviève ne quitte pas sa fille des yeux.

– C'est bon de te revoir… Que tu es belle ! Mais que tu es belle !

Julia rit, bouleversée. Elle n'entend pas sa grand-mère demander à Guillaume, sur un ton de reproche :

– C'est toi qui l'as appelée ?

C'est Marie-Thérèse qui répond, avec une assurance qu'on ne lui connaissait pas.

– Non, c'est moi. Les enfants ont besoin de leur mère.

Si les yeux d'Hortense étaient des fusils, Marie-Thérèse serait mitraillée sur-le-champ, hachée menu par une grêle de balles.

Les questions fusent, les interrogations se croisent, Geneviève demande des nouvelles à chacun.

Soudain, Julia prend sa mère par la main.

– Viens, je t'emmène dans ta chambre.

– Je peux aller à l'hôtel. Ce serait plus simple, suggère Geneviève, gênée…

– On a besoin d'être ensemble, tu ne crois pas ?

Et Julia entraîne sa mère dans « sa » chambre, suivie de Guillaume, attentif et ému. Geneviève se tourne vers son mari. Voyant que ses parents ont besoin de quelques instants ensemble, Julia choisit de s'éclipser :

– Je vais chercher des draps.

Guillaume, seul face à son épouse, la regarde avec tendresse. La séparation a été dure mais, pour cette femme, il éprouve toujours une affection sans limite.

– C'est bien que tu sois venue...

– Je sais. J'ai... Je...

Mais déjà Julia revient, impatiente de bavarder avec sa mère. Elle se précipite vers le lit, arrache la couverture, déplie les draps. Elles s'asseyent sur le bord du matelas, la main dans la main. Guillaume redescend dans le salon. Est-il heureux ? Peut-être. Sans doute.

Julia écoute sa mère. Rapidement, celle-ci passe aux choses sérieuses.

– Maintenant que nous sommes toutes seules, tu vas m'expliquer ce qui ne va pas ici...

– Maman, pour être franche, je ne comprends pas moi-même...

– Ton frère, comment en est-il arrivé là ? Tu sais, il ne m'appelle jamais, il ne répond pas à mes lettres...

– Il ne va pas bien. Depuis un bon moment.

Geneviève comprend que son fils est devenu un garçon troublé. Il n'a jamais été un enfant facile, mais là... Elle sent les larmes lui monter aux yeux. Tout en elle se révolte à l'idée que son petit soit sur un chemin de perdition. Et, bien sûr, elle se sent coupable.

– C'est ma faute. Je sais bien que c'est à cause de moi... Je pense tellement à vous... Tu ne peux pas savoir combien vous me manquez.

Dans le salon, Guillaume s'installe face à sa mère. Celle-ci, le visage de marbre, ne décolère pas. L'intruse, l'étrangère, la femme de son fils est donc revenue ? Elle ne tolère pas cette intrusion et s'en prend violemment à Marie-Thérèse.

– Mais quelle mouche t'a piquée ? Pourquoi l'as-tu fait revenir ? Regarde-la, cette femme qui nous a abandonnés... Elle ne mérite pas... Elle...

Hortense en tremble. Puis elle se tourne vers Guillaume. Dans sa main, la tasse de thé et la soucoupe s'entrechoquent.

– Et tu l'installes ici, en plus ! On aura tout vu ! Elle n'est pas des nôtres. Cette femme...

Ce n'est pas la première fois que Guillaume voit sa mère dans cet état. Elle n'a jamais supporté la compétition et entend garder la mainmise sur les siens. Tout de même, le moment est mal choisi pour ces mesquineries. Alors Guillaume s'indigne.

– Maman : cette « femme », comme vous dites, s'appelle Geneviève.

– Tu as la mémoire courte ! Souviens-toi du mal qu'elle t'a fait, ta chère... Geneviève !

Elle a craché ce prénom avec tellement de fiel, avec tant de haine... Il y a là quelque chose qui relève de la psychanalyse, se dit Guillaume. Il remet les choses au point.

– Vous vous rendez compte de ce qui est en train de se passer, maman ? Vous croyez que c'est le moment de ressasser des rancœurs ?

Hortense a un petit rire, qui ressemble à un cliquetis de machine agricole. C'est sa façon de dire son mépris.

– Et toi, tu crois que le retour de la femme prodigue va te ramener ton fils ? Des problèmes, voilà ce qu'elle va apporter ! Et je n'ai pas l'impression qu'on avait besoin d'elle pour ça ! lance-t-elle.

Soudain Guillaume en a assez, de ces jérémiades de vieille femme. Il tourne les talons. Il fait violence à sa bonne éducation bourgeoise de famille réunionnaise. Il rompt. S'en va. Sa mère est soufflée : ce sont des choses qui ne se font pas. On ne tourne pas le dos aux anciens. Du coup Hortense, ivre de fureur, s'en prend à Marie-Thérèse.

– Joli travail, Marie-Thérèse, joli travail !

– Arrêtez, maman, arrêtez.

Mais personne ne peut plus arrêter Hortense. Même les larmes de sa fille, qui a plongé son visage entre ses mains, sont vaines. Les oiseaux, dans leurs cages, ont dû sentir quelque chose : ils se lamentent aussi, dans un grand concert d'imprécations.

*
* *

Desrivières observe la plante blanche, qui courbe la tête sous le soleil de cette fin d'après-midi. Dans le petit jardin, le commissaire tente de se faire une idée. Quelque chose le tracasse. De la fenêtre, Joséphine le voit prendre des notes dans son calepin. Il ne cesse de regarder le datura, dont il redresse la tête du bout de son crayon, comme s'il craignait d'être contaminé. Alors, la vieille femme se décide à sortir. Desrivières, poliment, la salue :

– Bonjour, madame.

D'un geste vif, Joséphine désigne un deuxième parterre, un peu plus loin, et y conduit le commissaire. Il y a là des fleurs rouges, corail ou jaunes, des grandes, des moins grandes, toute une petite forêt de graminées. Elle précise :

– Chaque plante a un pouvoir bien à elle. Et une personnalité, un peu comme les gens. Il y en a d'agréables, d'autres revêches... Chacune a son utilité, à condition de bien les connaître... J'ai la main verte, commissaire.

Le malaise que Desrivières a ressenti en venant ici la première fois s'est évaporé. Peut-être est-ce le soleil, peut-être un début de confiance s'est-il instauré entre le commissaire et la vieille femme... Quelque chose comme de la sérénité s'installe entre eux. Effet des fleurs ?

– Kim Lomé, ça vous dit quelque chose ? demande-t-il.

– Certains disent qu'elle a la main verte, elle aussi.

– C'est compliqué, de fabriquer de l'extrait de datura ?

– Une casserole et de l'eau, voilà tout.

Desrivières réfléchit. De la pointe du pied, il dessine une forme dans la poussière. Mais que cherche-t-il, au juste ?

– À part les plantes, qu'est-ce qui vous amène ? s'enquiert Joséphine.

– Sophie Moussié. Vous savez si elle connaissait les Mahé ?

– Allez leur demander...

C'est de bonne guerre. Après tout, Joséphine ne peut pas parler pour Sophie. Enfin, ça valait le coup d'essayer. Le téléphone, dans la poche de sa veste, se met à sonner. Le commissaire décroche, et écoute attentivement. C'est Titou. Il apporte la nouvelle de l'évasion d'Alexandre, le détail des recherches, le plan mis en œuvre. Desrivières change de visage, et note simplement :

– Il s'est bien foutu de nous, hein ? Je vais chez les Bertin. Je te tiens au courant.

Et il part, les sourcils froncés, non sans avoir salué Joséphine. Les règles de savoir-vivre...

Quand le commissaire Desrivières arrive à La Roseraie, toute la famille l'attend. D'entrée de jeu, dans le salon, il se heurte à Hortense, qui tient à faire comprendre une fois de plus qu'elle est le chef de la famille, qu'on est sous son toit, et que le match doit se dérouler selon ses règles. Elle prend des airs d'institutrice agacée.

– Tentative de suicide, fuite... Je vous conseille de retrouver mon petit-fils sans tarder. Sinon...

– Sinon ?

Desrivières est habitué aux grandes scènes. Quand il était en poste en France – un bref séjour –, il en a vu, de ces gens qui se croient supérieurs et traitent les fonctionnaires de police comme des valets. Il ne se froisse plus. Il agit différemment, et contourne l'obstacle. En l'occurrence, il ignore la menace d'Hortense et s'adresse à Guillaume.

– Je peux vous parler seul à seul, monsieur Bertin ?

– Bien sûr.

Le visage d'Hortense se décompose. Parler de choses graves en son absence ? Mais c'est inimaginable ! Geneviève prend alors la parole.

– Commissaire, je vous signale qu'Alexandre est aussi mon fils.

– Bien entendu. Pardonnez-moi, madame.

– Sans importance, commissaire. J'ai l'habitude.

Et tous trois sortent. Hortense, restée seule, enrage. Le camouflet est d'importance.

Sitôt sortis, les Bertin font quelques pas vers le palmier ancien qui se penche vers la maison. Il fait bon. Des insectes de nuit commencent à voleter dans la lumière décroissante. À Saint-Denis, les fins d'après-midi sont toujours magiques. Un halo envoûtant retombe sur les gens, et le soleil semble en veine de représentation : un gigantesque nuage rouge se déchire lentement, arrosant le paysage d'ocre et d'orange. Mais, ce soir, Guillaume et Geneviève sont insensibles à l'atmosphère.

– Si vous voulez faire quelque chose pour votre fils, il faut me dire tout ce que vous savez... lance Desrivières en guise de préambule.

Geneviève regarde son mari. Guillaume semble désemparé.

– Il n'est pas revenu à la maison.

– Il n'est pas non plus chez sa compagne. Pouvez-vous me donner une liste de ses amis ?

– Non, je ne les connais pas. Il est très secret, vous savez.

– J'insiste, monsieur Bertin. Dites-moi tout.

– Non, vraiment, je ne vois pas.

Desrivières se tourne ensuite vers Geneviève.

– Et vous, madame ?

– Je vis à Paris depuis deux ans. Je viens d'arriver...

– Deux ans et six mois, précise Guillaume, qui a compté les jours.

Geneviève baisse la tête et enchaîne :

– Quand il était adolescent, il lui arrivait de fuguer. Mais il va revenir. Il revient toujours.

Desrivières sent l'agacement lui monter au nez. Il n'y a rien à tirer de ces deux-là. De toute façon, c'est toujours pareil : il a beau se donner du mal, personne n'est coupable. Même en prison, il n'y a que des innocents. Alors il décide de partir. Mais, avant de monter dans sa voiture, il lâche la flèche du Parthe :

– Votre fils, je vous le précise, est recherché par toutes les forces de police et de gendarmerie de la Réunion. Les instructions sont parties de très haut. C'est très sérieux : il est soupçonné de meurtre. Si vous avez des nouvelles, contactez-moi. Dans le cas inverse, je vous considérerai comme complices, avec les conséquences que ça implique. Soit dix ans de réclusion. Minimum.

Quand il démarre, Guillaume passe le bras sur l'épaule de sa femme. Après un premier mouvement de recul, elle s'abandonne... Une paix fragile s'installe entre les époux. Mais dehors, partout, c'est la guerre : il va falloir se battre. L'affaire Bertin ne fait que commencer. Au moins, hormis Hortense, le clan est ressoudé.

– 14 –

La montagne est nimbée de brume. Au loin, noyé dans une végétation tropicale, le volcan commence à émerger dans la lumière du matin. Les feuilles dégoulinent de rosée et, peu à peu, tout s'éveille. La petite Mini jaune se faufile sur les routes en lacet. Kim a roulé toute la nuit, elle est fatiguée. De Saint-Denis aux pentes du Tampon, il y a plus de cent kilomètres : landes à genêts et arums de la plaine des Cafres se sont succédé dans l'obscurité… Une fois traversée la plaine des Sables, Kim et Alexandre ont eu l'occasion de distinguer, en silhouette, les formes torturées d'anciens cratères jusqu'à la caldeira centrale de L'Enclos. Puis la voiture a suivi de plus petites routes, parfois entourées de forêts de goyaviers ou de tamarins. C'est d'une beauté rare, mais l'heure n'est pas à l'admiration. Elle est à la fuite.

Enfin, aux premières heures de l'aube, voici le petit village. Kim se tourne vers son passager : Alexandre est blême ; son poignet tailladé le lance terriblement. Mal rasé, il a vraiment l'air d'un repris de justice. La voiture s'arrête. Ici, il n'y a que quelques cabanes, avec des portes peintes. Pas âme qui vive, sinon un cochon noir et un iguane... Ce hameau a-t-il seulement un nom ? Il règne ici une paix indescriptible. On est loin de la civilisation et de ses tracas. C'est comme la naissance du monde : le démon ne pénètre pas. Curieux, les idées qu'on peut avoir, se dit Alexandre. Sans doute un reste d'anesthésie... Kim lui parle :

– Les flics ne viendront pas te chercher ici. Mes grands-parents se sont installés dans ce hameau quand ils ont débarqué sur l'île... Tiens, voilà. C'est là.

La cabane, isolée, semble à peine tenir sur ses fondations. Un coup de vent l'emporterait... Mais ce n'est qu'une illusion. En fait, cette modeste demeure est infiniment plus résistante qu'il n'y paraît. Seulement voilà, il n'y a pas d'eau courante, pas d'électricité, pas de téléphone.

Alexandre, découvrant l'endroit, est pris d'une peur étrange. Il n'a jamais vécu ainsi, à la dure, coupé du monde. Son téléphone portable lui est inutile ; il ne capte pas. Il le fait remarquer à Kim. Laquelle répond :

– Justement, tu ne pourras pas être repéré.

Mais Alexandre a du mal à se résigner.

– Attends, me laisse pas seul, je ne peux pas vivre comme ça !

– Mais si, voyons ! D'ailleurs, je vais revenir.

Revenir ? C'est une mauvaise idée, ils le savent tous les deux. Si Kim revient, elle sera suivie par la police. Ils ne vont pas la lâcher. Pour l'instant, en tout cas, ils vont être obligés de se séparer. Et Alexandre va rester seul, avec la nature pour toute compagnie. Il est cependant obligé de reconnaître que Kim a pris des risques pour lui, alors que, de son côté, il ne l'a pas toujours bien traitée. Il la regarde, et ce visage vaguement asiatique lui paraît soudain inconnu. Qui est-elle, au fond ? Une fille qui veut jouer à l'héroïne ? L'incarnation de la générosité ? Il aimerait se persuader que la reconnaissance qu'il commence à lui vouer est bien de l'amour. Mais Alexandre sait-il seulement aimer ? Il tente de dire quelque chose :

– Kim, je...

Elle pose un index sur sa bouche. Elle est touchée. Car, avant même qu'Alexandre ait pu formuler quoi que ce soit, elle a deviné ce qui lui montait aux lèvres. Elle lit en lui comme dans un livre ouvert.

– Chut. Ne dis rien, Alex. Je pourrais te croire, et toi tu pourrais le regretter...

Elle l'embrasse longuement... Puis elle s'en va vers sa Mini jaune. Arrivée à la voiture, elle lui lance :

– Tu as raison. Il serait dangereux que je revienne. Mais je crois avoir trouvé une solution...

*
* *

Todobrini n'est pas d'humeur à plaisanter. Assis dans un fauteuil en cornouiller, il observe Cristina, dont il admire le sang-froid. Celle-ci, dans le salon, a fait dégager un espace suffisant pour les obsèques de son père. Elle va de table en table, allumant des chandelles, dont les lueurs tremblotantes confèrent à l'endroit une sorte d'atmosphère fantomatique. Elle n'a pas encore vu le visiteur. Tout occupée à préparer la cérémonie, vêtue de noir, elle se livre à de petites tâches qui lui permettent, momentanément, d'oublier...

Quand elle arrive devant Todobrini, celui-ci la fait sursauter. Ce n'est pas le but recherché, néanmoins ce sursaut ne déplaît pas à l'intrus : il est toujours bon d'avoir l'ascendant. Avant que Cristina ait eu le temps de lui demander quoi que ce soit, il se présente :

– Condoléances, madame. Moi aussi, je suis en deuil. Je ne vous dérangerai pas longtemps. Je veux juste savoir ce qui est arrivé à ma compagne, Sophie Moussié. Et je pense que vous pouvez m'éclairer.

Cristina se ressaisit. Comme à son habitude, elle le prend de haut.

– Je ne sais pas qui vous êtes, ni de quoi vous parlez ! Sortez immédiatement !

Ce genre de tactique n'impressionne pas Todobrini, qui, après un petit rire entendu, insiste.

– Non seulement, chère madame, vous comprenez de quoi je parle, mais je pense qu'il y a un rapport direct entre votre deuil et le mien.

– Sortez !

– Vous commettez une erreur. Car, figurez-vous, je sais que Sophie avait rendez-vous avec vous, le soir de sa mort.

Cristina chancelle. Son secret serait-il éventé ? Cette seule idée la glace d'un seul coup. Pourvu que personne d'autre ne soit au courant... Elle choisit de se défendre, de rendre coup pour coup, de nier. Bref, elle aurait fait une femme politique parfaitement acceptable.

– Votre amie voulait proposer ses services à mon père, mais il se trouve qu'elle n'est pas venue. Je suis désolée qu'elle soit morte, mais malheureusement je n'ai rien à vous dire.

D'un geste hautain, elle désigne la porte. Cette attitude serait ridicule si elle n'était pathétique. En effet, comment intimider un individu qui porte un Glock 19 à la taille? C'est connu : inutile de faire des discours devant quelqu'un qui possède une telle puissance de feu. Mais Cristina, victime de son aveuglement, n'en a cure. Elle se sent supérieure à son visiteur. Cette façon de voir les choses est une erreur. Car Todobrini ne l'entend pas ainsi.

– Sophie me dit qu'elle attend une grosse somme d'argent, et là-dessus on la tue. Vous avouerez, chère madame, que c'est perturbant.

– Chacun ses problèmes. Le mien est d'enterrer mon père. Au revoir, monsieur.

Todobrini se lève. Il se rapproche de Cristina, presque visage contre visage. Il parle les dents serrées, menaçant.

– Je veux la vérité, je la trouverai. Mais à mon avis, il vaudrait mieux pour vous que je la trouve avant les flics. Et puis je vous signale qu'avec moi on peut toujours s'arranger.

– L'argent? Nous y sommes. Je vois que vous étiez bien assortis, vous et Sophie.

– Vous êtes bien renseignée, pour quelqu'un qui ne l'a jamais vue.

– Partez, où j'appelle la police!

– Ne me faites pas rire...

Avec une lenteur étudiée, Todobrini se dirige vers la porte. Sur une table, il avise les photos de Mattéo et d'Alberto. Le père et le frère... Il s'arrête un instant, passe le doigt sur les cadres en bois de campêche, et se retourne :

– Au revoir, madame.

Brusquement, Cristina a perdu toute arrogance. Elle a peur.

Todobrini s'enfonce dans la pénombre du jardin. Cristina met quelques secondes à reprendre ses esprits. Elle se dirige vers un miroir, recompose son attitude. Un peu de rouge à lèvres, un peu de rose aux joues... Elle sort sur le perron et se poste près de Jasmine, déjà devant la maison, elle aussi vêtue de noir. Par chance, se dit-elle, Jasmine n'a pas vu cet étrange individu...

– Où est Thomas ? demande-t-elle, surprise de ne pas le voir.

– Un problème sur le chantier. Il arrive dès que possible, répond Jasmine.

Les deux femmes se retirent dans la cuisine, pour un dernier café. Dans la cour, on entend le gravier crisser : c'est le camion des pompes funèbres. Des employés arborant une expression de circonstance en sortent un cercueil couvert de fleurs blanches. Jasmine ne peut retenir ses larmes, contrairement à sa mère, qui ne laisse paraître aucune émotion.

Jasmine, étreinte par la tristesse, s'écrie soudain, presque avec du reproche dans la voix :

– Maman, c'est trop dur. Pourquoi l'as-tu fait revenir ?

L'idée que son grand-père gît dans cette boîte, après son retour du laboratoire médico-légal où il a été découpé, disséqué, recousu, lui est insupportable. Il aurait suffi, pense-t-elle, de l'envoyer directement au cimetière. Mais Cristina précise :

– Pour que les gens d'ici puissent lui dire adieu chez lui. C'est ce qu'il aurait voulu. La morgue, c'est pour les pauvres.

Mais la pensée de ce cadavre en morceaux est trop forte pour Jasmine. Quand la bière passe devant elle, elle détourne la tête.

*
* *

Devant la cabane, une voiture noire s'arrête. Dans ce paysage de montagnes, cet élément de modernité paraît incongru. Alexandre, vaguement inquiet, observe le véhicule par une fente dans les planches de son domicile. Si jamais le danger se fait pressant, il peut s'enfuir par derrière... Mais son visage s'éclaire quand il reconnaît la silhouette du conducteur : c'est Thomas ! Thomas qui descend de la voiture, ouvre le coffre et sort des victuailles. Alexandre s'élance hors de sa cabane, les bras ouverts.

– Tu es venu !

– Je n'allais pas te laisser crever de faim !

– Merci Thomas. Mais qui t'a prévenu ?

– Kim est venue me trouver...

Alexandre se précipite sur le pack d'eau minérale : c'est ce qui manque le plus. Pour le reste, il remarque des boîtes de conserves, des légumes séchés, du sucre. Puis, un peu déçu :

– Tu n'as pas apporté un peu de bière ? Pas de quoi boire un coup ? C'est dingue !

– Ça te fera une cure !

Tandis que Thomas déballe les gobelets en plastique et y verse un peu d'eau gazeuse, Alexandre, s'asseyant sur un tronc d'arbre tombé, demande :

– Elle sait que tu es là, Jasmine ?

– Tu te doutes bien que non, et il en va de même pour Cristina...

Le moment est grave. Alexandre décide de lever le doute.

– Tu sais, ce n'est pas moi qui ai tué Mattéo. Il était déjà mort quand je suis arrivé.

Il prend sa respiration, comme si cet aveu l'opprimait. Tout autour de lui, la végétation bruit de cris divers, de crissements d'insectes. Non loin, on aperçoit la fumerolle du volcan. Alexandre regarde Thomas avec insistance.

– Tu me crois ?

– J'ai envie, Alex. Mais les cent mille euros ?

– J'étais venu pour lui demander de l'argent. Quand je suis arrivé, j'ai vu qu'il ne respirait plus. Et j'ai vu l'argent dans le coffre ouvert. J'avoue que je n'ai pas réfléchi...

– Il faut aller voir la police, Alex. C'est le seul moyen de t'en sortir. D'autant plus que ta fuite te désigne comme le coupable...

– Les flics ne me croiront pas ! Ils ne m'ont pas cru quand je leur ai raconté que j'avais vu Sophie chez les Mahé le soir où elle est morte...

Thomas réfléchit un instant, et hasarde :

– Tu as pu te tromper, non ? Tu étais un peu saoul...

– Pas au point de ne pas la reconnaître, surtout que je l'avais déjà vue l'après-midi, qui sortait aussi de chez eux. Deux fois, ça fait beaucoup en un seul jour, non ?

– Julia m'a raconté. Oui, ça fait beaucoup.

– Tu as vu Julia ? Je ne veux pas qu'elle sache où je suis, Thomas ! Ni ma famille. Ils risquent gros.

Thomas éclate d'un rire amusé et vide son gobelet comme si c'était un verre de rhum.

– Parce que Kim et moi, on risque moins en te planquant ?

Alexandre est décidément immature, se dit Thomas. Comment faire comprendre à un adolescent attardé que les enjeux peuvent être mortels ? Il réitère sa proposition d'aller à la police. De nouveau, Alexandre accueille cette idée d'un haussement d'épaules. Puis, passant apparemment du coq à l'âne, il se met à jouer les conseillers.

– Ne fais pas comme moi. Ne passe pas à côté de ta chance...

– La chance ? En ce moment ? Tu as de l'humour...

– Julia, ce n'est pas de la chance ?

– Non. C'est la femme de ma vie.

Voilà tout Alexandre : il est certes puéril, suicidaire, égoïste, mais il devine les choses chez les autres. Un sixième sens, peut-être. Il les radiographie et, en un éclair, pressent leurs désirs les plus intimes... Julia est la femme de la vie de Thomas : il le sait depuis longtemps. Depuis leur plus tendre enfance, quand leurs jeux étaient encore pleins d'innocence...

*
* *

Todobrini, dans sa chambre de l'hôtel Fournier, est plongé dans l'examen de ses dossiers, sur son ordinateur. De temps en temps, il tape quelque chose, puis efface, puis corrige. Le fichier Bertin-Mahé a de multiples ramifications, en arborescence. Visiblement, son enquête progresse. Au bout d'un moment, il appuie sur la touche « Enregistrer sous » et mémorise le texte sous un faux document intitulé « Jardinage », pour tromper un éventuel curieux. Puis, ramassant sa veste et son arme, il sort. Dans le hall de l'hôtel, personne ne le remarque. D'un pas vif, il se dirige vers la bibliothèque municipale Léon-Dierx. Là, il s'adresse à l'accueil et demande une fiche. Il la remplit consciencieusement et la tend au bibliothécaire, un jeune homme un peu précieux, qui lit la demande formulée :

– Vous voulez *L'Écho de la Réunion* pour le mois de janvier 1960 ? Tout le mois ?

– Non. Je veux juste ce qui concerne les affaires Bertin et Mahé.

– C'est en microfilms. Les machines sont dans le coin. Il suffit de dérouler. Je vous apporte les documents.

Tandis que le bibliothécaire part en faisant tinter sa gourmette, Todobrini ne remarque pas qu'un visiteur s'intéresse à lui : Christophe Fournier. Christophe a beau être né à l'hôtel Fournier, il est avant tout journaliste. Son père le destine à prendre sa succession. Lui n'en a aucune envie. Il n'aime que son indépendance... Comme souvent, ce jour-là, il fait des recherches sur une affaire locale, à la bibliothèque. Et ce nouveau venu dans les lieux l'intrigue...

*
* *

Les gens, respectueusement, s'inclinent devant le cercueil de Mattéo Mahé. En longue procession, vêtus de noir, ils témoignent ainsi du respect que le vieil homme imposait. Tout le long de la varangue, les cierges forment une allée de lumière. Des femmes en larmes, des employés en chemise noire, des domestiques graves, tous ont le visage affligé. Poignées de main, accolades, murmures… Cristina, à l'entrée de la maison, reçoit les condoléances de toute cette foule bigarrée : visiblement, le rituel lui pèse. Mécaniquement, elle répond :

– Merci… Merci…

Non loin d'elle, Jasmine a mis de grosses lunettes noires. Les gens l'embrassent. Elle se laisse faire, sans réaction. Comme un automate. Quand Thomas arrive enfin, Cristina le foudroie du regard. Le jeune homme s'approche, et a droit à une remarque pincée.

– J'apprécie ton zèle, Thomas, mais aujourd'hui les chantiers auraient pu attendre.

– Ce n'est pas ce qu'aurait dit ton père, répond-il froidement.

Et il va se placer dans la rangée familiale, pour serrer des mains, comme Jasmine, comme Cristina… Pourtant, on perçoit son malaise. Qui suis-je pour être à leur côté ? se demande-t-il. Après tout, il n'est pas membre de la famille Mahé, dont il s'éloigne un peu plus tous les jours… Parfois, un visage connu lui met un peu de lumière dans les yeux. Quand vient le tour de Richard d'embrasser Cristina, Thomas note son empressement. Puis Richard embrasse Jasmine et tend sa main à Thomas en lui glissant à l'oreille :

– Si elle a besoin de quoi que ce soit, tu m'appelles.

Thomas reste silencieux. Richard, déçu, s'en va, sans que personne ne prête attention à son départ. Car les murmures se sont apaisés, le silence règne brusquement : un événement d'importance vient de se produire. Une tension palpable se glisse dans toute la maison, qui gèle les participants : Hortense Bertin vient de faire son entrée. Et quelle entrée ! Digne, hautaine, impériale, la vieille dame, tout en noir, produit une forte impression : tous la regardent. Le scandale est proche : pensez, la grand-mère du meurtrier présumé venant présenter ses condoléances à la fille de la victime ! C'est de l'inédit ! De quoi alimenter les conversations dans les foyers de Saint-Denis pendant des semaines !

Raide, Hortense ne salue personne. Elle se dirige vers le cercueil, le regarde une minute, froide et indifférente, puis s'avance vers Thomas. Elle le salue distraitement, comme s'il était à deux kilomètres. Jasmine a droit au même traitement. En revanche, Cristina...

Quand Hortense se penche pour embrasser cette dernière, l'assemblée retient son souffle devant ce que d'aucuns considèrent comme le clou du spectacle : deux héroïnes de la haine qui pactisent devant un cadavre ?

En fait, Hortense n'embrasse pas Cristina. Elle se contente de lui murmurer à l'oreille :

– Alexandre est innocent.

Curieusement, c'est Cristina qui l'embrasse alors. Baiser de Judas... Hortense, la tête haute, souillée par ce baiser de félon, tourne les talons. Nouvel affront pour elle : juste au moment où elle arrive sur le porche, sa petite-fille, Julia, fait son apparition. Elle la toise des pieds à la tête.

– Que viens-tu faire ici, Julia ?

– La même chose que toi, grand-mère.

Hortense s'interpose, bloquant l'entrée, ivre de rage. Julia n'en tient pas compte.

– Laisse-moi passer !

Pour la vieille dame, Julia est désormais une traîtresse. Elle a défié publiquement son autorité. Elle a outrepassé sa position familiale, sa place sociale. C'est intolérable, ce ne sera pas toléré. Hortense s'en va, outrée.

Tandis que la veillée funèbre se poursuit, les choses, doucement, se décantent. Les visiteurs boivent un peu de rhum, discutent, échangent des souvenirs. Car Mattéo faisait partie de l'histoire locale : son absence va créer un vide. Les gens s'interrogent : Thomas sera-t-il le successeur ? Celui-ci ne quitte pas des yeux Julia, qui elle-même regarde Jasmine. Ainsi, devant le corps du patriarche, se joue une petite comédie funèbre qui résume, à elle seule, toutes les tensions et toutes les hypocrisies. Car quand Julia embrasse Jasmine, celle-ci se blottit dans les bras de son amie et fond en larmes. La scène a quelque chose d'incongru pour qui sait, comme Cristina... Avec autorité, celle-ci exige de sa fille qu'elle « cesse de se donner en spectacle ».

Les enterrements sont toujours l'occasion d'une démonstration de force sociale : ici, c'est encore plus marqué. Il y a ceux qui ont eu l'honneur d'être invités, il y a ceux qui ne le sont pas. Il y a ceux qui sont autorisés à proposer leur soutien, il y a ceux qu'on garde à distance. Il y a les admis et les ostracisés. Le rituel est affaire de spectacle, contrairement à ce qu'a reproché Cristina à sa fille. Laquelle prend la main de Thomas et pleure, pleure...

*
* *

Dans la salle des archives de la bibliothèque Léon-Dierx, Serge Todobrini a changé de place. Après avoir consulté les microfilms, il est maintenant penché au-dessus d'une grande table inclinée sur laquelle il déplie des journaux friables. Les titres lui sautent aux yeux : « Toujours sans nouvelles d'Alberto Mahé », « Octave Bertin introuvable », « Rebondissement dans l'affaire : Hortense Bertin interrogée ». Enfin, quand il trouve ce qu'il cherche, il sourit. Il prend des notes, photocopie quelques pages, puis replie les journaux et s'en va. Il va pouvoir poursuivre le chantage de Sophie et empocher le fric.

Christophe Fournier, lui, regarde du coin de l'œil cet étrange visiteur disparaître. Il s'approche du bibliothécaire à gourmette :

– Dis, Maga, tu peux me donner la fiche du gars qui vient de sortir ?

Le bibliothécaire sourit d'un air entendu, faisant tinter de nouveau sa gourmette ouvragée.

– Et tu me proposes quoi en échange ? Un dîner aux chandelles ?

Christophe soupire.

– Maga, s'il te plaît !

– Oh bon, si on ne peut pas plaisanter ! Tiens, la voilà, ta fiche ! Si tu changes d'avis, je suis libre ce soir.

Christophe ne répond pas et prend connaissance des renseignements que la bibliothèque a fournis à ce client de l'hôtel de son père. Et là, il se dit que, vraiment, cette affaire a plus de ramifications qu'on ne le soupçonnait. Ce n'est plus une enquête, c'est une chasse dans la jungle !

*
* *

La mer, doucement, vient battre leurs pieds nus. Au loin, l'îlet Quinquina offre son horizon de grèves et d'arbres tropicaux... Guillaume et Geneviève, en silence, reviennent sur les événements récents. Ces deux ans et demi de séparation ont été douloureux pour l'un et l'autre, et leurs blessures restent vives. Toutefois, on n'efface pas une si grande histoire d'amour en quelques mois...

– Mais cette fille, tu l'aimais ? demande Geneviève.

– Non. Elle me faisait du bien. Elle était vivante, gaie... Non, je ne l'aimais pas, mais j'aimais être avec elle...

Tandis que Guillaume évoque sa brève liaison avec Sophie Moussié, une voile apparaît au large, fendant le bleu comme un lame nonchalante. Geneviève reprend :

– Déposer son corps devant chez vous... C'est vraiment... Qui a pu faire ça ? Il faut retrouver le coupable !

– Je me sens complètement inutile. Je ne sais pas quoi faire. Par où débuter. Où chercher... Quoique, pour moi, l'important ce soit Alexandre. Il faut le retrouver.

Geneviève prend Guillaume par la main. Sa peau à lui est bronzée, la sienne est blanche : elle a vécu à Paris, où le soleil est rare...

– Geneviève, il n'est pas inutile que tu sois là. Si Marie-Thérèse ne t'avait pas appelée, je l'aurais fait...

Curieusement, cette simple phrase renoue les choses entre eux. Et là, devant l'îlet Quinquina, Geneviève ne peut réprimer son trouble : elle porte la main de son mari à ses lèvres. Un frisson intense les traverse tous deux. Pour rompre cet enchantement qui lui fait peur, Guillaume demande :

– Comment ça se passe, pour toi, à Paris ?

– Qu'est-ce que je pourrais te dire... Je continue mon travail d'institutrice, comme ici. L'île me manque. Les enfants aussi. Et toi...

Les points de suspension remplissent la fin de la phrase. Guillaume n'ose pas demander si elle a vécu avec quelqu'un d'autre, connu une autre histoire d'amour... Quelle vie a-t-elle, là-bas ? Il tourne autour de ces interrogations, et se résout enfin à poser une question qui n'en est pas une.

– À quel moment avons-nous tout gâché, toi et moi ?

Évidemment, il n'y a pas de réponse. Les couples se font, se défont, l'amour meurt, renaît. Seul, peut-être, le volcan éternel connaît le secret de ces brûlants revirements. C'est pour cela qu'on l'appelle « la Fournaise », et l'amour en est une.

– J'ai un peu froid, Guillaume. Je crois qu'il vaut mieux rentrer...

Et soudain elle ajoute :

– J'ai peur.

– 15 –

C'est décidé : Julia va attaquer le problème à la base. Elle se rend chez Kim. Celle-ci, elle le sait, est une femme libre, d'une grande beauté, descendante d'Asiatiques implantés depuis trois générations à la Réunion. La Réunion... Au fond, le nom de cette île découle de cet assemblage harmonieux entre les communautés, toutes unies dans ce coin de l'océan Indien. Européens, Chinois, Africains, Indiens... Mélange de races, mélange de cœurs... Quand Julia arrive devant la maison de Kim, elle aperçoit la petite Mini jaune : la propriétaire est donc là. Elle descend, sans s'apercevoir qu'une banale Civic Honda noire l'a suivie. Au volant, l'inévitable Serge Todobrini qui, décidément, ne lâche pas ses proies. À peine Julia est-elle devant la porte que celle-ci s'ouvre. Apparaît Kim, qui la dévisage avec une certaine hostilité. Julia attaque :

– Où est Alexandre ?

Kim a eu le temps de se composer une attitude. Elle soutient le regard de sa visiteuse sans broncher. Et ne répond rien.

– Il t'a appelée depuis l'hôpital, sur mon portable. Je le sais, j'ai consulté la mémoire de mon téléphone.

– Écoute, Julia. Je viens de passer six heures chez les flics, qui n'ont pas arrêté de me poser la même question. Alors là, tu vois, j'ai besoin de calme.

Ce n'est pas exactement ce que Julia a envie d'entendre. Prise d'une rage folle, elle se met à secouer Kim par les épaules.

– Tu dois me dire ce que tu sais, on est tous morts d'inquiétude !

Cette fois-ci, c'est évident. Julia dit la vérité. Pas de faux-semblants, pas de demi-aveux : la famille est dans une mauvaise passe. Le sort s'acharne. Kim comprend. Fatiguée, épuisée par tant de malédiction, elle recule dans l'ombre de la maison, s'assied sur un canapé violet et, vaincue, se décide à parler.

– Il est vivant, Julia. Il est vivant. Il va bien. Mais je ne peux pas te dire où il est.

– Pourquoi ?

– Parce que... Pars, Julia, pars. Si la police nous voit ensemble, nous allons avoir des ennuis. Alex va bientôt revenir. Tu peux les rassurer, chez toi.

Pour Julia, c'est clair : Kim est au bout du rouleau. Trop de pression. Elle a une mine épouvantable. Ses nerfs ont été soumis à rude épreuve. Avant de s'en aller, Julia jette un coup d'œil dans la maison, cherchant à déceler une éventuelle trace de son frère... Elle ne voit qu'un intérieur coloré, meublé d'objets *sixties* – des sièges orange, des poufs mauves, des posters psychédéliques, des insignes du *Flower Power*. Toutes choses d'une autre génération... Elle se tourne vers Kim.

– Je vais y aller. Mais dis-moi juste un truc : c'est toi qui as déposé l'argent à la banque ?

Kim baisse les épaules. Elle n'en peut plus :

– Julia, pas ce soir. Je t'appelle demain, OK?

– OK.

Juste avant de pousser la porte d'entrée, Julia se retourne, et, toute agressivité retombée, ajoute :

– Merci pour lui.

Seul un petit geste las lui répond. Elle remonte dans sa voiture. Dès qu'elle est partie, Todobrini sort de l'ombre. Et, à pas de loup, prend le chemin de la maison de Kim...

*
* *

Cristina, Jasmine et Thomas sont seuls dans le salon, silencieux. Le cercueil a été remporté, l'enterrement a eu lieu. Il ne reste que l'odeur entêtante des arums, et cette touche étrange que la mort laisse après son passage. Les bougies coulent sur le parquet, quelques verres traînent encore çà et là, prestement enlevés par les domestiques. L'ambiance est triste mais détendue. La nuit est tombée, et la mise de Cristina est moins rigoureuse qu'il y a quelques heures. Elle a dégrafé un peu son corsage tandis que Jasmine a retiré ses lunettes noires, laissant apparaître des yeux gonflés. Cristina se verse un verre de punch sur glace pilée, et se décide à parler.

– Maintenant que la cérémonie funéraire est terminée, il faut préparer le mariage. Et puis il faudra se mettre au travail pour l'hôtel Fournier. Nous avons du pain sur la planche. Le contrat est dans la poche...

Thomas se sent obligé de remettre les choses à leur place.

– On n'a aucune garantie d'avoir le contrat. Je te rappelle, Cristina, que ton père avait proposé une association avec Cases Créoles...

La réponse fuse, sans ambiguïté.

– C'est moi qui décide ! Je ferai savoir à Fournier que je ne valide pas toutes les décisions de mon père.

C'en est trop. Thomas est outré. Mais au moment où il s'apprête à répliquer vertement, Jasmine déclare, très calme :

– Je veux reporter le mariage.

Cristina fait semblant de ne pas avoir entendu. Elle passe outre à la remarque de sa fille et persiste.

– On aura ce contrat. Notre projet est le meilleur.

– Je veux reporter mon mariage.

Cristina se tourne vers Jasmine, qui se lève, et, avec un air de désespoir, souligne :

– Grand-père vient de mourir ! Je ne peux pas me marier maintenant, je ne peux pas préparer la fête !

– Pourquoi ? La vie continue. Ton père et ton grand-père auraient dit la même chose !

Mais, dans l'obscurité du salon, Jasmine trouve, dirait-on, sa voix, sa personnalité, sa résolution. Où puise-t-elle la force de s'opposer à sa mère ? C'est la première fois de sa vie qu'elle ose l'affronter. Elle en est la première surprise, mais ne cède pas.

– Eh bien, moi, je dis autre chose ! Et je ne vois pas pourquoi on m'entendrait moins qu'eux !

Thomas se sent obligé d'intervenir.

– C'est aussi de mon mariage qu'on parle. Je suis d'accord avec Jasmine.

– Évidemment ! ricane Cristina.

– De toute façon, c'est une chose qui nous regarde, Jasmine et moi. Personne d'autre.

– J'aimerais en être sûre, mon cher Thomas.

Jasmine se lève, épuisée par ces palabres, par cette colère qui gronde.

– Et moi j'aimerais qu'on arrête de prendre des décisions à ma place, lance-t-elle. Je vais dans ma chambre.

La porte d'acajou claque violemment. Chez les Mahé, une brutalité inattendue a surgi dans les relations de famille. Il est vrai que les passions, sur l'île, sont toujours extrêmes. Thomas se prépare à sortir à son tour quand Cristina le rattrape.

– Excuse-moi. Je n'avais pas à te dire ça.

Cristina présentant des excuses ? Voilà qui est nouveau. La princesse des Mahé jouant sa partition sur le mode de l'humilité affichée ? Perplexe, Thomas se méfie. Forcément, cette attitude doit cacher quelque chose. Et, avec Cristina, il convient de faire attention. Elle n'est pas femme à se coucher. Sauf si le partenaire lui convient.

Restée seule, Cristina termine son verre d'un trait. Et reboutonne son corsage.

Jasmine, dans sa chambre, enlève son chemisier. Fatiguée, déçue par l'attitude de sa mère, elle est perdue dans ses pensées. La porte s'ouvre, et Thomas la rejoint. Juste au moment où il va parler, un bruit de moteur se fait entendre. Par la jalousie, Jasmine entrevoit la voiture de sa mère, tous phares allumés. Cristina quitte la propriété.

– Où va-t-elle, à cette heure-ci ? demande Thomas, surpris.

– Chez un de ses amants, je suppose. Elle en a toujours eu, même du temps de mon père. Ce qui ne les a pas empêchés de s'aimer, à leur façon.

Jasmine fait tomber sa jupe. Dans la demi-pénombre de la chambre, sa silhouette se dessine en contre-jour. Dans ses yeux, un éclat inhabituel apparaît. Elle se déhanche, enlève un bas, puis l'autre. Thomas, lui, s'assied sur le bord du lit et regarde cet étrange strip-tease, réaction bien vivante à la mort qu'ils ont côtoyée de près cet après-midi. Jasmine, les lèvres boudeuses, dit :

– Ça m'a fait plaisir de la voir.

– Qui ?

– Julia. Pas toi ?

– À quoi tu joues, Jasmine ?

Elle laisse choir son soutien-gorge. Sa poitrine apparaît, superbe : de larges aréoles brunes encerclent le bout des seins dont la pointe, dressée, manifeste une excitation nouvelle. Elle pose un pied sur le lit, puis se débarrasse de sa culotte noire, qu'elle lance au loin du bout du pied. Désormais, elle est nue. L'ombre au bas de son ventre se rapproche doucement, doucement, de la bouche de Thomas. Déjà, il sent l'odeur de la peau de sa fiancée, déjà...

– Je ne joue pas, mon amour, dit-elle.

Thomas, lui non plus, ne se sent pas d'humeur à jouer. Pas du tout, même. Il n'aime pas qu'on lui force la main. Il se lève, repoussant Jasmine. Le sortilège est brisé. Il y a une minute l'ambiance était sensuelle, chaude, intime. Maintenant, il n'y a plus qu'une jeune fille recroquevillée sur son chagrin, pelotonnée sur son lit. Elle tire le drap, et s'enfouit dedans. Thomas, lui, disparaît dans la salle de bains. Là, il ouvre le robinet d'eau froide et s'asperge le visage. Tandis qu'il s'essuie, il regarde les photos, prises le soir des fiançailles, qui sont glissées dans l'encadrement du miroir. Jasmine et Thomas dansent. Jasmine et Thomas sourient. Jasmine et Thomas s'enlacent devant une statue de divinité indienne.

Quand il émerge de la salle de bains, une photo entre les mains, il montre celle-ci à sa fiancée. Jasmine regarde : elle se voit, avec un beau bouquet, dans les bras de son homme. Alors, elle déchire le cliché en deux : d'un côté, Thomas ; de l'autre, elle-même. Le bruit de cette déchirure résonne dans deux cœurs. Et peut-être plus...

*
**

Dans son studio, Richard Tourneur est le roi. Chez Batibo il est peut-être chef des travaux, mais son studio c'est son domaine. Consoles d'enregistrement, platines, ordinateurs, CD gravés : c'est là qu'il mixe, qu'il recherche, qu'il colle, qu'il invente des rythmes. Autrefois, quand il était DJ, il faisait danser des boîtes de nuit entières avec ses samplings. Aujourd'hui, il se contente de jouer en privé : c'est sa passion, son hobby. Il aurait pu continuer sa carrière dans la musique, mais cette vilaine affaire de viol a brisé ses projets. Qui aurait pu se douter que la jeune fille n'était pas majeure ? À la voir se démener sur la piste de danse, on aurait juré qu'elle était expérimentée...

La main sur le clavier électronique, Richard joue un air de Willy Philéas. Puis il retire son casque et écoute... Pas mal. Soudain, la sonnette retentit. Surpris par l'heure tardive, Richard va ouvrir la porte.

– Je peux entrer ? demande Cristina.

– Bien sûr !

À peine dans la pièce, Cristina regarde autour d'elle : les murs sont couverts de cassettes, de CD. Ici, c'est un paradis exclusivement réservé à la musique. Chaque fois qu'elle vient, elle en est étonnée. D'ailleurs, son sentiment se lit sur son visage. Richard s'en amuse :

– Eh oui, Cristina, il n'y a pas que le bâtiment dans ma vie.

– Je vois.

– Tu veux boire quelque chose ?

– Je ne suis pas venue pour boire...

Richard comprend. Il s'approche d'elle, prêt à l'embrasser, mais c'est elle qui prend les devants. Elle lui agrippe les cheveux sur la nuque, et lui plaque sa bouche sur les lèvres. Il y a de la violence dans son geste, comme il y a de la violence dans celui de Richard, qui fait sauter les boutons du chemisier.

L'amour, ici, est aussi un remède contre l'angoisse.

*
* *

Julia, dans son lit, ne trouve pas le sommeil. La nuit est longue. D'ailleurs toutes les nuits sont longues, en ce moment. Depuis une heure, elle se tourne et se retourne, bouchonnant les draps. Lire ? Elle n'a pas la tête à la lecture. Que faire ? Pas question de rester ainsi, à se ronger de souci. Elle se lève et, dans l'obscurité, descend au salon. Là, quelle n'est pas sa surprise : sa grand-mère, assise dans un fauteuil, veille. Elle regarde un tableau, un portrait de son mari, Octave Bertin, en buvant un verre de lait. Julia, doucement, demande à la vieille dame :

– Grand-mère, qu'est-ce que tu fais là ?

Hortense, étonnée, se retourne.

– J'ai besoin d'oublier ce qui m'empêche de dormir. Ton frère, par exemple...

– Grand-mère, il va revenir, je te le promets.

Julia vient s'asseoir sur un tabouret, tout contre son aïeule. Celle-ci lui caresse la joue, et avoue :

– Je pense beaucoup à Octave, ces jours-ci. Lui non plus n'aurait pas supporté qu'on l'accuse injustement.

Octave, de son portrait, semble observer les deux femmes. Avec sa moustache blanche et son air de colonel revenu de l'armée des Indes, il a l'air à la fois martial et chaleureux.

– Tu sais, Julia, c'était vraiment quelqu'un. Avec lui, j'avais l'impression que rien ne pouvait m'arriver.

Quelque chose passe entre la petite-fille et la grand-mère, un flux d'amour. Séparées par une génération, par leurs différences d'appréciation sur la vie, elles sont pourtant très proches. L'une a l'expérience et la rigidité. L'autre a la fougue et la souplesse. Julia demande :

– Et, il était comment, avec toi, grand-père ?

– Je faisais partie de lui. Comme lui faisait partie de moi. Je l'aimais déjà avant même qu'il s'aperçoive que j'existe. Et je n'ai jamais cessé de l'aimer après sa disparition.

– C'est drôle, on n'en parle jamais ensemble.

Une seconde, le sourire d'Hortense se fige. Elle fait un effort pour ne pas laisser paraître son trouble, finit son verre de lait, et laisse le silence retomber. Octave, sur le mur, semble satisfait.

– Remontons, ma chérie. Allons dormir. Tu n'as pas encore l'âge des regrets. Moi, je ne vis plus qu'avec eux...

Julia n'est pas d'accord. Pourquoi ne pas profiter de cet instant d'intimité ? Elle tente de renouer le fil de la conversation, pour ne pas rester sur cette note désabusée. Mais Hortense l'arrête d'un geste : elle a envie de rester seule avec ses souvenirs.

Dans le salon, les fantômes abondent. Julia ne les voit pas, mais elle sent l'héritage du passé. Elle remonte dans sa chambre, le cœur mélancolique.

*
* *

Desrivières fait la grimace. Décidément, le café est imbuvable. Titou, devant lui, est bien de cet avis. Ils ont beau réclamer, rien à faire : c'est quand même un comble, avoir un mauvais café à la Réunion ! Titou boit malgré tout le sien en regardant la secrétaire du préfet venue rendre compte des décisions de son patron, qui suit de près l'affaire Moussié. Il murmure à son chef :

– Elle est jolie, trouvez pas, commissaire ?

– Concentre-toi sur autre chose, Titou. Le boulot, par exemple. Ça serait bien.

– Je suis concentré, patron. Mais je ne sais pas comment vous pouvez encore avoir un doute. En fuyant, le fils Bertin a signé sa culpabilité ! En plus, on a retrouvé une partie de l'argent sur le compte de Cases Créoles, non ?

– C'est justement ça qui m'étonne. Il faut un certain sang-froid pour agir de cette façon après avoir tué quelqu'un. Je ne pense pas qu'Alexandre Bertin soit aussi machiavélique. Le sang-froid, ce n'est pas sa caractéristique principale.

– Il faut peut-être aussi une sacrée dose d'inconscience, et là il est raccord !

Un planton en uniforme s'approche.

– Madame Mahé vient d'arriver.

Desrivières jette son gobelet, remet sa veste, fait semblant de ne pas entendre la remarque de Titou.

– Elle, elle a des nerfs d'acier.

Titou reste dans le couloir. S'il a envie de bavarder, il y a le bureau de Ragus. D'ailleurs, tiens, c'est bizarre, la secrétaire du préfet vient d'y entrer...

Desrivières commence à questionner Cristina. Celle-ci a les yeux battus, comme si elle n'avait pas beaucoup dormi. Ce qui est le cas, mais le commissaire n'est pas censé le savoir. Cristina, qui porte encore la griffe du plaisir sur son visage, se défend pied à pied.

– Entre la parole d'un criminel en fuite et la mienne, j'espère que vous n'hésiterez pas : Sophie Moussié n'est jamais venue chez moi. Quoi qu'en dise Alexandre Bertin...

– Chère madame, moi, je ne fais confiance qu'aux faits. Les faits, eux, ne mentent pas.

– C'est-à-dire ?

– C'est-à-dire que j'ai fait procéder au relevé des appels téléphoniques de votre père. Or, il a téléphoné plusieurs fois chez les Bertin à la veille de sa mort. Des coups de téléphone très brefs, quelques secondes seulement. Auriez-vous une bonne explication à me proposer ?

– Non...

Cristina, un instant désarçonnée – elle ne s'attendait pas à cet argument – reprend pied très vite.

– Mon père téléphonait soit de chez nous, soit du bureau. N'importe qui d'autre aurait pu se servir de son téléphone...

– C'est quand même bien avec lui qu'Alexandre Bertin avait rendez-vous, le soir de sa mort ?

– Apparemment.

– Bien. Dites-moi pourquoi votre père est allé à l'enterrement de Sophie Moussié, s'il ne la connaissait pas...

Cristina contre-attaque avec arrogance. Ce qui, avec les fonctionnaires, n'est jamais une bonne tactique, mais elle l'ignore. Elle crache :

– C'est exactement le genre de remarque que j'attendais de vous. J'attends aussi l'arrestation du meurtrier... Que vous avez laissé filer, commissaire.

Titou entre dans le bureau. Finalement, il n'a pas envie d'être tenu à l'écart ; il a besoin de savoir, lui aussi. Ça peut servir. Desrivières reprend.

– Je vous accorde que cette évasion est un incident impardonnable. Je suis le premier à le regretter, croyez-le bien. Monsieur Fournier, le propriétaire de l'hôtel, que nous avons interrogé, assure que votre père souhaitait une association avec Cases Créoles...

Cristina ne peut pas laisser passer une affirmation pareille. C'est contre toutes ses convictions, presque insultant. Les Bertin ? De la racaille, voilà tout. Elle adopte une position modérée.

– À mon avis, ils ne se sont pas compris. En affaires, mon père avait parfois des stratégies un peu complexes. Il lui arrivait de sourire à ses adversaires pour mieux les abattre...

Titou, derrière elle, fait un geste, le pouce en l'air. Cette femme est une tigresse, et elle est prête à tout. Mais Desrivières ne se laisse pas impressionner. Des arrogants, il en a vu.

– Quel genre de rapports votre père avait-il avec Thomas Souheil ?

– Il le considérait comme son petit-fils ! Je ne vois pas où vous voulez en venir...

– J'essaie juste de comprendre, madame. Comprendre, voyez-vous, c'est mon travail.

C'est un combat de coqs. Ils sont dressés à se battre. Desrivières, qui bout de rage sous une apparence contrôlée ; Cristina, qui manifeste un mépris glaçant. Chacun ses armes. Le but, c'est de vaincre l'adversaire. L'un cherche la vérité, l'autre la dissimule. La partie va être difficile : les deux combattants ont du tempérament. Toujours aussi maîtresse d'elle-même, Cristina reprend :

– Ne vous trompez pas de personne, commissaire. Nous sommes victimes, pas coupables, et nous avons droit à quelques égards. Y compris de votre part. Vous êtes au service du public, si je ne m'abuse ? Une sorte de... domestique ?

Touché. Mais Desrivières laisse glisser. Rira bien qui rira le dernier, se dit-il. Il enchaîne :

– Une dernière question : quel genre de relation Thomas Souheil entretient-il avec Julia Bertin ?

Là, c'est une pique qui fait mal. Cristina fait semblant de ne pas avoir entendu.

– J'ai décidément du mal à comprendre votre façon de travailler.

– Mais vous comprenez ce que je vous demande, quand même ? Peut-être que je m'exprime mal... Je répète donc : Thomas Souheil, Julia Bertin ? Relation ?

– Je ne connais que les relations qu'il entretient avec ma fille, commissaire. Ce sera tout ?

Et sans y être invitée, elle quitte la pièce.

*
* *

Christophe Fournier, à peine sorti de l'hôtel familial, se dirige vers son bureau d'un pas vif. Parvenu devant l'immeuble de la télévision locale, il salue la secrétaire, Rose Bonbon, une ravissante jeune femme que tout le monde adore. Puis il pénètre dans un petit studio, où il garde ses dossiers et travaille ses enquêtes. Déjà Julia l'attend. Elle le cueille dès son arrivée.

– Tu m'as demandé de venir, Christophe. Que se passe-t-il ?

– Je vais t'expliquer. On va prendre un café ?

– Non, tu m'expliques. Tout de suite.

– Pas ici. Viens.

Il se dirige vers un studio vide. Là, derrière la paroi de verre, on aperçoit une table, un micro, quelques fauteuils : les débats télévisés ont lieu ici, dans ce décor bleu nuit. Christophe s'assure que les micros sont bien coupés

– réflexe professionnel – et s'assied dans un fauteuil Knoll. Julia reste debout, impatiente.

– Alors ? demande-t-elle.

– Alors il y a un type qui fait des recherches sur ta famille. Il traîne un peu partout, je ne sais pas ce qu'il veut. Un certain Todobrini. Ça te dit quelque chose ?

– Pas du tout.

– Serge Todobrini. Brun, trente-cinq ans, pas mal de sa personne, toujours en veste, une petite voiture noire, une Civic, je crois. Et, je crois aussi, une arme sous la veste.

– Que sais-tu de plus ?

– Il est à l'hôtel Fournier. J'ai regardé sa fiche. J'ai demandé au personnel, sans rien dire à mon père, évidemment. Le résultat, c'est que Todobrini est le petit ami de Sophie Moussié. Enfin, c'était.

Quelqu'un entre dans le studio. Une émission se prépare : des maquilleuses, des machinistes arrivent à leur tour. Christophe décide de changer d'endroit.

– Viens, Julia, on va ailleurs.

– Mais il n'y a rien de secret, que je sache !

– Non, mais il vaut mieux être prudent.

Il l'entraîne dans la salle des archives. Là, Christophe explique tout, sous l'œil distrait de la documentaliste de service. La bibliothèque Léon-Dierx, la fiche de lecture... et les journaux demandés. S'adressant à la documentaliste, Christophe réclame les mêmes journaux que Todobrini, dont il a noté les titres et les dates.

– Tu vas voir...

Quelques minutes plus tard, on leur apporte les documents. Julia se met à lire à haute voix, un peu stupéfaite.

– « Alberto Mahé et Octave Bertin sont toujours introuvables. Hortense Bertin sait-elle quelque chose ? La police l'interroge toujours. Il est à noter que la disparition de monsieur Bertin ferait de son épouse, Hortense, la plus riche héritière du pays. Selon des sources bien informées... »

Julia est choquée. Elle ignorait tout de cette histoire. Pour elle, son grand-père a disparu, et l'affaire s'est arrêtée là. Mais elle n'avait jamais songé à une histoire de gros sous... Christophe se dit que, là, comme dans toute famille de la bonne bourgeoisie, il y a des squelettes dans les placards.

– Elle a été interrogée et relâchée deux jours plus tard, faute de preuves, précise-t-il à l'adresse de Julia.

– Je ne savais rien. Tout ça, ça se passait vingt ans avant ma naissance...

– Oui. Mais des fois le passé revient comme une ligne de basse dans un morceau de maloya. En plus insistant, même.

– 16 –

À la terrasse de l'hôtel Fournier, devant une bière bien fraîche, Serge Todobrini fait l'inventaire des différents éléments dont il dispose. Car, petit à petit, un autre tableau que celui proposé par la police se dessine. Il y a des rapports étranges entre les participants, des liens entre les familles Mahé et Bertin. Il y a aussi de vieilles affaires qu'on pensait oubliées... Mais, à la Réunion, rien n'est enterré à jamais. C'est comme ces palmiers, se dit Todobrini : ils frissonnent constamment sous une brise invisible. Finalement, il est assez satisfait de lui-même.

Julia le repère immédiatement : c'est l'étranger qui était présent à l'enterrement. Elle se dit « sale type », et s'assied à sa table, sans la moindre peur. Elle en a assez, de tous ces non-dits, de ces secrets, de ces mensonges. Il est temps de faire circuler un peu d'air là-dedans.

Elle pensait surprendre Todobrini. Elle a raté son coup. Celui-ci prend le temps de boire une gorgée de bière, et laisse négligemment tomber :

– Vous avez mis du temps pour venir, mademoiselle Bertin.

Elle le regarde, et se dit simplement, *in petto* : « Il est gonflé » ; ce qui ne l'empêche pas de prendre le taureau par les cornes.

– Pourquoi tournez-vous autour de ma famille ?

– Sauf le respect que je lui dois, votre famille ne m'intéresse pas. Ce qui m'intéresse, c'est le meurtre de Sophie. Mais comme il se trouve qu'elle travaillait pour vous...

Ne comprenant pas d'où sort ce « sale type », ni ce qu'il fait dans le tableau, Julia décide d'attaquer sous un autre angle.

– Elle a été tuée il y a plus d'une semaine. Or vous vous intéressez à des archives vieilles de quarante ans. Qu'espérez-vous trouver ?

– Des choses. Des choses intéressantes, mademoiselle Bertin. Que voulez-vous boire ?

– Je n'ai pas envie de boire. Je veux des réponses.

– Ah, qui n'en veut pas ? Votre frère, vous avez des nouvelles ?

– Je ne vois pas le rapport.

– Je fais comme vous, je ne réponds pas forcément aux questions. Vous êtes sûre que vous ne voulez pas m'accompagner ? Le plaisir vient parfois là où on ne l'attend pas...

Le regard de Todobrini en dit long. Il suit effrontément la courbe de la poitrine de Julia. Elle se sent salie par ce désir, manifesté là, à cette table, devant une bière, avec cette nonchalance. Si Todobrini est un séducteur, il ne la séduit pas. Elle réagit avec fiel.

– Sophie n'a pas l'air de vous manquer beaucoup, monsieur l'espion. Mêlez-vous de vos affaires. Sinon, je peux toujours en toucher un mot à la police...

Et elle se lève, furieuse. Elle n'a pas de réponses, et tout ce qu'elle a réussi à faire, c'est de perdre le mince avantage qu'elle avait. Elle s'est dévoilée. Elle n'aurait pas dû. Au moment où elle se tourne pour partir, son sac en bandoulière, Todobrini happe sa main et la retient. Il serre fort avant de dire :

– Un conseil, jolie demoiselle : ne vous penchez pas trop sur le passé, la chute est parfois mortelle.

– Merci de ce conseil stupide, monsieur le fouineur.

*
* *

Richard observe le planton. Dans tous les commissariats du monde, ils se ressemblent. Même regard vide, même ennui palpable, même attente interminable. Seul le costume change. Quand Richard dit : « Je suis attendu par le commissaire Desrivières », il a l'impression de réveiller le gardien. Celui-ci le dirige vers le bureau demandé, et semble se rendormir debout, les mains dans le dos. Dans le couloir, Richard croise Ragus, qu'il connaît vaguement. Celui-ci le salue, et remarque :

– Vous venez pour une visite de courtoisie ? Non, j'imagine que non. Si vous avez besoin de quelque chose, passez me voir. Mon bureau est là, un peu plus loin, c'est la porte beige avec une affiche « *Wanted : Run-Tamtam* ».

Richard apprécie l'humour de la chose : Run-Tamtam est l'une des radios les plus écoutées de l'île. Il a travaillé pour elle, de temps en temps.

Quand il entre chez Desrivières, le climat est nettement hostile. Titou, dans son coin, mâche un cure-dents. D'entrée de jeu, le commissaire attaque.

– Parlez-moi de Thomas et de la fille Bertin.

– Comment ça ?

– Ce qu'ils fricotent ensemble, par exemple.

– Qu'est-ce que j'en sais, moi, de ce que fricote Thomas avec Julia ! Je ne suis pas son garde du corps !

– Non. Mais vous êtes son ami. C'est bien lui qui vous a fait entrer chez Batibo ?

Dans le couloir, on entend deux secrétaires qui crient. Les mots en créole volent, le ton est aigre. L'une, semble-t-il, a pris les dragées de l'autre. Richard sourit.

– Thomas, c'est le seul qui m'a aidé quand j'en avais besoin. Les autres, tant que j'étais une star locale, ils étaient pendus à mes basques. Mais après les ennuis, plus personne...

– Vous voulez dire : après vos ennuis pour détournement de mineure ?

Titou, mauvais, en profite pour donner le coup de pied de la mule.

– Les mineures, c'est mignon. L'ennui, c'est que c'est interdit. Ça fait vieux cochon, quand même...

Richard s'agace.

– J'ai été blanchi. La fille a reconnu qu'elle avait raconté n'importe quoi. Je n'ai jamais couché avec elle...

Titou en remet une couche, sous l'œil amusé de Desrivières :

– Oui, oui, c'est ce qu'on dit. Il ne s'est rien passé. La fille a rêvé. C'est trop bête, toutes ces erreurs judiciaires.

– En tous cas, ça m'a empoisonné la vie. J'ai été viré de mon boulot de DJ, de mon appartement... Ma réputation...

Desrivières, le calepin en main, reprend l'interrogatoire. Le témoin est irrité, c'est ce qu'il faut. Bientôt, il sera à point. Il recommence.

– C'est Mattéo Mahé qui vous a engagé chez Batibo ?

– Non. C'est Cristina... madame Mahé-Levens. Mais, bien sûr, rien ne se faisait sans l'accord de monsieur Mahé. Vous devez le savoir.

– En effet. Et les Bertin ?

– Ben quoi, les Bertin ?

Desrivières suit une curieuse ligne d'interrogatoire. Il zigzague, il bifurque, il déstabilise ; pour lui, la vérité est dans ces virages. C'est son ancien instructeur de la PJ, à Paris, l'inspecteur Jean-Yves Pouilloux, qui lui a appris cette technique du déséquilibre. « Comme dans les sports de combat », disait-il. Desrivières n'a pas oublié.

– Parlez-moi des Bertin, monsieur le DJ. À propos, où étiez-vous, le soir où Mattéo Mahé est mort ?

– Chez moi. Tout seul. Eh oui.

Desrivières, lui faisant bien comprendre qu'il a enregistré son allusion involontaire, revient en arrière :

– Et Cristina, vous en pensez quoi ?

– Que voulez-vous que j'en pense ? C'est ma patronne, c'est une femme séduisante, et je suis sûr qu'elle n'a rien à voir avec tout ça.

Brusquement, c'est fini. Desrivières, fidèle à sa méthode, tire l'échelle.

– Je vous remercie, monsieur Tourneur. Vous pouvez disposer.

Disposer ? Le mot est un peu fort. Richard sort de là un peu mal à l'aise. À quoi rimait-elle au juste, cette scène ? Il se pose la question en rentrant à pied par la rue des Engoulevents. Il est sûr d'une seule chose : il n'a jamais été un vieux cochon.

*
* *

Une lettre tombe par terre. D'autres suivent, planant lentement avant d'atterrir sur le parquet ciré. Il y a là de vieilles factures, des récépissés, des dossiers ouverts, des coupures, des certificats, toute une paperasse jaunie par le temps. Parfois, quelques photos. Un passeport depuis longtemps périmé. Julia plonge ses mains dans toute cette antiquaille, et la poussière des ans lui monte au nez. Elle essaie de lire les lignes tracées à l'encre violette, d'une main fine, mais les subtilités de la plume sergent-major, d'un autre âge, ne lui sont pas accessibles. Que cherche-t-elle, dans le secrétaire d'Hortense ? Elle cherche, voilà tout. Elle veut connaître ce passé dont elle est issue. Voici Hortense jeune : ma foi, elle était jolie, malgré cette mode ridicule. Voilà Octave étudiant : mais il était fringant, pour un habitant du Quartier latin ! Julia se laisse aller à songer... quand une voix de femme l'interrompt :

– Qu'est-ce que tu fais ici ?

Julia, surprise, sursaute. Marie-Thérèse, la main sur la bouche, effrayée, contemple les papiers répandus à terre. Julia répond :

– Je cherchais un papier.

Ce qui, à tout prendre, est la stricte vérité. Elle ramasse les lettres, les remet dans le tiroir, referme celui-ci ; une odeur de violette et de cèdre s'en échappe. Puis elle regarde sa tante.

– Tu étais là, toi, quand grand-mère a été arrêtée ?

– De quoi parles-tu ?

Visiblement, Marie-Thérèse est aussi abasourdie que Julia. Quel est ce nouveau secret ? Julia s'apprête à sortir quand, dans l'encadrement de la porte, Hortense se profile. Elle jette un coup d'œil, comprend que ses affaires ont été fouillées.

– Que faites-vous là, toutes les deux ? Dehors ! Dehors ! s'écrie-t-elle.

Alertée par son vacarme, Geneviève sort de sa chambre. Il y a de la colère, de l'hystérie dans l'air. Julia jette à terre une dernière enveloppe et, rageuse, interpelle sa grand-mère et sa mère.

– Pourquoi vous ne m'avez jamais parlé de la disparition de grand-père ? Pourquoi ?

Elle déverse toute sa colère. Toutes ces années maintenues dans le noir, pourquoi ? Que cherchait-on à lui cacher ? Julia est entièrement absorbée par cette idée, désormais : la clé du présent se trouve dans le passé. Dans cette demeure sombre, où chaque plancher, chaque armoire, chaque confiturier a été témoin de drames et de bonheurs intimes, elle se sent soudain étrangère. Sa propre histoire lui échappe avec la complicité de ceux qu'elle aime et auxquels elle a fait confiance. Les yeux enfin dessillés, elle tempête.

– Je ne savais même pas que le frère de Cristina avait disparu à la même époque !

Marie-Thérèse et Geneviève, silencieuses, se gardent d'intervenir. Quant à Hortense, elle se borne à répondre, avec un calme terrible :

– Tu es bien la seule à ignorer tout cela. Combien d'ennuis n'ai-je pas eus avec cette histoire...

Hortense traverse la pièce, referme le tiroir, faisant ainsi savoir que, pour elle, la conversation est close. Puis elle redresse les photos tombées avec un soin méticuleux. Julia insiste :

– Que s'est-il passé ?

Mais sa grand-mère refuse toute explication.

– Ce sont des calomnies de journalistes ! Comment peux-tu accorder le moindre crédit à ces ragots ? Sors d'ici ! Sortez tous ! Décidément, rien ne me sera épargné ! Des espions dans ma propre famille !

Avant de fermer la porte en s'en allant, Julia lance :

– J'irai jusqu'au bout. Même si ce que je découvre doit me briser ! Tu entends, grand-mère ? Tu entends ?

Et folle de douleur, folle de colère, elle se précipite dans l'escalier qui mène à la varangue. C'est là que sa mère lui prend le bras. Geneviève est décomposée. Elle baisse la tête. Comme si une chape de plomb pesait sur ses épaules... L'ambiance familiale, lourde de secrets, est étouffante. Elle invite sa fille à s'asseoir un moment... Prenant chacune une chaise, elles observent les oiseaux qui voltigent dans les glycines. Puis Geneviève se met à parler, sur un ton très doux.

– À la mort de ton grand-père, Julia, il y a quarante ans, il s'est passé quelque chose qui les a tous rendus fous.

– Quoi, maman ?

– Je ne sais pas.

– Comment ça ? Papa ne t'en a jamais parlé ?

– Il ne sait rien. Je te le promets.

– Magnifique, cette famille ! On est tous enfermés dans une histoire de dingues et personne n'a la clé !

– Si. Ta grand-mère. Mais elle préférerait mourir plutôt que d'entrouvrir la porte.

Un grand oiseau rose s'envole sous leurs yeux. Les sanglots de Geneviève se confondent avec les battements d'ailes. Il y a quelque chose de poétique dans cet accord : un animal en voie de disparition, et une famille en voie de délitement.

*
* *

Dans la serre de fleurs tropicales, les orchidées penchent la tête. Décidément, se dit Ragus, cette femme a du goût. En effet, Kim est particulièrement attachée à cet endroit, auquel elle se montre très attentive, jour après jour : elle taille, elle vaporise, elle traite... Il y a là des fleurs rares, des cactées quasi disparues. Dans sa petite maison aux couleurs *sixties*, Kim collectionne les ouvrages sur le jardinage. Et le résultat est là : elle a la main verte. Ragus admire. Un *arborensis tropicana* rouge sang domine : c'est un buisson ardent, une flamme au milieu de cette verdure.

Soudain un détail étrange attire son attention : un pied semble dépasser du feuillage. Ragus se penche. Et découvre Kim, allongée sur le sol. Elle ne respire plus. Les traces de strangulation, au cou, ne laissent aucun doute quant aux circonstances de la mort. Le temps s'arrête. Ragus sort son portable et appelle Desrivières.

Une heure plus tard, la serre bourdonne d'une activité multiple : identité judiciaire, médecin, photographes. La mort violente exige ce rituel... Ragus fait son rapport :

– D'après le légiste, c'est l'œuvre d'une personne de grande taille, patron. Le larynx a été broyé, ce qui laisse à penser que l'étranglement a été fait avec force. On pense plutôt à un homme.

Desrivières prend alors une décision qui stupéfie tout le monde.

– Convoquez Julia Bertin.

Julia est bouleversée. L'annonce de la mort de Kim par les policiers l'a plus émue qu'elle ne l'aurait pensé. Elle l'avait remercié d'aider son frère et la belle Asiatique s'apprêtait à lui faire d'autres confidences, lors d'une prochaine rencontre… Quand elle arrive chez Kim, elle note d'abord le nombre impressionnant de voitures de police. Elle ne s'attendait pas à pareille procession. Et surtout, elle se demande à quoi rime sa convocation sur les lieux. Desrivières a ses raisons…

– Regardez, mademoiselle Bertin. Regardez bien.

– Pourquoi voulez-vous ? C'est horrible.

– Je veux que vous voyiez cela, mademoiselle Bertin. Parce que nous ne sommes pas dans un jeu vidéo. Vous la connaissiez, n'est-ce pas ?

– Oui… Enfin, pas très bien. C'est… C'était la petite amie de mon frère… Ils étaient ensemble depuis peu de temps… Mais pourquoi… Pourquoi l'a-t-on… ?

– Il y a deux hypothèses : ou bien elle savait des choses sur votre frère qui se rapportaient au meurtre de Mattéo Mahé, ou bien Alexandre lui-même est venu lui régler son compte pour qu'elle ne parle pas.

– C'est absurde ! C'était son amie ! Jamais il n'aurait fait une chose pareille !

Desrivières hausse les épaules. Il laisse les deux hypothèses pénétrer dans l'esprit de Julia. Puis il ajoute :

– Dans les deux cas, votre frère est en danger. Vous comprenez ?

Et, tandis qu'il raccompagne la sœur d'Alexandre à sa voiture, il adoucit le ton.

– Prévenez-moi dès qu'il donnera signe de vie. Pensez à ce que je vous ai dit.

En démarrant, Julia rate son changement de vitesses. La voiture cale. Il y a des moments, dans la vie, où rien ne fonctionne, se dit Ragus, témoin de la scène.

*
* *

Le marché est un enchantement. Les épices forment des taches colorées, les fleurs débordent de grands baquets, les poissons frais, à profusion, s'étalent, et toute une population bigarrée fait ses courses. Noirs, Indiens, Chinois, Pakistanais, il y a toutes les races, toutes les ethnies...

Dans ce bouillonnement, Geneviève repère Thomas. Nerveux, celui-ci l'aborde avec gravité.

– Excusez-moi, Geneviève, mais il était plus simple qu'on se retrouve ici. C'est plus anonyme.

– Merci, Thomas. Je sais que ce n'est pas facile pour toi de me rencontrer. Mais j'ai besoin d'aide. J'ai besoin de *ton* aide.

– C'est à propos de Julia ?

– Non. Thomas, je *dois* voir Alexandre.

– Mais, Geneviève, je ne sais pas où il est...

Une famille chinoise, portant un gros sac de riz, se faufile entre eux. Ils s'écartent. Geneviève reprend :

– Alexandre n'a pas d'autre ami que toi. Je te connais, Thomas, tu es incapable de refuser ton aide à quelqu'un dans la détresse...

Thomas ne dit rien. Il regarde la glace qui fond, sur l'étal du poissonnier. Geneviève insiste :

– Kim vient d'être assassinée. Alexandre est en danger. Il faut agir vite.

Brusquement, le marché devient une photo en noir et blanc. Les couleurs ont disparu. Thomas est sous le choc. Le temps n'est plus à la réflexion, mais à l'action. « On passe prendre Julia », dit-il. Le sac de riz vient de tomber à terre, les Chinois se précipitent. Le temps de les contourner, Thomas monte dans sa voiture avec Geneviève, dévorée d'inquiétude.

Deux heures se sont écoulées. Les lacets, dans la montagne, sont humides de la rosée du matin : quand la voiture passe dans des endroits désertiques où la lave du volcan a balayé toute trace d'arbres, le soleil tape dur. En arrivant sous les frondaisons, où règne une brume perpétuelle, Thomas ralentit. À l'entrée du petit village, Julia s'étonne :

– C'est là ?

La voiture s'arrête, et Alexandre sort de la cabane. Il est mal rasé, hâve, hirsute. On lit un désespoir terrible dans ses yeux. Geneviève n'y tient plus. Elle se précipite sur son fils :

– Alexandre ! Enfin !

– Maman...

Ils s'étreignent. Le moment tant attendu est arrivé. Geneviève n'a pas vu son fils depuis deux ans et demi, elle est émue, terriblement. Ce fuyard, ce hors-la-loi, cet exilé, c'est son enfant. Il prend sa mère par la main, l'entraîne vers la cabane. Là, à l'abri, il justifie cette précaution.

– On pourrait nous voir...

Déjà, il réprime son émotion. Déjà, il fait comme si tout cela ne l'atteignait guère. Attitude de jeune coq, qui veut paraître dur comme le marbre. Mais, sous la surface, il est à vif.

– C'est imprudent, maman, d'être venue comme ça.

– Je n'allais pas t'abandonner...

– Tu l'as déjà fait, pourtant.

Geneviève se raidit. Peut-être mérite-t-elle ce coup de griffe.

– Tu as le droit de m'en vouloir, Alex. Je te demande pardon. Pardon d'être partie. Je ne voulais pas vous abandonner, toi et Julia, mais la vie...

– Arrête, maman.

– On croit bien faire, et on se trompe.

C'est, pour Geneviève, l'aveu d'un long cauchemar. Prise entre l'étau de la maison Bertin, avec la tyrannie d'Hortense, et le désir de liberté à Paris, elle a cherché son chemin, dans une intense culpabilité. Elle a vécu à Paris dans un désordre moral terrible, ayant perdu ses repères. Il y a eu quelques amants de passage, mais sa boussole intérieure était abîmée. Ici, dans cette cabane où il n'y a rien, sinon une natte et quelques packs d'eau minérale, elle réalise, face à son fils, à quel point sa vie est maintenant bousculée. Peut-être, de ce malheur, quelque chose de bon sortira... Elle regarde Alexandre avec une immense affection, avec amour, lui offrant une intimité sans limites : entre eux, il n'y a pas besoin de mots. Il murmure :

– Ne dis plus rien, maman, c'est trop dur...

Il est sur le point de craquer. Soudain son visage se creuse et, chaviré, il se précipite dans les bras de sa mère. Thomas, resté près de la porte, sort. Julia reste. Geneviève console son fils.

– Ne pleure pas, ne pleure pas...

C'est un retour à l'enfance. Entre la mère et le fils, les années s'effacent. Il n'a plus qu'un instant d'amour.

Julia, au bout de quelques minutes, intervient :

– On y va, Alex ?

– Non.

– Tu es en danger. Viens. On va te sortir de là.

– N'insiste pas.

Julia, comprenant qu'elle n'arrivera pas à convaincre son frère, se décide. Tant pis, il va avoir mal, mais il n'y a pas d'autre moyen. Elle donne l'affreuse nouvelle.

– Kim a été assassinée.

L'effet de cette nouvelle sur Alexandre est étrange. Il ouvre de grands yeux, plie les genoux, et glisse lentement vers le sol. Il semble se dégonfler, comme un vieux pneu. À quatre pattes sur la terre battue, il n'est bientôt plus qu'un animal blessé. Julia le prend par les épaules, le relève.

– Desrivières pense qu'il y a quelqu'un qui te cherche. Quelqu'un qui a fait parler Kim... lui dit-elle.

– Je ne bougerai pas d'ici... Kim...

Il sanglote, le visage contre le sol. Il y a quelque chose de primitif dans ce contact. C'est du sol que, selon les religions de l'Afrique proche, les forces divines sont issues. Alexandre n'entend plus rien, n'est plus accessible. La communication est fermée, la douleur trop forte, le poids de la culpabilité immense.

– C'est ma faute... Ma faute.

Ses cris se sont transformés en gémissements. Il est intérieurement effondré. Il n'en peut plus. La police ? Se rendre ? Plus rien n'a d'importance. Julia et Geneviève se regardent, impuissantes. Thomas, dehors, attend. Il sait qu'une tragédie terrible se joue.

Plus que jamais, pour tous, le bonheur est un horizon hors d'atteinte. Si loin...

– 17 –

Cristina enfile une paire de gants en chevreau, très fins. Dans le bureau de son père à Batibo, elle a l'intention de faire des fouilles méticuleuses. Les photos encadrées, le coffre-fort, les souvenirs personnels, tout est en place : Mattéo Mahé était un homme ordonné. S'il a laissé ce qu'elle cherche, c'est ici, dans ce bureau où les enfants ont joué, où les grandes décisions ont été prises, où l'histoire de la famille s'est construite. Cristina lisse les gants comme si elle hésitait à se mettre à la tâche. Quelques minutes plus tôt, vers 20 heures, Nathalie, la secrétaire, était encore à son poste. Les deux femmes se sont croisées, et Cristina a demandé :

– Mais... Nathalie, que faites-vous là ?

– J'avais trop de travail, madame. J'ai donc profité d'un moment de calme pour m'avancer. Mais ne vous inquiétez pas, je ne compte pas mes heures.

– On en est tous là, Nathalie. Bonne soirée.

Un rien troublée par cette rencontre, Cristina est montée, a bien vérifié que personne d'autre ne traînait, et elle a décollé les bandes jaunes interdisant l'entrée du bureau de son père, bandes apposées par la police judiciaire. Quand elle est entrée dans la pièce, c'est le fauteuil vide qui lui a fait le plus d'effet : c'est là que son père est mort, c'est là qu'il avait vécu. Parfois, elle a l'impression que son fantôme rôde encore...

– Allons ! dit-elle tout haut, comme pour reprendre courage.

Elle a déjà fouillé, avant la pose des scellés, et elle n'a rien trouvé. Cette fois-ci, elle doit réussir... Elle commence son travail, ouvre chaque tiroir, dans l'ordre. Prudente, elle évite de faire du bruit, et chaque craquement l'interrompt. D'abord, le meuble principal. Puis les rangements sur les murs. Puis la bibliothèque, avec ses livres professionnels. Mattéo n'avait pas d'ordinateur : c'était un homme à l'ancienne manière. Les heures passent... Chaque ouvrage, chaque dossier, chaque courrier est examiné. Dans l'obscurité presque totale, munie d'une petite lampe de poche, Cristina décrypte les affaires de son père : commandes, livraisons, projets, factures. Rien d'exceptionnel. Vers 2 heures du matin, enfin, elle s'avoue vaincue. Elle enlève ses gants et s'assied dans le grand fauteuil de Mattéo. Une minute de paix... Sur le bureau, devant elle, elle regarde la photo de son frère Alberto, dans un petit cadre d'argent...

Mue par une émotion qui vient de loin, Cristina se penche et prend le cadre. Elle examine de près le cliché : ce pli au coin de la bouche d'Alberto, elle ne s'en souvient pas. De cette chemise non plus, d'ailleurs... Elle se demande ce que son frère aîné serait devenu s'il n'avait pas disparu. Sans doute aurait-il pris la succession du patron...

Soudain, Cristina sent une petite aspérité sous les doigts. Elle retourne le cadre, l'ouvre. Une enveloppe glisse : « À n'ouvrir qu'après ma mort ». Les mains tremblantes – c'est ce qu'elle cherchait ! – elle décachette le pli. La première ligne témoigne de la valeur du testament : « Je soussigné Mattéo Mahé, sain de corps et d'esprit... » Elle ne lit même pas la suite. Elle sait ce qu'elle contient. Il faut faire disparaître le document. Cristina pose sa lampe de poche, allume le briquet en argent posé sur le bureau, murmure : « Pardon, papa. » Quelques minutes plus tard, il ne reste qu'une poignée de cendres des dernières volontés de Mattéo Mahé...

*
* *

Thomas ouvre la portière de la voiture. Julia monte devant, Geneviève derrière. Malgré toutes les supplications de sa mère, Alexandre n'a pas voulu rentrer à Saint-Denis : il se sent en sécurité ici, explique-t-il. Les rares habitants du hameau, qu'il rencontre parfois, sont des gens discrets : des Chinois, qui font partie de la famille élargie de Kim. Avant que sa sœur ne parte, il l'a prise dans un coin, et lui a simplement donné un conseil.

– Thomas, si tu l'aimes, fonce !

– Ça te réussit, la solitude ! a ironisé Julia pour combattre son émotion.

Enfin ! Avec cette remarque, Alexandre a réussi à arracher un sourire à sa sœur qui l'a embrassé puis est partie dans la petite voiture. Seul un nuage de poussière, au loin, témoigne encore du passage de ceux qu'il aime.

Resté seul, Alexandre plie de nouveau sous le poids du chagrin. Kim va lui manquer terriblement... Il essuie ses larmes avec la manche de sa chemise et ferme un instant les yeux.

Quand il les rouvre, il voit un pistolet pointé sur lui.

*
* *

Le vent fait claquer les tentures de la chambre de Geneviève. Elle est allongée, une cigarette aux lèvres. Elle avait arrêté de fumer, vaincu son addiction. Ça n'a pas été facile, mais elle était fière d'avoir au moins gagné ce combat-là. Et voilà qu'elle replonge...

Quelque chose la tracasse. Est-ce le vent, est-ce l'orage ? Elle se lève, regarde par la fenêtre : les oiseaux, inquiétés par la foudre qui menace de s'abattre, font un bruit d'enfer. Les premières gouttes tombent, grosses comme des larmes de Titans. Que faire ? Se recoucher ? Inutile. Geneviève écrase son mégot et descend. Elle traverse le jardin, qui sent la terre humide, et se dirige vers les bureaux de Cases Créoles. Le vent lui rebrousse les cheveux. Quand elle entre dans la salle d'étude, une lumière brille : celle qui est allumée au-dessus de la planche à dessin de Guillaume. Lui aussi a du mal à dormir. Mais il a le travail comme refuge...

Étonné par cette intrusion tardive, Guillaume lève les yeux. Un pâle sourire se dessine sur ses lèvres. Geneviève s'installe sur le tabouret à côté de lui, passe la main sur ses épaules, et lui dit, en confidence :

– Je sais où est Alexandre.

Interloqué, son mari la questionne des yeux.

– Je t'expliquerai, reprend-elle. Mais je crois qu'il faut prévenir la police. C'est le seul moyen de le protéger.

– J'imaginais le pire.

– Je lui ai promis de ne rien dire. Mais j'ai réfléchi : la situation est vraiment dangereuse.

Le silence retombe. Dans le rond de lumière, les deux époux se tiennent enlacés, plus proches peut-être qu'ils ne l'ont jamais été. Il y a là une intimité tranquille, une immunité qui les garde du malheur absolu.

– Nous préviendrons Desrivières dès la première heure, dit Guillaume.

Il prend la main de sa femme, de cette femme revenue du bout du monde, et l'embrasse sur la paume. Ici, dans ce cercle de quiétude, ils peuvent attendre l'aube.

*
* *

La pluie a détrempé le sol, faisant monter une bonne odeur d'humus et de plantes fraîches. Jasmine passe un pantalon blanc et, en finissant de s'habiller, crie à Thomas, qui est dans la salle de bains :

– Finalement, je crois que ce n'est pas une bonne idée de reporter le mariage.

Le visage enduit de mousse à raser, un peu étonné, Thomas passe sa tête dans l'entrebâillement de la porte et répond :

– On ne va pas rediscuter de tout ça. C'est toi qui as décidé et j'étais d'accord.

– J'étais sous le coup de la mort de grand-père. Maman a raison : la vie continue.

Thomas, torse nu, essuie la crème sur son visage et, la serviette roulée en boule dans la main, s'exclame :

– Arrête de te cacher derrière ta mère ! Ce n'est pas à cause d'elle que tu as changé d'avis !

– Je ne vois pas pourquoi on attendrait. À moins... à moins que tu ne m'aies pas tout dit !

– Tu as très bien compris où j'en suis...

C'est un aveu... Jasmine, exaspérée, est déjà dehors. Elle a claqué la porte.

En arrivant en bas, dans le salon, elle remarque que la nappe est mise sur la grande table, que des fleurs ont été placées dans les vases. Au bout de la pièce, Cristina, en peignoir, semble heureuse. Tout en donnant des instructions aux domestiques – ce service de table par ici, ces assiettes par là, laissez l'argenterie de famille – elle se prépare, en mettant du rose sur ses joues. Maîtresse de maison active, elle désire que tout soit parfait pour le déjeuner prévu avec les Fournier père et fils. Jasmine sort de la pièce. Peu lui importent les petits plats, les grands compotiers, les belles carafes. Elle a mal.

La terre colle à ses sandales : la pluie a tout délavé. Quand elle arrive au fond du jardin, devant la petite divinité venue d'Inde, elle se met à pleurer.

Cristina, elle, a changé de visage. Elle a vu le désespoir de sa fille. Que s'est-il passé ? Ce n'est pas le moment de jouer avec le feu. Elle monte, quatre à quatre, les marches qui mènent à la chambre de Jasmine. Parvenue devant la porte, elle ouvre celle-ci d'un coup sec et surprend Thomas, l'air pressé, en train d'enfiler une chemise. Elle ne le ménage pas :

– Jasmine est en larmes. Tu peux m'expliquer ?

– Rien, une petite dispute. Ça ne te regarde pas.

– Ce n'est pas le jour, Thomas. Je te rappelle que les Fournier sont là dans deux heures !

– Sans moi.

– Tu plaisantes ?

– Pas du tout, Cristina.

– N'oublie pas que tu nous dois tout !

Encore... Va-t-il toute sa vie entendre ça ?

– Je n'oublie rien. Mais je te fais remarquer que Mattéo ne voulait pas de ce marché. En tout cas, pas sans Cases Créoles. Et il avait raison.

Furieuse, Cristina croise les bras sur sa poitrine. Son déshabillé bâille, elle ne le remarque même pas : ce qu'elle remarque, c'est qu'une fois de plus son autorité est défiée. Elle ne le tolère pas.

– Mon père est mort, tué par un Bertin ! Et tu oses...

Thomas la coupe. Il en assez. Il veut de l'air frais.

– Alexandre n'a pas tué ton père. Celui-ci était déjà mort quand il est arrivé.

– Tu dis n'importe quoi !

– Tu sais que j'ai vu ton père, ce soir-là. Pourquoi ne veux-tu pas que j'en parle à la police ?

– Parce que ce n'est pas toi qui l'as tué ! Je veux éviter à ma fille la douleur supplémentaire de te voir mêlé à ce drame !

Mais Thomas a pris sa décision. Il va outrepasser les diktats de cette femme. Il va aller voir Desrivières. Et, quand Cristina tente de le contredire, il l'interrompt sèchement.

– Arrête ! Ça suffit !

Mais Cristina est prête à se battre. Toutes les armes sont bonnes. Elle se rapproche de son futur gendre :

– Choisis ton camp, Thomas. Choisis-le bien. Je crains que tu n'aies pas droit à l'erreur.

Elle est tout près de lui, redresse le col de sa chemise. Les yeux dans les yeux, elle fait glisser sa main sur sa joue, puis sur son cou. Ça recommence... Thomas s'éloigne brutalement.

– Tu es un monstre.

– Ne sois pas en retard pour le déjeuner, susurre-t-elle, gardant l'espoir d'arriver un jour à ses fins.

Et elle referme son peignoir.

Dehors, Jasmine est concentrée sur son vœu. Elle allume une bougie devant Ramayana, divinité de l'amour, et disperse alentour des pétales en murmurant quelques mots, comme si elle jetait un sort.

– Faites qu'il m'aime...

Mais l'amour dépend-il des dieux ? Eux-mêmes ne sont-ils pas soumis à sa loi ?

*
* *

Dans le jardin aux herbes médicinales, Joséphine se trouve brutalement face à face avec Todobrini. Décidément, ce diable d'homme a l'art d'apparaître là où on ne l'attend pas ! La vieille femme, qui lui arrive à mi-hauteur, ne se laisse pas démonter pour autant. Elle toise l'intrus avec une sorte de mépris mêlé d'ironie. Comme si elle savait des choses que le visiteur ignorait. Celui-ci n'est guère affecté par son attitude, apparemment. Il quitte l'allée centrale, contourne Joséphine et entre dans la maison. Un instant plus tard, il ressort avec un objet dans la main. Il tend son bras, et retourne la petite boule de verre : le « Souvenir d'Antibes » se couvre de neige. Avec un sourire mauvais, il demande :

– Vous connaissez Antibes, Joséphine ?

La vieille dame ne dit rien. Elle s'approche simplement de cet homme menaçant, lui prend délicatement la boule de verre des mains, la place dans son tablier, avec ses outils de jardinage, et demande calmement :

– Sortez de chez moi, monsieur Todobrini. Ne m'obligez pas à appeler la police. Je crois savoir que ce n'est pas dans votre intérêt.

Serge Todobrini cueille une fleur et balaie, du regard, le jardin. Toutes ces plantes... Dans un coin, sous un manguier, Sunsia tresse un collier d'herbes. La petite fille, absorbée par sa tâche, est entièrement ailleurs, dans un autre monde. Peut-être dans le monde de rois et de reines qui était celui de Julia sur son trône de lave, il n'y a pas si longtemps. Tranquillement, Todobrini se dirige vers elle. Puis, vif comme l'éclair, il la soulève et la bâillonne d'une main.

Joséphine se précipite, mais déjà la voiture de Todobrini démarre, emportant l'enfant.

*
* *

C'est Desrivières qui conduit. Il négocie les virages avec douceur, mais ne perd pas de temps. À l'arrière, Guillaume et Geneviève, angoissés, se tiennent par la main. Le paysage défile, personne ne parle. La route semble interminable. Devant eux, une autre voiture : celle de Julia. Plus agile, plus rapide, elle les devance et prend de la distance.

Arrivée au village dans la montagne, Julia ne se gare pas ; elle s'arrête simplement et se précipite hors de la voiture :

– Alexandre ! La police arrive !

Pas de réponse. Elle entre dans la cabane, rien. Derrière, un petit chemin : Julia le suit, en pressant le pas. Rien. Elle court, maintenant, elle crie, elle effraie les oiseaux, fait détaler un cochon noir. Rien. Mais où mène ce sentier ?

– Alex ?

Vaguement, à travers le rideau de feuillage, elle entend un bruit d'eau. Une cascade ? Peut-être son frère est-il allé se baigner ? Un instant, elle se sent soulagée. Quand elle débouche sur cette clairière, un rayon de soleil perce. C'est un endroit de rêve, un paradis terrestre. On y passerait bien une vie entière, dans le murmure de la petite rivière.

– Alex ?

Mais où est-il ? Julia scrute les environs, cherchant un tas de vêtements ou un signe de vie quelconque. Le lac est tranquille, à peine troublé par quelques rides, un frisson. Elle décide d'en faire le tour, sans se presser. Peut-être derrière ces rochers... À bout de forces, à bout d'angoisse, elle s'assied sur une grosse pierre en surplomb. D'ici, la cascade est sublime. On dirait un décor de cinéma. Au bout, près de la chute d'eau, un rocher noir affleure. Distraitement, Julia le caresse des yeux. Puis, plus attentivement, elle détaille la surface de l'eau.

Ce rocher... ce rocher est bien étrange. Intriguée, elle entre dans l'eau, avance. Et, en se rapprochant, découvre que ce rocher n'en est pas un. C'est Alexandre, dont le corps flotte paresseusement entre deux eaux, le visage tourné vers le bas. Ses bras sont écartés et, mollement, il dérive.

– Alexandre...

Une nuit sans fin engloutit Julia. Pour elle, soudain, tout s'arrête. On la retrouvera sur la rive, berçant le cadavre, chantonnant une vieille comptine de son enfance.

Quand Geneviève descend de voiture, un mauvais pressentiment la saisit. Elle a vu l'auto de Julia, la portière ouverte, comme abandonnée. Elle se précipite vers la cabane. Desrivières, lui, commence par observer les alentours. Le hameau semble désert. Pourtant, il y a là un vieil homme, assis devant sa maison : avec ses yeux bridés et son visage parcheminé, il ressemble à une poterie chinoise. C'est le caïque de l'endroit. Mais, visiblement, il n'aime pas ce remue-ménage : en voyant Desrivières, il se lève et disparaît dans sa case.

Geneviève est ressortie de la maison où son fils se terrait. Les bouteilles d'eau sont là, mais rien n'indique la direction qu'a pu prendre Julia. Guillaume prend les devants. Il fait le tour de la cabane, et trouve le petit sentier dans la forêt...

Quand ils arrivent devant la cascade, Geneviève et Guillaume comprennent immédiatement. Desrivières, en retrait, compatit devant ce tableau de désolation : Julia, trempée, gémit. Son frère, inerte, repose sur ses genoux.

Le silence règne dans la clairière : même les oiseaux se sont tus. Le bruit infini de la cascade semble atténué. Les parents, la main dans la main, s'approchent, s'approchent...

Que s'est-il passé ? se demande Desrivières, atterré par les événements imprévus qui se succèdent. Par le mal qui se manifeste ainsi, avec brutalité. Tout en lui demande justice. Déjà, il se préoccupe de noter les indices, les branches cassées, cherche des empreintes à terre. Son travail est une façon de dominer le malheur. D'un seul coup, tombant à genoux, Geneviève pousse un hurlement terrible... Dans la forêt, des bandes d'oiseaux s'envolent. Les anciens disent qu'ils saluent les âmes qui s'en vont au paradis.

*
* *

Fournier s'essuie les lèvres. Le déjeuner a été délicieux. Vraiment, cette tourte chaude au boudin créole avec un sorbet coco, quel délice ! Cristina, en chemisier blanc largement déboutonné, mène la conversation. Maquillée avec goût, séduisante à l'extrême, elle plaisante, renvoie les domestiques trop présents, flatte discrètement Fournier qui, visiblement, s'en trouve ravi. Son fils Christophe, près de lui, reste plutôt silencieux. Il regarde Jasmine, qui semble préoccupée depuis le début du repas.

Thomas, comme prévu, n'est pas venu. Il s'est fait remplacer par Richard, et lui a transmis le devis de la rénovation de l'hôtel Fournier. Richard lui a dit simplement :

– T'es en train de faire une connerie.

Mais Thomas s'est montré très déterminé.

– Je ne veux plus m'occuper de ce dossier. Il ne me réussit pas.

– Ça ne me regarde pas, mais tu devrais faire attention à Jasmine. Elle a été très secouée, ces derniers temps.

– Je sais ce que j'ai à faire, Richard.

– Alors ça va !

La conversation s'est arrêtée là. Richard a accepté de faire du remplacement. Après tout, ce n'est pas le pire des rôles... Il apprécie d'être à la table de Cristina, dont il frôle le pied, doucement, sous la table. Une servante vient glisser des beignets de banane dans les assiettes, et s'empresse de verser du champagne dans les coupes.

– Diable, du Roederer ! Vous nous gâtez, ma chère Cristina !

Fournier est sensible à ces égards, mais n'en oublie pas ses intérêts pour autant. C'est un homme d'affaires avisé, qui tente de transmettre un peu de sa philosophie commerciale à son fils. En sirotant le champagne, il précise les délais du chantier.

– Le seul impératif, c'est qu'on puisse ouvrir pour la saison. On n'est pas à trois jours près, mais il va falloir surveiller les travaux. Pas question de déborder de trois mois... La haute saison arrive, et les tour-opérateurs se bousculent à notre porte !

– Ouvrez-la bien grande, mon cher Fournier. Je vous garantis qu'ils ne seront pas déçus !

Au moment où Cristina lève sa coupe pour proposer un toast, la sonnerie du téléphone portable de Jasmine retentit : celle-ci s'excuse et en profite pour s'éloigner de la table.

Fournier, aimable, veut avoir un geste commercial – et amical : il propose à Cristina de faire le mariage de sa fille chez lui.

– Si vous voulez... Mon hôtel est à votre disposition. Avant travaux, bien sûr...

Sa bouche se tord dans un rire qu'il espère élégant. Christophe regarde son père, puis essaie de distinguer Jasmine qui, un doigt sur l'oreille gauche, cherche à s'isoler du brouhaha ambiant et à comprendre le message de son correspondant. Cristina, elle, est contente :

– Merci. Les enfants seront ravis !

Fournier, aux anges, insiste lourdement.

– Vous avez bien fait de ne pas repousser la date du mariage. La vie continue... Ce qui n'enlève rien à la peine.

Tandis que la compagnie trinque, un cri se fait entendre. C'est Jasmine.

– Que se passe-t-il ? demande Cristina.

Sa fille, blême, répond :

– Alexandre s'est suicidé.

La nouvelle est tombée dans un silence de mort. Cristina, immédiatement, reprend le contrôle de la situation.

– Plutôt que de répondre de son crime, il a préféré en finir. Enfin, comme ça, nous sommes fixés.

Jasmine, en larmes, est assommée. Ce qui déplaît à sa mère. Celle-ci cingle :

– Tiens-toi, Jasmine ! Garde tes larmes pour ton grand-père !

*
* *

Desrivières regarde le véhicule du médecin légiste s'éloigner. Il a fallu des heures pour mettre tout en place. De nouveau, la ronde des photographes, des inspecteurs, des enquêteurs... Sauf qu'ici, c'est plus compliqué. Pas d'électricité, pas de routes en bon état. Et, surtout, pas de témoins ou d'indices. Les Chinois se taisent. Quelqu'un a-t-il vu quelque chose ? Pas sûr. Dans ces hameaux de campagne, la discrétion et la méfiance règnent. Le commissaire demande à Titou :

– Comment va Julia Bertin ?

– Elle est hors de danger. Mais en état de choc, patron. Ses parents ont préféré l'accompagner à l'hôpital, où on va la placer en observation.

Desrivières est songeur. Cette affaire, c'est certain, sent mauvais. Il va certainement recevoir un coup de téléphone du préfet : tous ces meurtres, c'est catastrophique pour le tourisme. Il l'entend déjà : « Ça va ternir, mon cher Desrivières ! Ça va ternir la réputation de notre belle île ! Marchez, marchez ! »

Titou allume une cigarette avant de faire son rapport.

– D'après les premières constatations, patron, Alexandre Bertin avait de l'eau dans les poumons. Ça veut dire qu'il s'est suicidé. Trois meurtres... Il n'aura pas supporté.

– On va quand même demander une autopsie, si ça ne te dérange pas.

Surpris par la réaction agressive du commissaire, Titou baisse la tête, tire une bouffée et murmure :

– Moi, ce que j'en disais...

– Il y a des moments où fermer sa gueule est thérapeutique, lance son patron agacé.

Hélas, se dit le commissaire, contre la mort, il n'y a pas de thérapeutique. Aucun remède... Tout de même, le décès d'Alexandre Bertin arrange trop les choses. Et trop de monde. Il va falloir y regarder de plus près.

Certains suicides, en apparence dignes, ne sont que des meurtres endimanchés.

– 18 –

Julia semble inconsciente. À travers la vitre, on peut la voir allongée sur son lit blanc. Des patients circulent dans les couloirs de la clinique, en pantoufles, le goutte-à-goutte à la main ; d'autres lisent les journaux. Des visiteurs empressés apportent des chocolats, des fleurs, remercient les infirmières. Une grosse dame noire se répand en louanges auprès d'un médecin qui, ravi, lui tapote les mains, qu'elle a dodues. Il règne une odeur d'éther et d'aseptisant, quelque chose entre la menthe et l'eau de Javel. Christophe Fournier regarde Julia : ils sont séparés par la paroi de verre et, apparemment, elle n'a pas été avertie de sa présence. D'ailleurs, si tel avait été le cas, serait-elle en état de réagir ? Christophe aimerait rapporter une bonne interview à sa chaîne télé, mais il n'y a rien à faire. Du coup, il laisse tomber son masque de journaliste pour redevenir l'ami qu'il a toujours été. Seulement l'infirmière de l'étage lui barre l'accès de la chambre, malgré ses supplications. Au fond, se dit-il, Julia serait mieux dans l'hôtel de mon père... Le déjeuner chez les Mahé lui revient en mémoire : quelle impression désagréable ! Il en frissonne presque.

Dans la chambre, il peut apercevoir Guillaume, assis au chevet de sa fille, et près de lui Thomas, l'air enfiévré. Quand, de longues minutes plus tard, Julia ouvre enfin les yeux, Christophe la voit murmurer quelque chose à l'oreille de son père, qui lui fait répéter : elle a les lèvres gourdes, les tranquillisants ont fait leur effet. Finalement, Guillaume comprend que sa fille voudrait rester seule avec Thomas. Il se lève et, les épaules basses, sort pour se trouver face à face avec Christophe.

– Comment va-t-elle ? demande celui-ci.

– Pas très bien, Christophe. Pas très bien. Moi non plus, d'ailleurs.

– Je suis désolé. Sincèrement, monsieur Bertin.

– Merci. Tu pourras la voir bientôt, je crois.

Tandis que Guillaume va s'asseoir au bout du couloir, Christophe, avec un pincement de jalousie, voit Julia prendre la main de Thomas et la serrer... La serrer...

Guillaume est comme un noyé. Il donne l'impression de s'être enfoncé dans sa banquette, dans la salle d'attente. Le teint terreux, la mine défaite, il est l'ombre de lui-même. Il n'a jamais été un homme de fort caractère, mais là il ne reste rien. Quand, un peu plus tard, Thomas quitte la chambre et vient s'asseoir près de lui, Guillaume éprouve le besoin de se confier.

– Je n'arrive pas à le croire, Thomas. J'ai l'impression qu'il sera à la maison quand je vais rentrer... Que je vais me mettre en colère parce qu'il aura encore fait une bêtise...

Chez Thomas, les mots de consolation viennent naturellement.

– Je sais, monsieur Bertin, je sais. Moi aussi, quand mes parents sont morts, j'ai traversé l'enfer. Il m'a fallu du temps pour réaliser qu'ils ne reviendraient plus jamais...

Au fond, oui, ils partagent la même perte. Parents, enfants, quel lien unique, mais si fragile... Guillaume se reprend.

– Tu peux rester avec elle ? Un peu ?

– Aussi longtemps qu'il le faudra.

– Prends soin d'elle. Moi, je n'ai pas la force. Je n'ai plus la force.

Guillaume se lève, entre dans la chambre pour embrasser sa fille et, toujours comme une ombre, s'en va. Le ressort est cassé. Il le sait.

Quand Thomas revient dans la chambre, Christophe n'est plus dans le couloir. Il s'assied, et murmure à Julia :

– Pardon... Pardon. C'est à cause de moi... Si j'avais parlé à la police... Si je n'avais pas écouté Cristina...

– Ce n'est pas... ce n'est pas ta faute. C'est lui tout seul qui...

Dans un souffle, Julia console Thomas. Elle ferme les yeux, les rouvre. Elle dérive sous l'emprise du Valium... Où est-elle ? Dans quelle contrée sans douleur ? Thomas l'embrasse tendrement, et se noie dans ses yeux.

*
* *

Marie-Thérèse ne réagit plus, ne bouge plus ; elle gémit, c'est tout. Les oiseaux piaillent dans la varangue, et Geneviève, le visage caché dans son bras, sanglote doucement. Le temps passe, et n'apporte que du chagrin. Marie-Thérèse a parfois un sursaut, un tic, quelque chose comme un spasme, et retombe dans son hébétude.

Quand Hortense pénètre dans la varangue, elle est rongée de douleur. Mais elle ne manifeste rien, au contraire. Pas une larme, pas un soupir, elle n'a que des reproches à la bouche. Sa colère, en fait, est une manière de ne pas sombrer ; mais pour les autres, elle efface toute pitié, toute compassion. Sa famille, son royaume... Détruits ! Et surtout, son petit-fils est mort. Son seul trésor... Elle ressent cette perte comme une profonde injustice, qu'on aurait pu éviter. Elle ne ménage pas Geneviève.

– Vous n'avez jamais su vous y prendre, avec lui ! Il ne fallait pas le laisser là-bas, dans la montagne ! Moi, je l'aurais forcé à rentrer à la maison ! Il serait toujours vivant !

Geneviève relève la tête et, les yeux gonflés, le menton fier, elle lâche, sur un ton glacial :

– Ça, je ne vous le pardonnerai jamais. Jamais !

Tandis que la mère d'Alexandre s'en va, éplorée et outrée, Marie-Thérèse sort de son état semi-comateux. Et une seule phrase fuse de sa bouche, à l'intention de sa mère :

– Je vous déteste !

*
* *

Todobrini descend de voiture. Près de lui, la petite fille, terrifiée, porte des marques de coups. À droite et à gauche de la route, des champs de canne à sucre. À perte de vue. Comme des murs, les plantes dissimulent tout, à cause de leur hauteur. L'homme ouvre alors la portière côté passager, et tire Sunsia vers l'extérieur. La petite se recroqueville, se débat, lance des coups de pied : rien n'y fait. Todobrini est le plus fort. Il soulève la fillette, lui tenant les poignets d'une main et les chevilles de l'autre, et la transporte comme un sac de riz. Au bout d'un petit chemin creusé d'ornières, apparaît le bâtiment abandonné d'une ancienne raffinerie. Les murs lépreux, les vignes qui montent à l'assaut de la toiture, les mécanismes démontés et rouillés : tout prouve que plus personne ne vient là. La nuit tombe. Alors qu'ils traversent la cour, un éclair de chaleur vient illuminer l'endroit, qui prend un relief dantesque, digne d'un film muet. Les herbes poussent entre les pavés, les portes sont dégondées. Todobrini se dirige vers un recoin, dissimulé par une grande roue crantée, posée à même le sol. Derrière, un cagibi. Il ouvre, pousse Sunsia terrorisée dans cet antre noir. Elle le regarde d'un air de défi, ce qui l'irrite.

– Baisse les yeux !

Et il claque la porte, avant de repousser la roue de fer devant la porte du cagibi.

Il reprend sa voiture et, au petit matin, entre chez Joséphine. Celle-ci est folle d'inquiétude. Dans les premiers rayons du soleil, elle brûle des herbes, invoque ses dieux, plus puissants que la police. Elle prie Madame Desbassayns, la femme satanique, impitoyable, dont l'ombre cruelle hante les flancs du Piton de la Fournaise. Elle jette des feuilles devant la grand-mère Khal, dont les cris présagent le malheur, les nuits noires ; elle en appelle aux servants ailés de sainte Rita, de saint Roch et de saint Côme ; elle disperse une fumée avec un éventail pour honorer

Mariamen et Katteri, déesses du vent et du flegme. Puis elle termine en apportant une offrande à saint Expédit, ce martyr romain rayé de la liste officielle des saints par le Vatican. Celui-ci aime la couleur rouge, et Joséphine lui verse le sang d'un coq de combat égorgé...

Quand elle en a fini, Todobrini s'avance. Assez de simagrées ! Il la regarde d'un air mauvais, et ouvre sa main. Le collier de perles de la petite Sunsia y repose. Il menace.

– Si vous voulez revoir la petite fille qui va avec ce collier, il va falloir me raconter tout ce que vous savez. Tout. Sans rien oublier.

– Tu es le diable !

– Son porte-flingue, peut-être. Et encore, je dis ça pour vous faire plaisir !

D'un geste, il désigne un fauteuil en rotin.

– Installez-vous, je vous en prie. J'ai hâte de vous entendre.

– Libère Sunsia. Sinon, la police...

– Si la police devait être prévenue, ma chère Jo, vous permettez que je vous appelle Jo, n'est-ce pas ? Si elle devait être prévenue, elle le serait depuis longtemps... Je me trompe, Jo ?

Il attend. Il attend... Joséphine est folle d'inquiétude, mais elle sait que, tant qu'elle n'aura pas parlé, Sunsia a une chance de rester vivante... Todobrini, finalement, se lève. Il sort son Glock et, négligemment, renverse les coupelles d'offrandes à saint Expédit. Puis il se retourne et...

Une porte de voiture claque. En une seconde, Todobrini a plongé dans un réduit, à côté de la cuisine.

– N'oubliez pas, ma chère Jo, que je ne suis pas loin. Un mot de travers et...

Puis il tire le rideau qui masque l'entrée du réduit. Il va patienter là, dans les sacs de riz et les jarres de clairin.

*
* *

Geneviève, les yeux rouges, sort de la maison. Elle ne peut rester une seconde de plus. La mort de son fils, l'attitude d'Hortense, Julia à l'hôpital, tout ce malheur... Il faut qu'elle parte. Elle a déjà éprouvé cette sensation, ce besoin de mettre de la distance, de fuir : c'est précisément cette impulsion qui l'a décidée, il y a plus de deux ans, à s'installer à Paris. Sauf que, cette fois-ci, pas question de partir au bout du monde. Non : elle va simplement s'installer à l'hôtel Fournier. Tandis que Guillaume met sa valise dans le coffre, elle jette un dernier regard vers La Roseraie. Là, elle aperçoit Hortense, les bras croisés sur la poitrine, hautaine, toujours murée dans une douleur froide. À coté d'elle, Marie-Thérèse agite une petite main faible, pour dire au revoir.

Puis cette dernière s'enfonce dans la pénombre du salon, remonte dans sa chambre où, comme une petite fille, elle s'assied sur le sol, les jambes croisées. Là, elle commence à fouiller dans un carton de souvenirs : chapeaux de paille, lettres, vieilles photos jaunies... Son regard s'arrête sur une marguerite, artistiquement découpée dans un cliché. Au centre de la marguerite de papier, un garçon qui ressemble à Alexandre... Marie-Thérèse, émue, contemple cette photo et, machinalement, se met à jouer avec sa boule de verre, souvenir d'Antibes...

À l'hôtel Fournier, le personnel est prévenu. On a les plus grandes prévenances pour les Bertin : un groom vient prendre la valise des mains de Guillaume, un autre conduit Geneviève à sa chambre. Celle-ci a le charme des palaces d'antan : bien qu'elle ait besoin d'être refaite, il y règne une atmosphère cosmopolite, une sorte d'invitation au voyage... Guillaume, dans l'encadrement de la porte, demande :

– Tu es sûre que tu ne veux pas... ?

– Non. J'ai besoin d'être seule.

– Je reste avec toi, Geneviève.

– Non. Retourne près d'elle, Guillaume... Elle aussi, elle souffre.

Elle s'assied sur le lit, sentant le poids du monde lui tomber sur les épaules. Perdre un enfant est la pire chose, la pire... Geneviève est sourde, aveugle, traversée de douleur. Guillaume, délicatement, s'en va et ferme la porte derrière lui.

Restée seule, Geneviève regarde ses mains. Elles ne lui servent plus à rien puisque son fils est mort et qu'elle n'a pas réussi à le faire vivre. Elle voudrait mourir, pour le rejoindre... Mais la pensée que Julia ait encore besoin d'elle la maintient à flot. Ces mains-là, se dit-elle, se poseront encore sur le front de son deuxième enfant et, qui sait, plus tard, sur le front d'un petit-fils ou d'une petite-fille...

On frappe à la porte. Elle ne répond pas. On frappe plus fort. Alors elle se décide à ouvrir. Guillaume entre, déterminé.

– Je suis aussi coupable que toi. Moi non plus, je n'ai rien vu venir... Moi non plus, je n'ai rien entendu.

Elle regarde cet homme abattu, qui a les paumes tournées vers elle. Elle est loin, très loin... Brusquement, elle se précipite dans ses bras. Ils partageront cette douleur-là. Pour l'affronter, ils seront deux.

*
* *

L'autopsie est terminée. Desrivières, la bouche mauvaise, regarde le légiste. Celui-ci, dans sa blouse maculée de sang, se lave les mains, un cigarillo mal allumé aux lèvres. Le commissaire demande :

– Un suicide... Vous êtes sûr ?

– Pour moi, ça ne fait pas l'ombre d'un doute.

Le légiste s'essuie les mains, rectifie les quatre cheveux qu'il porte longs sur son crâne dégarni, rallume son cigarillo. Il ajoute, en ouvrant un petit placard pour prendre un verre :

– Vu son état, il a dû boire comme un trou. Il est mort par noyade.

– Mais il avait de l'alcool, là-haut, dans la montagne ?

– Je ne sais pas... Tiens, vous en voulez une goutte ?

– Non, merci.

– Dommage : c'est un cocktail maison, à base de jus de canne, d'alcool désoxyribonucléique et de badiane en précipité. On fait ça dans le labo.

– Non, sans façon, vraiment, doc. Il n'y avait pas de traces de coups sur le corps ?

Le légiste, un peu surpris par l'insistance de Desrivières, explique que le cadavre ayant séjourné plusieurs heures dans l'eau, la présence d'indices n'était pas garantie. Et il ajoute, après une rasade :

– Commissaire... Vous n'avez pas l'air convaincu ?

– Un suicide, c'est ce qu'il y a de plus dur, pour l'entourage. Ils vont passer leur vie à se demander pourquoi il a fait ça... Il y aura plein de réponses. Mais jamais la bonne.

Quelque chose, dans la mort d'Alexandre, ne sonne pas juste... Non, il n'est pas convaincu, le commissaire. Et non, dût-il en mourir, jamais il ne boira la saloperie du légiste...

*
* *

Thomas suit du regard Julia. À peine sortie de l'hôpital, celle-ci, encore groggy, a demandé qu'on la conduise à Salazie, dans la montagne. Là, elle a marché, seule, dans la brume des crêtes. Au bout d'un petit chemin qui domine la vallée moutonneuse, elle a retrouvé un petit oratoire dédié à saint Expédit dont la figure est tournée vers l'ouest, vers l'Afrique lointaine. Thomas, en retrait, voit Julia s'asseoir sur une pierre et contempler le paysage. Le temps passe. Des nuages défilent. Le soleil décroît... Quand Julia revient enfin vers Thomas, elle se penche vers lui et lui tend la main. Le moment est doux : il ne refuse pas cette étreinte.

– Il ne s'est pas suicidé, affirme-t-elle soudain.

– Julia !

– Il ne s'est pas suicidé. Je l'ai vu la veille. S'il avait choisi de mourir, je l'aurais senti. J'ai toujours senti quand il était en danger...

Dans ses yeux, Thomas lit une flamme nouvelle, une flamme presque effrayante. Ils restent là, deux enfants loin des tumultes du monde, face à la nuit qui envahit, petit à petit, les creux de forêt, dans la montagne. Finalement, eux aussi sont dans l'obscurité, et seule la lune reste suspendue, comme un lampion, au-dessus de leurs têtes.

– Dis-moi que je suis vivante, mon amour.

Thomas l'embrasse et, avec une tendresse, une douceur sans limites, il la déshabille. Quand il la couche sur la mousse derrière le rocher, il murmure :

– Je t'aime... Je t'aime, Julia, plus que tout.

Deux corps nus, abandonnés l'un à l'autre, s'étreignent sous un ciel moucheté d'argent.

*
* *

Titou et Ragus fouillent les poubelles. Ragus demande :

– Mais qu'est-ce qu'on cherche, au juste ?

Il regarde le hameau, perdu au milieu de la montagne, et cette vue ne lui inspire rien. Pourquoi être revenus sur les lieux de la mort d'Alexandre ? La police aurait-elle raté quelque chose, dans son ratissage ? Titou intervient :

– Écoute, le commissaire nous a demandé de vider les poubelles, c'est ce qu'on fait. Pas très marrant, mais utile...

Ils s'exécutent donc. Bouteilles d'eau minérale, boîtes de conserve, emballage de sucre... Que des produits de base. Quand ils retrouvent le commissaire sur la place du village, l'inventaire est succinct. Titou fait son rapport :

– Pas une bouteille d'alcool. Nulle part.

Ragus enchaîne.

– Le ramassage des ordures se fait ici une fois par mois. Le prochain a lieu dans une semaine.

Desrivières note ces informations dans son calepin, qui a l'air bien corné maintenant. Il résume :

– Si Alexandre Bertin s'est saoulé, comme l'indique son taux d'alcoolémie, je me demande bien avec quoi... On n'a retrouvé que des bouteilles d'eau.

– Il les a peut-être jetées dans la forêt, commissaire...

– Oui, Titou. Et peut-être que les héros des zistwar fénoir, les lutins des légendes locales, les ont emportées ? Hein, Titou ?

Mais Ragus tient à poursuivre la logique. Il récapitule : saoul, noyé... la succession d'événements est crédible. D'ailleurs, avec trois cadavres sur les bras, Alexandre Bertin devait avoir la conscience qui le démangeait ! Il s'est suicidé, pas de doute. Desrivières, lui, continue à fouiner.

Tandis qu'ils marchent, tous trois, dans la rue principale, le commissaire regarde ces cases créoles surgies du siècle dernier, ces toits en tôle ondulée, ces portes peintes. Fabriquées en paille de vétiver, en bois de natte, dotées d'un soubassement en pierres de basalte, les ti-cases sont œuvres d'artisans inspirés. Des roses sauvages, des arums, des mimosas décorent les façades. Sous un manguier, un peu plus loin, Desrivières repère le vieux Chinois ridé qu'il avait remarqué lors de sa première visite. Il s'approche et lit, sur la boîte aux lettres en fer découpé : « M. Yang ».

– Bonjour. Je voudrais vous parler, monsieur Yang.

Ragus et Titou se tiennent en retrait. Le Chinois, lui, reste impassible et silencieux, fumant une longue pipe en maïs.

– Monsieur Yang, vous avez vu ce qui s'est passé, et vous savez qu'Alexandre Bertin est mort à la cascade.

– …

– Pendant son séjour ici, a-t-il reçu des visites ?

– Oui.

– Qui ?

– Deux femmes. Celles qui étaient là quand on l'a retrouvé.

– Personne d'autre, monsieur Yang ?

Le Chinois tire une longue bouffée de sa pipe et, renversant la tête, il glisse, d'un ton feutré :

– Un homme. Il est venu une fois, peut-être deux.

– Ah ! Et il était comment ?

– Un jeune, de son âge. Ils avaient l'air copains.

Voilà une vraie zistwar fénoir, une histoire de « fait noir » : plus on creuse, plus on trouve des choses obscures. Désormais, Thomas Souheil est en ligne de mire. Une fois de plus, l'enquête vient de basculer. Desrivières est intéressé. Titou a du mal à suivre les méandres de l'affaire. Ragus, lui, n'en perd pas une miette. Thomas Souheil ? Il y a quelqu'un qui appréciera la nouvelle à sa juste valeur, se dit-il. L'argent sert aussi à ça : acheter des informations. Savoir, c'est avoir le pouvoir.

– 19 –

Nerveuse, Cristina écoute Richard. Celui-ci a posé son casque sur un fauteuil, et détaille, listing en main, la série d'opérations en cours chez Batibo. La charpente de la maison Grangé, qui sera rénovée à partir de lundi, le chantier de l'école maternelle, qui consiste à créer une cantine plus moderne, la gare routière près du jardin de l'État, les bordures de la route de la Corniche... Le travail ne manque pas. Cristina, de temps en temps, hoche la tête, mais elle semble totalement ailleurs. Quand, enfin, elle reprend contact avec la réalité, elle lève la main, interrompt Richard et appuie sur la touche bis de son téléphone de bureau. Immédiatement, une voix neutre se fait entendre : « Vous êtes bien sur le portable de Thomas Souheil. Je ne suis pas joignable pour l'instant... » Elle raccroche et agacée, bougonne :

– J'espère qu'il ne va pas m'obliger à aller le chercher chez les Bertin !

Richard interrompt sa litanie. Il regarde sa patronne, son regard glisse sur ses belles jambes. Il tente de rassurer Cristina.

– Pourquoi serait-il chez les Bertin ?

– Tu sais pourquoi.

– C'est ta fille qui devrait s'inquiéter, pas toi.

– Épargne-moi tes commentaires, c'est déjà assez pénible comme ça...

Visiblement, Cristina n'est pas d'humeur à bavarder. Le ton est sec. Richard a compris : il ramasse ses affaires et s'en va. À peine est-il dehors que Cristina téléphone à sa fille.

Quand Jasmine décroche, elle précise immédiatement :

– Maman, je suis chez le médecin.

– Et quels sont les résultats ?

Les résultats ne sont guère satisfaisants. Il faudra faire d'autres analyses – il faut toujours faire d'autres analyses – mais, sous réserve de l'opinion croisée d'un confrère, le médecin est pessimiste. Cristina s'impatiente.

– Pessimiste ? Ça veut dire quoi ?

– Ça veut dire que je suis sans doute stérile, maman.

Quand elle raccroche, Cristina est pensive. Voilà qui change tout. Pas d'héritier ? La famille Mahé arriverait ainsi au terme de son existence. Peut-être qu'un traitement adapté... Elle ébauche déjà des plans, tente de trouver des parades à ce mauvais coup du sort. Elle a l'impression de jongler avec plusieurs balles à la fois. Quand le téléphone sonne, elle en est à chercher, dans l'annuaire parisien, un spécialiste de la fertilité. Elle répond d'un ton rogue :

– Oui ? Qui est à l'appareil ?

– Ragus.

Tout à coup radoucie, elle se montre attentive : Ragus a toujours de bonnes informations à vendre.

– J'ai du nouveau, madame Mahé. Bon pour vous, précise-t-il.

– Nos accords tiennent toujours. Je n'ai pas oublié. Dites.

– Le principal suspect dans la mort d'Alexandre Bertin, c'est... Vous n'allez pas le croire !

– Dites toujours. Je suis prête à croire pas mal de choses, depuis quelques jours.

– C'est Thomas Souheil !

*
* *

Dans l'hôtel Fournier, l'entrevue est pénible, mais nécessaire. Geneviève, assise dans l'un des fauteuils de la terrasse, est submergée de chagrin. Desrivières, marqué par la fatigue, l'interroge avec un maximum de douceur.

– Voyez-vous, madame Bertin, je voudrais comprendre comment il en est arrivé là. Les circonstances de sa mort, ça fait partie de mon enquête...

Elle ne touche pas à sa tasse de café. Penchée en avant, presque prostrée, Geneviève est certaine d'une chose.

– Mon fils n'est pas un assassin. Je suis certaine, aussi, qu'il ne s'est pas suicidé. Je l'ai vu quelques heures avant... Il n'avait pas envie de mourir. Je l'aurais senti.

– De quoi se plaignait-il ?

– De ne pas avoir de bière, d'être obligé de ne boire que de l'eau.

Les larmes lui montent aux yeux. Alexandre n'avait pas de bière... Quelle ironie ! Elle se souvient de ce détail ridicule alors que, déjà, certains souvenirs importants lui échappent : la couleur de sa marinière quand il avait deux ans... L'entrée au catéchisme du curé Bartembot...

Préférait-il aller au manège ou au tir aux pigeons, lors de la fête de Saint-Denis, en octobre ? Desrivières la sort de son égarement.

– Je ne vous promets pas de vous donner une réponse absolue, une vérité inattaquable, mais j'espère vous fournir une explication... Et, pour ça, il faut m'aider.

Geneviève le regarde avec reconnaissance, à travers son rideau de larmes.

– Que dois-je faire, commissaire ?

– Répondre à mes questions, madame. Qui d'autre savait où il se cachait ?

– Thomas Souheil. C'est lui qui nous a emmenées le voir.

*
* *

Marie-Thérèse crie, tempête, tape du pied. Une violence inattendue émerge d'elle. Depuis sa naissance, elle est sous la coupe de sa mère, elle n'en peut plus. C'est trop lourd. Elle a explosé. Julia, qui entend les éclats de voix, demande à Régine :

– Que se passe-t-il ?

– C'est Mademoiselle Marie-Thérèse...

Julia monte en courant. Quand elle arrive, sa tante est là, dressée comme une furie, les yeux brillants. Est-elle en proie à une nouvelle crise ? Hortense, devant elle, est blême de colère. Marie-Thérèse hurle.

– De quoi avez-vous peur, maman ? Que je parle, hein ? C'est ça ?

– Je te l'interdis ! Si tu oses...

Hortense, fébrilement, ramasse les vieilles lettres et les photos, les remet en vrac dans le carton. Puis elle se redresse et donne un ordre :

– Range-moi tout ça !

Mais quand sa mère se saisit de la boule de verre, Marie-Thérèse bondit.

– N'y touchez pas ! C'est à moi ! C'est à moi !

Julia sent que le moment est propice pour intervenir et calmer tout le monde.

– Qu'est-ce qui se passe ? Qu'est-ce qui vous prend ?

Son apparition galvanise Marie-Thérèse, qui se dresse sur la pointe des pieds, agite les bras et lance, avec une virulence insoupçonnée, une question à sa mère.

– Dites-lui ! Dites-lui pourquoi son frère est mort !

Julia n'a pas le temps de réagir. Visiblement, le coup a assommé Hortense qui, pâle comme la mort, vacille. Elle porte la main à son cœur, s'assied sur le lit. Manifestement, elle a un malaise. À son âge, c'est un signal d'alarme. Julia crie :

– Régine ! Appelle le docteur Dumora ! Vite !

Mais Hortense fait un timide geste de dénégation. Elle halète, n'arrive pas à reprendre son souffle. Faiblement, elle supplie :

– Pas le médecin : Joséphine. Emmène-moi chez Joséphine.

Quand elle claque la portière de sa voiture devant la maison de Joséphine, Julia se précipite pour soutenir sa grand-mère. Celle-ci a du mal à enlever sa ceinture de sécurité, luttant avec le clapet de fermeture. Julia fait le tour du véhicule, aide Hortense et lui tend la main pour qu'elle se mette debout. D'un bref coup d'œil, elle jauge la maison : nul doute que, derrière les rideaux, Joséphine observe ce qui se passe... Mais pourquoi ne sort-elle pas sur le perron ? Julia offre son bras à Hortense qui marche péniblement. Quand elles passent entre les rangées de plantes, les deux femmes frôlent la fleur du datura, et Julia admire les autres pousses : ce jardin, c'est un curieux mélange d'ordre et de chaos.

– Attends-moi là, murmure Hortense.

Déjà, la vieille femme frappe à la porte. Quand Joséphine ouvre, elle n'a pas un regard pour Julia qui reste à l'extérieur.

– Entrez, madame Hortense.

Lentement, la grand-mère Bertin franchit l'entrée, et va s'asseoir dans un fauteuil. Joséphine s'attelle immédiatement à la confection d'une « tisane », terme consacré pour ses décoctions plus ou moins magiques. C'est un monde auquel le commun des mortels n'a pas accès, sauf, parfois, en écoutant la radio locale, Radio Free Dom, qui loue les services de tel ou tel sorcier. Joséphine semble marmonner quelque chose en touillant sa tisane : « C'est le 3... Il faut chercher le 3... » En effet, le chiffre 3, dans les croyances populaires, est synonyme de rétablissement, et le 7 est censé empêcher les affections. Hortense remarque que Joséphine a l'air énervé, sur le qui-vive. Elle regarde fréquemment un rideau, celui qui sépare la cuisine d'un réduit à provisions. Quand elle a fini sa préparation, elle en tend une tasse à sa visiteuse, sans un mot. Celle-ci, lasse, laisse tomber :

– Je n'ai plus le courage de continuer comme ça, Joséphine. Promets-moi de prendre soin de Marie-Thérèse.

Joséphine jette un coup d'œil sur le rideau.

– Il ne faut pas parler comme ça, madame Hortense. Ils ont besoin de vous, pas de moi.

– Je n'en peux plus. Ils vont finir par savoir, et ils ne me pardonneront pas.

Le silence retombe. Hortense boit. Julia, dehors, attend en admirant les oiseaux. Joséphine reprend :

– Ils comprendront, j'en suis sûre.

– Non. Je me suis trompée. Je croyais bien faire, mais je me suis trompée.

– Vous avez bien fait, nous le savons toutes les deux. Buvez, et ne parlez plus. Les herbes vont vous calmer.

Le silence s'installe. Dans la cuisine, on entend le tic-tac d'une horloge. Hortense ne remarque pas l'absence de Sunsia. Quand, quelques minutes plus tard, elle sort, Julia lui demande :

– Tu te sens mieux ?

– Joséphine m'a toujours fait du bien.

– C'est chez elle que tu emmènes Marie-Thérèse, quand elle va mal ?

– Garde ça pour toi. Tu imagines les langues, si on savait que les Bertin se font soigner par une tisanière ?

En son for intérieur, Julia sait bien que les tisanes ne règlent pas les problèmes. Que les secrets du passé ne s'effacent pas avec une décoction d'herbes.

Quand la voiture s'en va, Todobrini sort de sa cachette. Il a un mauvais rire. Il prend la casserole de tisane, restée sur le feu, et la vide par la fenêtre :

– Vous vous croyez très forte, avec vos mascarades ?

– Ce sont les rites.

– Les rites, ah ! Ils ont bon dos ! Va falloir se mettre à table, ma petite Jo, hein ?

Le ton est menaçant, le regard dur. Mais il y a des forces qui sont impossibles à surmonter. Le destin est plus puissant que tous les Todobrini du monde.

*
* *

Dans le salon, Cristina fait les cent pas. Elle attend. Or elle n'aime pas attendre... Son impatience naturelle ne lui rend pas service. Parfois elle prend un magazine, qu'elle jette aussitôt. Elle allume une cigarette, l'écrase, tire sur le col de son chemisier safran, pianote sur les meubles. Jasmine, dans un coin, fait semblant de lire le dernier Modiano. Les deux femmes attendent Thomas qui, du statut de fiancé et héritier présumé, est passé à l'état de suspect et de traître à la famille.

Quand elle entend la voiture de Thomas, Cristina se précipite à la fenêtre.

– Il a intérêt à avoir des explications, et des bonnes !

Jasmine, posant son livre, hausse les épaules.

– Ça va, maman...

Curieusement, elle est plus calme que sa mère. Quand Thomas apparaît dans l'encadrement de la porte, Cristina n'y tient plus. D'un ton acerbe, fielleux, elle lance :

– Tu aurais pu au moins revenir avec des fleurs ! Ça aide, dans ces cas-là...

– Il faut qu'on se parle, Jasmine.

Nullement impressionné par les remontrances de sa future belle-mère, Thomas s'approche de sa fiancée. Jasmine pose son livre et le suit. Cristina, ignorée, est au bord de l'explosion.

Dans l'intimité de leur chambre, le silence est lourd. Thomas s'approche de la fenêtre et s'assied sur le rebord. Jasmine, l'air grave, préfère le lit. Tous deux savent que le moment est essentiel, crucial. Que leurs vies dépendent de cet instant. Curieusement, entre eux, on ressent une sorte d'apaisement... Maintenant, les dés sont jetés. Thomas confesse :

– Je me suis trompé, Jasmine. Je croyais que j'étais amoureux. Je savais ce que ça voulait dire, je connaissais les mots, mais je viens seulement d'en comprendre le sens. L'amour, c'est autre chose.

Jasmine reste muette. Il continue.

– Je ne veux pas te faire de mal, et j'aurais préféré que ça se passe autrement, mais je n'y peux rien. Il y a des choses qu'on ne maîtrise pas forcément. Vraiment, je n'y peux rien.

Soudain, la réplique fuse, grondant d'une colère rentrée.

– Je crois que les hommes disent, d'habitude : « C'est pas ma faute. » Ce n'est jamais leur faute.

D'où vient cette ironie méchante, mordante ? Jasmine n'est pas fabriquée ainsi. Voilà un côté d'elle qu'il ne connaissait pas. Peut-être est-ce passager... Inutile de discuter, en tout cas. Thomas ouvre son placard, commence à jeter ses vêtements dans un sac. Jasmine se lève, s'appuie contre la porte de la chambre comme pour lui barrer le passage.

– C'est la mort d'un meurtrier qui t'a ouvert le cœur ? lance-t-elle.

Et elle se met à pleurer. Au fond, c'est mieux ainsi. Il préfère cette réaction d'émotion à ces coups de pic à glace, manifestations acerbes d'une dureté insoupçonnée. Son sac rempli, il se dirige vers la porte. Jasmine est toujours là, comme une gardienne. Gardienne de quoi ? Il ne reste rien... Elle tente pourtant une dernière approche.

– On se marie dans un mois, Thomas. Reste. Tu ne vas pas tout briser maintenant !

– Il y a longtemps que tout est brisé, Jasmine. Toi et moi, c'était un mensonge. Depuis le début.

– Qu'est-ce qu'elle a de mieux que moi, Julia ?

Le mot est lâché. Julia. Désormais, la plaie est ouverte. Dans cette guerre des cœurs, il faut choisir son camp. Thomas a fait son choix. Il est déterminé, mais Jasmine hausse le ton.

– Réponds-moi ! Qu'est-ce qu'elle a de mieux que moi ? Tu sais qu'elle n'a pas d'argent ! Non, tu ne le sais pas ! Sinon tu n'y serais pas allé, hein ! Eh bien, elle est rincée ! Pas d'argent, pas d'avenir, rien !

– Ça ne sert à rien, Jasmine.

– Tu veux traîner avec une fauchée ? C'est ça que tu veux ? C'est pour ce bel avenir que les Mahé t'ont payé tes études ? Hein ?

La rage de Jasmine n'a plus de limites. Elle se jette sur le sac de Thomas, l'ouvre, jette ses chemises à terre, déchire les vêtements. Des chaussures volent, des chaussettes s'éparpillent. Elle hurle, de toute sa voix :

– Tu n'as pas le droit ! Tu n'as pas le droit ! J'aurais encore préféré que tu couches avec ma mère plutôt qu'avec cette salope !

La gifle est sur le point de partir. Thomas se retient. Une seconde passe, la violence retombe. Quand Jasmine ouvre la porte à la volée, sa mère est derrière, qui n'a pas perdu une miette de cet échange. Elle retient sa fille par le bras et n'a droit qu'à un méprisant :

– Pas toi !

Jasmine descend dans le jardin. Cristina, elle, regarde Thomas qui ramasse ses affaires et replie ses chemises. Elle frappe au montant de la porte. Thomas ne lui jette même pas un coup d'œil, ne voit pas l'enveloppe qu'elle tient dans la main.

– Vous frappez, maintenant ? remarque-t-il seulement.

– Moins fort que toi. Tu viens de la briser.

– Et en plus, vous écoutez aux portes.

– Lis.

Elle lui tend l'enveloppe. Il l'ouvre et découvre une lettre dont l'en-tête identifie un laboratoire connu. Puis vient une série de chiffres. Thomas ne comprend pas.

– C'est quoi ?

– Les résultats de la prise de sang de Jasmine.

– Et alors ?

– Et alors, tu vas être papa.

Parfois, un bon mensonge vaut mieux qu'une excellente vérité. Et ce mensonge-là, réellement, est excellent. Génial, même. Il n'y a qu'à voir la tête de Thomas : une tête de vaincu.

*
* *

Desrivières regarde le panneau. Dessus, il a punaisé les photos des quatre morts : Sophie Moussié, Mattéo Mahé, Kim Lomé, Alexandre Bertin. En dessous de chacune d'elles, il a noté au feutre quelques informations : date de naissance, date et lieu du décès. Il tente de trouver les lignes de force de l'affaire, de comprendre ce qui lui échappe. Le détail qui donnerait un nouvel éclairage, où est-il ? Il récapitule, autant pour lui-même que pour ses interlocuteurs :

– Thomas Souheil connaissait au moins trois des victimes. Mais pas la première, Sophie Moussié, et je ne vois d'ailleurs pas pourquoi il l'aurait tuée.

Titou, qui joue avec son porte-clés, se fait l'avocat du diable.

– D'accord, patron. Mais il savait où se cachait Alexandre. Et en plus, Mattéo Mahé l'a quasiment viré le jour de sa mort...

– OK, Titou. Mais pourquoi aurait-il tué Kim ? D'après ce qu'on sait, il était déjà réfugié là-haut, dans la montagne, quand elle a été assassinée.

– Le datura qu'on a trouvé dans sa serre, chez elle... C'est peut-être elle qui a fourni le poison.

Trop de points non résolus, trop de morceaux qui ne s'assemblent pas. Desrivières réfléchit à voix haute. Quelle est la logique de tout cela ? Voyons... Jasmine Mahé est l'ex-petite amie d'Alexandre... Thomas, depuis peu, s'est rapproché de Julia... Il faut creuser. Ragus intervient, de façon assez abrupte, en désignant la photo de Thomas.

– J'ai du mal à vous suivre, commissaire. Je ne vois pas pourquoi vous ne voulez pas admettre la culpabilité du fils Bertin.

Le crayon à la bouche, Desrivières cherche une réponse acceptable. En tant que flic, il sait qu'il ne peut dire : « Mon instinct me le dicte. » C'est pourtant exactement ce qui se passe, sauf que l'argument n'est pas recevable. Il faut du concret.

– Parce que quelque chose me tracasse, consent-il, cependant, à admettre. Des gamins perdus, comme Alexandre, j'en ai vu des tonnes. Et généralement, ils ne se suicident pas. Au contraire : ils s'accrochent pour survivre.

– Vous fonctionnez à l'instinct ? ironise Ragus. Moi, je m'en méfie. Surtout depuis que je suis dans la police. Avant je ne dis pas, mais...

Autrefois, Ragus a été bookmaker. Devant le musée de la Fraternité, sur le boulevard de la Providence à Saint-Denis, il avait son coin. C'est là que les gens le contactaient, sur le trottoir. Le business, hélas, a périclité et les combats de coqs se sont raréfiés. Ragus est alors devenu informateur puis, après quelques revers de fortune, il s'est décidé à passer l'examen. À la surprise de tous, et sans doute de la sienne, il a été reçu. Depuis il manifeste une certaine ambition, dont Desrivières n'est pas dupe : Ragus voudrait bien sa place. Le commissaire reprend.

– Je fonctionne au passé. La clé du présent, c'est le passé. Mais tu as raison, Ragus, le mien m'a forgé un instinct très sûr, du moins pour deux ou trois trucs...

– On verra, patron.

– On verra. En attendant, je voudrais bien voir Thomas Souheil.

– On le convoque, ou on va le chercher ?

– Rien de tout ça. Je vais me contenter de l'observer. Et, vous, Titou et toi, vous allez éplucher l'histoire des deux familles, hein ? Du boulot soigné.

*
* *

Distraitement, Julia regarde la télévision. Elle a bien d'autres choses en tête que de savoir ce qui se passe dans la métropole, et ailleurs dans le monde, du reste. Elle sort de sa torpeur quand Christophe Fournier présente les informations locales. Julia l'entend dire : « ... L'histoire se répète, donc. Quarante ans plus tard, les deux familles pleurent à nouveau leurs chers disparus. Gardons-nous, cependant, comme autrefois, de chercher à qui le crime profite. La police ne néglige aucune piste... » Le passé : quel passé ? Il est temps, décidément, d'en savoir davantage. Julia sort, prend sa voiture, la mine grave, et se rend à l'hôtel Fournier...

Geneviève, le visage chiffonné par les larmes, est roulée en boule sur son lit. Guillaume, debout, la regarde avec émotion. Quand on frappe à la porte, c'est lui qui va ouvrir. Julia l'embrasse puis s'assied sur le lit, près de sa mère.

– Maman, c'est quoi, le secret de la famille ?

– Julia... Pas maintenant...

– J'ai besoin de savoir, maman.

– Tu crois que tu es la seule ?

Guillaume vient de poser la main sur son épaule. Le contact est chaud, rassurant. Dans cette main, il passe un courant d'amour paternel. Quelque chose comme un flux de vie... Geneviève sanglote doucement. Quand son père prend celle-ci dans ses bras, doucement, Julia est touchée : jamais elle n'a vu ses parents aussi proches, aussi soudés.

– Papa, maman, il faut qu'on se parle. On ne s'en sortira pas autrement !

Guillaume, à voix basse, répond.

– Il n'y a rien à dire, Julia.

– À la télé, on prétend que l'histoire se répète entre les Mahé et nous. Quelle histoire ? Qu'est-ce qu'on cache ?

– De quoi parles-tu ?

– De la mort de ton père, papa. Le grand-père que je n'ai jamais connu ! On a l'air de dire qu'il s'agit d'un crime... Tu ne t'es jamais posé de questions ? Pourquoi on ne parle jamais de rien, avec toi ?

Guillaume regarde sa femme éplorée et, avec infiniment de pudeur, réplique :

– Julia... Peut-être que tu choisis mal tes moments, tu sais.

Peut-être, mais pour l'instant la curiosité est plus forte que la tristesse. Pendant les heures passées à l'hôpital, Julia n'a pas arrêté de se poser des questions. Qui peut la renseigner ? Visiblement pas ses parents. Alors elle décide d'aller voir Christophe, au studio de la télévision.

Celui-ci la reçoit sur le plateau. Encore maquillé, les yeux charbonneux et le teint poudré, il retire son oreillette et désigne un coin avec deux banquettes, près de la machine à café. Des techniciens vont et viennent, des invités cherchent leur chemin, des câbles traversent tous les décors. On a l'impression d'un désordre sans âme. Julia lance :

– Tu as dit, aux infos, « gardons-nous de chercher à qui profite le crime », Christophe. Je n'ai pas entendu la fin de la phrase.

– Écoute, je ne sais pas grand-chose.

– Allez, Christophe, dis-moi tout.

Il introduit une pièce dans la machine, se verse un café qui sent le tabac froid et, un peu ennuyé, se rassied. Il est des moments de gêne où les secrets sont mieux dans l'ombre.

– Écoute, j'ai un peu cherché dans les archives. En gros, il y a quarante ans, il s'est passé des trucs troublants : le fils Mahé a disparu en même temps que ton grand-père. Ta grand-mère a été inquiétée...

– Et ce qui n'est pas dans les archives ?

– Ce qui n'est pas dans les archives se trouve dans les souvenirs de ta grand-mère, Julia.

À vrai dire, Julia s'en doutait. Elle doit sauter le pas, faire parler Hortense. Mission impossible ? Presque. Il faudrait trouver la faille...

– 20 –

Desrivières a l'impression de se retrouver devant le conseil de discipline, comme au temps du collège, chez les jésuites. Tous ces personnages assis, en rang d'oignons, les mains sur les genoux, qui attendent sa déclaration... L'ambiance de la maison Mahé se prête à cette confusion : il y a une telle lourdeur, une telle moiteur ici... Comment peut-on respirer dans ce climat familial, où les secrets, les non-dits, les sous-entendus sont légion ? À chacun son ambition, à chacun sa ligne d'horizon : il n'y a que des égoïsmes.

Thomas, Cristina, Jasmine : l'affaire se dénouera entre ces trois-là, se dit Desrivières. Pour l'instant, il est mal à l'aise. Car, pour faire plus « solennel », il a mis une cravate pêchée dans un tiroir du bureau. Le commissaire est bien décidé à faire la lumière, toute la lumière. Il commence en s'adressant à Thomas.

– Ce n'est pas une question, monsieur Souheil. C'est un fait : vous saviez où se cachait Alexandre Bertin. Vous êtes allé le voir.

Cristina, stupéfaite, fait la grimace. Thomas est décidément un traître ! Pendant que les Mahé tentaient de consolider leur position en profitant de l'affaire Moussié qui affaiblissait les Bertin, il était dans l'autre camp ! Thomas, lui, accuse le coup.

– C'est exact. J'y suis allé une fois, pour le ravitailler. C'est Kim, son amie, qui me l'a demandé.

Le commissaire se tourne vers les deux femmes qui se taisent, puis reprend :

– Monsieur Souheil, vous la connaissiez, cette Kim Lomé ?

– Je ne l'ai vue qu'une fois. Cette fois-là.

– Donc, si je comprends bien, vous avez vu Alexandre, vous avez vu mademoiselle Lomé, et vous n'en avez rien dit à personne.

– J'aurais dû. Mais Alexandre était mon ami. Je ne pouvais pas le laisser tomber.

– Et le jour de sa mort, vous étiez... ?

Un silence s'installe. Bien sûr, Thomas aurait dû prévenir, oui, il aurait dû dénoncer... Mais on ne trahit pas facilement un ami. Desrivières n'approuve pas, mais comprend. Cela dit, où se trouvait-il le jour de sa mort ? Le temps qu'il pose la question une nouvelle fois, Cristina prend les devants.

– Thomas était avec nous comme tous les soirs, commissaire.

– Certainement pas le soir de la mort de votre père, madame, sauf votre respect. D'après mes notes, monsieur Souheil est parti du commissariat à 22 h 30, puis est revenu chercher Julia Bertin une heure plus tard. On peut savoir où vous êtes allé, monsieur Souheil ?

Entre les femmes Mahé, désormais, la connivence est totale. Le mensonge de la grossesse de Jasmine les a soudées. Elles n'ont même plus besoin de se consulter. La mère et la fille avancent sur la même ligne, prêtes à falsifier la vérité au nom de leurs intérêts. Jasmine explique :

– Thomas est venu me prévenir qu'il restait avec Julia Bertin pour l'aider à supporter la garde à vue de son père. Vous comprenez ?

– Je commence, mademoiselle... Je commence.

Desrivières referme son petit calepin, redresse sa cravate et met fin à l'entretien. A-t-il assez de renseignements ? Qui sait ? Ce policier a une façon de penser qui en déroute plus d'un. Cristina l'accompagne vers la sortie, tout en jetant un regard noir à Thomas. À peine sont-ils dehors que Jasmine se tourne vers Thomas. Elle parle avec autorité.

– Je sais que tu as vu mon grand-père le soir de sa mort. Je t'ai entendu en parler avec maman.

– Alors pourquoi as-tu dit que j'étais avec toi ?

– Parce que tu es le père de mon enfant ; c'est aussi pour ça que je te pardonne d'avoir aidé Alexandre.

Échec et mat : où qu'il se tourne, Thomas s'aperçoit que les chemins sont bouchés. Il n'y a plus d'issue pour lui. Il va falloir capituler. Il est sur le point de se rendre, de devenir un Mahé. Il lui reste une dernière chose à faire : voir Julia.

*
* *

– Commissaire, venez voir. Vous aviez raison.

Depuis le début de la journée, sur les instructions de Desrivières, Titou compulse les vieux dossiers, ouvre d'antiques chemises, lit des comptes rendus paléolithiques. Il mange de la poussière, respire une odeur de moisi, fouille dans un passé plus vieux que lui. Il n'aime pas. Mais le résultat de ces recherches peut se révéler très instructif.

– Écoutez, commissaire. C'est une déposition qui a été actée le 15 janvier 1960. Je lis : « Les Mahé ont signalé la disparition de leur fils Alberto Mahé, vu pour la dernière fois alors qu'il franchissait le portail de la maison Bertin. Le procès-verbal suit, signé par monsieur et madame Mahé, Mattéo. » Pas mal, non ? C'est ce que vous cherchiez, patron ?

– Oui. De ce genre-là. Je t'informe que, trois jours plus tard, Hortense Bertin signale à son tour la disparition de son mari, le 18 janvier 1960.

Titou est aux anges. Il fouille dans le carton, devant lui, et en extirpe une autre liasse.

– Voilà. Je résume : le lendemain de l'annonce officielle de la disparition d'Octave Bertin, les Mahé portent plainte contre les Bertin. Ils accusent formellement Hortense Bertin d'avoir fait disparaître le corps de leur fils, en même temps que celui de son mari. Dossier classé sans suite – accusations abandonnées –, signé par le procureur de la République, Emmanuel de Lajourdie.

– Tiens, tiens...

– Vous avez une idée, commissaire ?

– Regarde comme ça tombe bien : Lajourdie était le cousin d'Hortense Bertin.

– Suffit d'aller le voir, alors.

– Mais non, Titou. Il est mort il y a deux ans. Pour le voir, il va falloir patienter. Et c'est sans rendez-vous.

Le commissaire se frotte les mains. Enfin... enfin quelque chose de solide ! Du concret ! Décidément, cette affaire a des replis, des recoins qu'on ne soupçonnait pas. Elle est comme un oignon : on enlève une pelure, il y en a une autre dessous.

*
* *

Le visage de la vieille Joséphine est encore plus marqué que d'habitude. Tandis qu'elle prépare une nouvelle tisane, elle sent dans son dos le regard de Todobrini. Comment mettre fin à cette situation ? Elle tente le tout pour le tout.

– Rendez-moi Sunsia, je vous en prie. Je vous ai tout dit.

– Pas si vite, Jo. J'adore votre conversation. Alors comme ça, Sophie avait rendez-vous avec Cristina ?

– Je vous l'ai déjà dit !

– C'était quoi, le but ? Qu'est-ce qu'elle avait à lui vendre ?

– La vérité sur la mort de son frère.

– Il ne s'agissait pas plutôt de ce qui s'était passé à Antibes ?

Et il secoue la boule de verre. La neige part dans tous les sens. Brusquement, il éclate de rire.

– Ah ! Les Mahé, les Bertin, Antibes. Il ne me manque qu'une seule pièce pour finir le puzzle !

Mais quelle est cette pièce ? Todobrini décide d'attendre. Il va rester chez Joséphine, le temps de compléter le tableau. Il se plonge dans ses pensées. Voyons... Sophie Moussié tuée, puis Mattéo Mahé, puis

Kim Lomé, puis Alexandre Bertin : autant de chaînons reliés les uns aux autres. Malgré son habileté et son manque de scrupules, Todobrini n'est pas idiot : il sait que, tôt ou tard, on va le trouver. À ce moment-là, il faudra qu'il ait les réponses. Et il ne pourra pas les faire au Glock 19, ce qui est sa tendance naturelle. Quand il était parachutiste, le sergent lui disait : « Tirez d'abord, discutez ensuite. » C'est la méthode qu'il préfère.

– C'est la meilleure méthode, hein, Jo ?

Joséphine le regarde avec de gros yeux. Elle ne comprend pas ce qui se passe dans la tête de l'homme qui lui a ravi Sunsia.

Sunsia... Où est-elle, la petite ?

*
* *

Jasmine sort de la nuit. Elle a attendu dans l'obscurité, face à la demeure des Bertin. Elle va jouer son va-tout, sa carte ultime. Et jouir du plaisir de voir l'adversaire à terre, écrasé. Quand elle aperçoit Julia, elle se précipite sur elle. Celle-ci, surprise, s'arrête devant la grille.

– Jasmine, c'est toi ?

– Il n'a pas le courage de te l'apprendre, alors je le fais à sa place. Je suis enceinte, Julia. De Thomas.

Julia vacille. Sous le choc, elle réussit à bredouiller :

– Va-t'en, Jasmine.

– Je m'en vais. Mais prends bien soin de toi. Il paraît que tu traverses quelques difficultés...

Et Jasmine disparaît. Julia, pétrifiée, ouvre le portail et, comme un zombie, monte dans sa chambre. L'univers s'écroule autour d'elle. C'est la nuit de tous les éclatements : Thomas, seul, dort dans le canapé du bureau; Cristina, dans le lit de Richard, ne veut pas rester : elle n'est là que pour le plaisir le plus brut, celui qui n'engage que les sens, pas les sentiments. Personne n'est heureux. L'affaire Moussié a répandu son poison dans cette société tranquille, réveillé les vieux démons, brisé les alliances.

Toute la nuit, Julia marche. Elle suit les allées du jardin, passe sur la route, et se dirige vers les montagnes noires, là-bas. Une lune à moitié masquée par les nuages diffuse une lueur blafarde, mais qu'importe : Julia a envie de se fatiguer, de laisser son corps suivre une activité mécanique. Elle avance et, peu à peu, sa tête se vide. La rosée du matin la surprend non loin de la maison, assise sur une borne. Le soleil se lève, promesse d'une renaissance.

Quand elle rentre dans la maison, recrue de fatigue, Julia entrevoit sa tante, qui nourrit les oiseaux. Cette simple image atténue son chagrin, remet les choses à leur place. Manger, dormir... Julia ferme les yeux une minute, et le sommeil l'envahit. Soudain lui apparaît Alexandre, bien vivant, qui lui pose la main sur l'épaule. Mais quand elle ouvre les yeux, Julia s'aperçoit que c'est Marie-Thérèse qui vient de la toucher. Julia fond en larmes. Et, pour une fois, Marie-Thérèse, celle que tout le monde considère comme folle, lui tient le discours le plus raisonnable qui soit.

– Non, ma chérie. Non. Il faut que nous arrêtions de pleurer.

Cette femme si fragile lui donne de la force.

– Bien sûr, Marie-Thé. Tu as raison. Assez pleuré.

Marie-Thérèse prend sa nièce par la main et l'entraîne vers les cages à oiseaux.

– Écoute, écoute, Julia, écoute comme ils chantent bien.

Et, peu à peu, à travers le brouillard des larmes retenues, un sourire naît sur les lèvres de Julia.

*
* *

Régine, son panier sous le bras, quitte La Roseraie pour aller faire le marché. Au niveau de la grille, elle croise Desrivières qu'elle salue d'un mouvement de tête, l'air de dire : ça ne me regarde pas, ces choses-là. Hortense, déjà réveillée, sort de la cuisine et, comme à son habitude, tient tête au policier. Celui-ci lui fait part de ses découvertes. Mais la vieille dame se défend pied à pied. Elle ne concède rien.

– Je pensais que vous aviez autre chose à faire que perdre votre temps avec une plainte jugée nulle et non avenue il y a quarante ans !

– Par votre cousin, madame Bertin. Par votre cousin.

– Un magistrat irréprochable ! C'est lui qui m'a conseillé de ne pas poursuivre les Mahé en diffamation ! S'il n'avait tenu qu'à moi... !

Hortense se lève, outrée, comme un chat en colère. Et, pour mettre fin à cet entretien qu'elle juge oiseux et désagréable, elle jette :

– Je vous avoue qu'en ce moment je n'ai pas besoin de ressasser ces souvenirs pénibles. La perte d'Alexandre est suffisamment douloureuse...

Desrivières ne se lève pas. À vrai dire, il ne remue ni pied ni patte. Il est devenu de pierre.

– Je ne remue pas le passé par plaisir, madame Bertin. Votre petit-fils ne s'est pas suicidé. Il a été assassiné, reprend-il, toujours aussi calme.

La vieille dame chancelle. Elle s'appuie sur la table de ses deux mains tavelées puis, lentement, se rassied. Elle saisit un morceau de pain, se met à le pétrir nerveusement et, les yeux ouverts, comme hypnotisée, déclare :

– C'est impossible...

– Je n'en ai pas encore la preuve. C'est seulement une intime conviction. Pour y voir clair, j'ai besoin de votre aide. Je voudrais faire appel à votre mémoire...

Hortense sort de son coma : elle regarde cet étrange policier, qu'elle prenait pour un ennemi. Peut-être est-il un allié... Mais que cherche-t-il ? Elle écoute.

– ... Vous avez déclaré la disparition de votre mari trois jours après celle d'Alberto Mahé. J'ai épluché tous les procès-verbaux : personne n'a vu votre époux pendant les trois jours qui séparent les deux disparitions.

– Si.

– Je vous écoute, madame.

– Joséphine Legrand. Elle travaillait chez nous. Elle a témoigné.

– Oui, mais elle est ensuite revenue sur ses premières déclarations.

Hortense est fatiguée de toute cette tension. Elle sent que ses forces l'abandonnent. Elle s'adosse à la chaise, et lâche un long soupir.

– Où voulez-vous en venir, commissaire ? Vous croyez que j'ai tué mon mari, le fils Mahé, et puis Alexandre ?

– Non. La pensée m'a traversé l'esprit, mais ça ne cadre pas. En revanche, je crois que vous ne dites pas toute la vérité. Libre à vous de faire en sorte que l'assassin de votre petit-fils ne soit jamais inquiété.

Hortense va-t-elle craquer ? Le moment vient... et passe. Alors, puisant dans ses ultimes réserves, elle se lève, se recoiffe et, hautaine comme autrefois, lâche :

– Je n'ai rien à ajouter, monsieur le commissaire.

Et elle s'en va.

De quoi est donc faite cette femme, se demande Desrivières. Que s'est-il passé ? Pourquoi le point de rupture n'a-t-il pas été atteint ? Et tandis qu'il s'interroge, assis dans la cuisine, un bruit retentit : c'est Julia qui apparaît dans l'encadrement de la porte. Elle a l'air fatigué. Visiblement, elle n'a pas dormi mais tout entendu. Le commissaire prend les devants.

– Vous voulez un croissant ?

Il va chercher le sachet du boulanger dans la voiture. À son retour, Julia a fait du café frais. Ils s'asseyent...

– Et si votre frère n'avait pas été le dernier à voir Mattéo Mahé vivant ? Il est bon, votre café.

Julia ne dit rien. La fatigue, sans doute.

– Vous étiez avec Thomas Souheil, ce soir-là. Vous avez une idée de ce qu'il est parti faire, pendant l'heure où vous êtes restée seule au commissariat ?

À quoi Julia songe-t-elle ? Elle remue son café. Elle remue ses souvenirs, aussi... Puis elle adresse un regard profond à Desrivières.

– Vous aussi, vous pensez qu'on l'a tué.

– Votre frère ? Oui. Et je cherche des preuves.

– Écoutez, s'il était ivre comme on l'a dit, il a bien fallu que quelqu'un lui apporte de l'alcool. Parce que, quelques heures plus tôt, quand nous l'avons vu, avec ma mère, il n'y avait pas trace d'alcool dans la cabane.

– En effet. On n'a retrouvé aucune bouteille.

Les oiseaux, au bout de la varangue, font un raffut du tonnerre. Desrivières laisse l'information pénétrer... Puis, en buvant une gorgée de café, il insiste :

– Mademoiselle Bertin, le problème c'est qu'à part vous et Kim Lomé, il n'y avait qu'une seule personne qui savait où était Alexandre. Et cette personne, c'est Thomas Souheil.

– Il n'a rien fait!

– Si. Il a aidé votre frère. C'est à la fois à son actif, mais aussi à sa décharge. Je n'ai pas l'intention de le poursuivre. Je veux juste savoir où il est allé le soir de la mort de Mattéo Mahé.

La conversation continue sur ce ton. Desrivières veut, Julia ne veut pas. Il lâche des bribes, elle consent à donner des miettes. Chacun tourne autour de l'autre. Julia veut protéger Thomas, aussi.

Les volatiles, dans leurs cages, se calment enfin. Et Desrivières, fidèle à sa technique du déséquilibre, change de pied.

– J'ai du mal à cerner votre famille. Vous voudriez protéger l'assassin d'Alexandre que vous, et les vôtres, ne vous y prendriez pas autrement. Allez, mademoiselle Bertin, jouons franc-jeu. Je vais vous dire : je sais où Thomas est allé. Et je sais que vous savez.

Julia balaie les miettes de croissants sur la table, comme si elle voulait faire place nette. Puis, avec difficulté, elle avoue :

– Il avait rendez-vous avec Mattéo Mahé.

Enfin! Enfin, les renseignements se recoupent. Telle est la base du fonctionnement du travail de la police : recouper. Pour l'instant, ça marche. Desrivières va maintenant dérouler le reste du fil. Il suffit d'attendre...

*
* *

Cristina, le dossier Fournier sous les bras, s'apprête à sortir. Jasmine, encore en peignoir, descend prendre son petit déjeuner. Cristina, finalement, a passé un peu plus de temps que prévu chez Richard. Elle vient juste de rentrer se changer.

– Thomas est encore là-haut? demande-t-elle.

– Il a dormi dans le petit bureau de papa.

– L'important, ma fille, c'est qu'il reste dans cette maison. Tu sauras bien le ramener dans ton lit.

– Je ne vais pas pouvoir lui mentir longtemps, maman.

Cristina éclate de rire.

– Enfant, enfant... Tu n'es qu'une enfant!

En effet, il est si facile de mentir aux hommes. Cristina l'a fait toute sa vie : l'amour n'est-il pas qu'un joli mensonge? La vie, une illusion? Le monde, un décor? La pensée de tous ces faux-semblants la ravit. Au fond, se dit-elle, nous vivons dans un vaste trompe-l'œil. Comme si c'était une évidence, elle explique à sa fille :

– Tu feras une fausse couche après le mariage. Voilà tout. Et tu ne seras pas la première!

Jasmine la regarde, éberluée. Cristina, prise de tendresse, passe sa main sur la joue de sa fille, lui remet une mèche de cheveux en place, comme on le ferait pour une gamine. Mais quelque chose tracasse Jasmine.

– Comment as-tu fait, maman, pour trafiquer les analyses ?

– Inutile de trafiquer quoi que ce soit si c'est un homme qui regarde. Je lui ai dit que tu étais enceinte, ça a suffi...

Jasmine est partagée entre l'admiration et le dégoût. Et sa mère d'ajouter :

– Je te l'ai rendu, ma fille. Ne le laisse pas filer.

Prise d'un doute, Jasmine lui demande soudain :

– Pourquoi tiens-tu tellement à ce qu'on se marie ?

– Parce que je n'ai pas l'habitude de renoncer à ce que j'ai construit de mes mains.

– Tu pourrais dire : parce que ça te rend heureuse...

– Ton bonheur, Jasmine, je l'ai fabriqué de toutes pièces. Fais en sorte de le préserver.

Et Cristina sort, souveraine, en veste de soie grège et pantalon assorti. Elle a fière allure. En montant dans sa voiture, elle prend garde de ne rien froisser.

Dix minutes plus tard, elle arrive devant les bureaux de Batibo, en ville. Juste à temps pour voir Desrivières embarquer Thomas dans une voiture de police. Il n'a pas les menottes, mais c'est tout juste. L'étau qui enserrait les Bertin est-il en train de visser les Mahé ?

– 21 –

D'un pas décidé, Cristina entre dans les bureaux de Batibo. Pourquoi la police emmène-t-elle Thomas ? Richard semble aussi consterné que désarmé.

– Je t'assure, je n'ai rien pu faire… Je ne sais même pas pourquoi ils l'embarquent.

Cristina s'arrête, et réfléchit. Cette comédie a assez duré. Là, dans la fraîcheur de la matinée, elle se sent pénétrée par un calme né paradoxalement de la folie de cette affaire, une sorte de quiétude avant la dernière tempête. Elle se remémore la conversation avec Desrivières, et conclut :

– Thomas a aidé le fils Bertin dans sa fuite.

Adossé à un battant de la porte d'entrée, Richard regarde la voiture de police s'éloigner.

– Si c'est ça, il ne risque pas grand-chose. Il sera juste poursuivi pour complicité de fuite, ça ne va pas chercher bien loin.

– Il faudra lui envoyer un avocat. Il faut qu'on se serre les coudes.

Se serrer les coudes : le mot d'ordre est lancé. Des deux côtés, chez les Bertin et chez les Mahé, la famille, menacée de dislocation, est en train de se ressouder pour éviter la dispersion. Comme ces espèces menacées qui, au fond des forêts, constituent des bandes pour mieux se défendre contre les prédateurs, les deux entités familiales forment bloc. C'est le signe que l'affrontement final a commencé. Chacun sait qu'il n'y aura qu'un seul vainqueur.

*
* *

Geneviève berce Julia. Les deux femmes font cause commune dans la douleur. Julia se laisse aller au rythme du balancier, comme quand elle était petite et qu'elle s'était écorché le genou. Il y a, dans cette complicité entre la mère et la fille, comme une douceur ouatée, une tendresse infinie née de l'amour filial : entre elles, l'ombre d'Alexandre. Geneviève est désarçonnée.

– On me dit qu'il a été tué. Mais pourquoi ? Par qui ? Je ne comprends pas.

– On n'a pas de preuves, maman.

– Pourquoi aurait-il été tué ? Parce qu'il avait... Oui, voilà. Il avait volé de l'argent chez Mattéo Mahé. Je ne vois que ça.

Peut-être Geneviève a-t-elle raison. Mais rien, à ce stade de l'enquête, ne permet de l'affirmer. Julia, elle, est déchirée par la culpabilité.

– Maman, j'ai trahi Thomas.

– Trahi ? Comment ?

– J'ai dit à la police ce que je savais. Et, du coup, il devient le premier suspect possible. Il va être accusé d'avoir tué Mattéo.

Geneviève voit bien que sa fille s'enfonce dans un univers où la dépression rôde. Ce n'est guère le moment.

– Tu n'as rien à te reprocher, ma chérie. Et personne à protéger, à part toi. Tu m'entends ? Personne.

Son étreinte se resserre sur sa fille. Assises sur le bord du lit à l'hôtel Fournier, Geneviève et Julia continuent de partager leur chagrin. Julia murmure :

– Ah ! Maman, merci... Si tu n'étais pas là...

La phrase fait mal. Car, se dit Geneviève, pendant deux ans et demi je n'ai pas été là.

*
* *

L'avocat est grand, vêtu d'un costume sombre, et affiche la cinquantaine élégante. Ses cheveux, légèrement frisés, laissent supposer une ascendance créole. Il semblerait donc que l'homme soit originaire de la Réunion.

Maître d'Enchaing est, en effet, un enfant de l'île. Respecté, il a gagné quelques affaires retentissantes. Et là, assis à côté de Thomas, il assiste à son interrogatoire : sa présence est le gage d'une procédure de bonne tenue. Desrivières n'aime pas l'avocat, trop huppé à son goût, mais il reconnaît son professionnalisme. Il lit :

– J'ai sous les yeux la déclaration de monsieur Fournier. Je vous la donne : « Le jour de sa mort, j'ai assisté à une scène au cours de laquelle monsieur Mattéo Mahé a retiré à monsieur Thomas Souheil, en mon bureau, le chantier de l'hôtel Fournier ; j'ajoute que ladite scène a été brutale, et que le ton de monsieur Mahé était celui d'un homme très contrarié. Apparemment, monsieur Souheil avait contremandé ses ordres... »

Thomas prend la parole :

– C'est vrai. Mais j'ai obéi à ceux de sa fille, qui ne comprenait pas pourquoi Mattéo Mahé avait décidé de confier ce dossier aux Bertin...

Les faits sont établis. La succession d'événements est décortiquée. La possibilité du meurtre de Mattéo Mahé par Thomas soulevée. Mais il manque un élément essentiel. Dans tout crime, il y a les circonstances, le moyen, et le mobile ; or ici, le mobile paraît bien faible. Une dispute professionnelle ? Peu probant. D'autant plus que l'avocat établit, immédiatement, le profil moral de l'accusé.

– Les parents de mon client sont morts dans un accident de bateau, il y a dix ans. Orphelin, monsieur Souheil serait sans doute à la rue sans la famille Mahé qui l'a pris sous son aile. Tout le monde le sait. Il n'avait donc aucune raison de tuer un homme qui ne lui a fait que du bien.

– Si on ne tuait que les gens qui nous veulent du mal, vous seriez le premier au courant, maître... Pour en revenir aux faits, monsieur Souheil, votre fiancée n'est pas très possessive : vous passez vos soirées avec Julia Bertin...

– Jasmine et moi, nous traversons une passe difficile.

– Et mademoiselle Bertin vous aide, sans doute, à franchir cette passe ? Curieux, quand même, que votre fiancée, le soir de la mort de son grand-père, prétende que vous étiez avec elle pendant le court laps de temps où vous avez disparu des parages du commissariat, où vous assistiez Julia Bertin.

Desrivières pèse les chances de faire craquer Thomas. Il faut l'acculer, l'obliger à se contredire. La vérité, peut-être, sortira de là. Il monte d'un cran, et demande directement :

– Quel intérêt avez-vous à nous cacher que vous avez rencontré monsieur Mahé ce soir-là ?

Ça y est. Le piège est refermé. Soit Thomas ment pour s'en sortir, soit il dit ce qui s'est passé. Soit il ne dit rien.

C'est ce dernier choix que fait Thomas : rien.

Quand l'avocat sort de cet interrogatoire, il tombe sur Jasmine qui, inquiète, lui demande des nouvelles. Prudent, maître d'Enchaing replie ses lunettes et se réfugie dans l'ambiguïté.

– C'est plus compliqué que prévu. Pour Alexandre Bertin, il y a un faisceau de présomptions. Pour la mort de votre grand-père, il y a un blanc ennuyeux.

– Mais... Il est établi que Thomas était avec moi. J'ai été entendue : il était avec moi, ce soir-là.

– Eh bien... Mademoiselle Mahé...

– Quoi donc ? Parlez !

– Quelqu'un d'autre affirme que Thomas a vu votre grand-père le soir de sa mort... C'est très ennuyeux. Très.

– Qui ? Qui ?

– Julia Bertin.

Desrivières, depuis son bureau, observe l'échange... Il n'est pas mécontent.

*
* *

Julia n'y tient plus. Il lui faut comprendre ce passé. Il est la clé du présent. En catimini, elle est donc retournée vers le placard où est enfermée la boîte aux souvenirs de

Marie-Thérèse. Elle l'a posée sur le lit et, là, elle en a répandu le contenu. Ce n'est pas élégant, de fouiller dans les affaires des autres, mais en l'occurrence, c'est nécessaire. Sans ça, personne ne lui dira rien. Voilà des photos, dont celle d'Alberto. Voilà des coupures de presse, dont certaines désignent Hortense comme la « Gaston Dominici de la Réunion ». Les articles procèdent par allusions, par ouï-dire, par petites touches, probablement pour ne pas être sujets à une plainte en diffamation. Les « on dit que », « selon des sources bien informées », « dans certains milieux » sont légion, et rendent la compréhension des écrits presque nulle, pour quelqu'un qui n'a pas une certaine connaissance du dossier. Plongée dans ces vieilleries, Julia n'entend pas la porte s'ouvrir... Hortense, les sourcils froncés, les dents serrées, s'insurge.

– Depuis quand fouilles-tu dans les affaires de ta tante ?

– Depuis que ma grand-mère me ment.

L'affrontement commence. Hortense reconnaît chez sa petite-fille son propre tempérament, cet entêtement à aller au fond des choses. Elle sait qu'elle n'aura pas le dessus, que l'hérédité sera la plus forte. Cette fois, lassée, la vieille dame préfère la fuite. Elle tourne les talons. Mais Julia la poursuit :

– Tu ne vas pas t'en tirer comme ça, grand-mère !

– Tu oublies à qui tu parles !

– Non. Bien au contraire. Tante Marie-Thé a dit qu'elle savait pourquoi Alexandre est mort ! J'ai le droit de savoir !

– Si tu écoutes ce que dit ta tante, maintenant...

La phrase fait mal. Hortense, ainsi, abaisse sa propre fille, la réduit à une pauvre folle qui dit n'importe quoi.

Julia ne l'accepte pas. Tout, en elle, se rebelle contre cette façon d'humilier les autres. Alors elle attaque.

– Il y a quelque chose qui ne va pas, chez nous. Et depuis longtemps. Quelque chose qui est lié à la mort de grand-père et à celle d'Alberto Mahé ! Et maintenant... à celle d'Alexandre.

Hortense n'en peut plus de ce pilonnage intensif. Elle reprend aussitôt le ton de la douairière, de celle qui commande, de celle qui a le pouvoir, selon les canons de la bonne bourgeoisie de l'île. Il y a des formes, et elle entend les faire respecter.

– Reste à ta place, Julia ! Tu n'as rien à faire dans cette chambre.

Et elle claque la porte au nez de sa petite-fille, soudain désemparée. Sera-t-il possible, un jour, de réduire cette fracture qui va en s'élargissant à mesure que le temps passe ?

En descendant au salon, Julia entend un brouhaha. C'est Régine qui empêche quelqu'un d'entrer. Elle écarte les bras, au risque de prendre des coups. La personne en face d'elle – une femme apparemment – est décidée à forcer le barrage. Julia, parvenue à mi-escalier, reconnaît Jasmine.

– Régine, laisse-la...

– Mais, Mademoiselle Julia...

– Laisse.

Jasmine pénètre dans l'entrée, où des fleurs coupées embaument la maison. Elle jette un coup d'œil alentour, puis tente de trouver les mots. Julia la prend de court.

– On n'a plus rien à se dire, Jasmine.

– J'exige que tu retires ton témoignage contre Thomas. Qu'est-ce que tu veux ? Tu veux te venger de lui ?

– Je ne suis pas comme toi ! Je ne me venge pas, moi ! Qu'est-ce que tu crois ? Que c'était facile, pour moi, de dire à la police qu'il était allé voir ton grand-père ?

– Il t'a menti, Julia. Il n'y est jamais allé.

– Ah oui ? Et où était-il, alors ?

– Il était juste venu me prévenir qu'il allait rester avec toi.

C'est comme si la foudre était tombée aux pieds de Julia. Sa première réaction est l'incrédulité.

– Je ne te crois pas. Je préfère le croire, lui.

– Tu préfères croire un homme qui t'a caché que sa femme était enceinte ?

– Va-t'en, Jasmine.

– Il était avec moi, ce soir-là... et le soir de la mort de ton frère aussi. C'est comme ça, Julia : il a toujours été avec moi !

Le monde de Julia s'effondre. Une petite étincelle demeure, qui lui dit de ne pas entièrement faire confiance à Jasmine. Mais, dans l'ensemble, tout ce qu'elle dit est plausible. On ne peut donc jamais se fier à personne ? La fourberie est-elle universelle ?

Non : elle est humaine. Et pas forcément bénéfique à ceux qui la manient : le mensonge est parfois une arme qui se retourne contre ceux qui l'utilisent.

*
* *

Todobrini quitte la maison de Joséphine. En s'en allant, il entend la supplication de la vieille dame.

– Ramenez-la vite !

– Je suis comme vous : je n'ai qu'une parole!

Il franchit la grille du jardin et se dirige vers sa voiture. Au même moment, au bout de la rue, Desrivières gare la sienne. Todobrini a juste le temps de se jeter derrière une maisonnette bleue.

De nouveau, Desrivières s'installe sur la chaise, devant les divinités étranges de Joséphine. De nouveau, elle lui sert un verre de clairin. C'est comme s'il n'était jamais parti. Chez Joséphine, peut-être que les heures se sont arrêtées. Peut-être a-t-elle ce pouvoir, qui sait?

Mais la différence, cette fois-ci, c'est qu'entre-temps le commissaire a progressé dans le décryptage de l'histoire ancienne. Il connaît maintenant des bribes de ce qui s'est passé il y a cinquante ans. Il tente de relier les points entre eux, comme dans ces jeux de magazines où, avec un crayon, on fait apparaître une forme peu à peu. Finalement, Joséphine consent à livrer une demi-vérité.

– Ce jour-là, monsieur Octave était parti faire de l'escalade. C'était sa passion. Il a dû tomber. Enfin... C'est ce qu'on s'est dit.

– D'après le procès-verbal de votre première audition, vous avez situé le jour de sa disparition quarante-huit heures plus tôt. C'est-à-dire le jour même de la disparition d'Alberto Mahé.

– Je n'ai jamais eu une très bonne mémoire pour ce genre de choses, commissaire.

C'est sa façon à elle d'avouer qu'elle a menti, sans le dire. Desrivières n'est pas dupe, et cette révélation voilée l'aide quand même. Il sourit et ajoute :

– J'imagine que Hortense Bertin a dû vous aider à retrouver vos souvenirs...

Joséphine ne dira plus rien. Elle en a déjà dit beaucoup. Peut-être trop, selon ses propres critères. Desrivières finit son verre, et se lève. Il reviendra, c'est sûr. Quelque chose, chez cette femme, l'apaise, lui fait du bien...

– Un dernier point : monsieur Todobrini, le petit ami de Sophie Moussié, vous savez depuis quand elle le connaissait ?

– Six mois, environ. Sophie l'a rencontré lors d'un de ses voyages, je crois.

– Vous ne l'avez pas vu, récemment ?

– Non, commissaire.

Desrivières passe la porte et, après avoir balayé du regard toutes les herbes magiques qui emplissent le jardin, cherche des yeux la petite fille. Elle n'est nulle part.

– Au fait, comment va votre petite protégée ?

– Sunsia est chez sa tante, à Saint-Gilles.

Le ton de Joséphine sonne faux. Trahit-il de l'angoisse ? De l'agacement ? Ou la surprise ?

Quand Desrivières démarre, Todobrini tire de sa poche son téléphone portable :

– Il faut qu'on se rencontre. Non. Pas chez vous. Un endroit neutre. Question de prudence, vous comprenez, n'est-ce pas ? À force d'être parano, parfois on oublie qu'on a des ennemis. Or on en a, croyez-moi.

*
* *

– Mais qu'est-ce que tu fais ?

– Je ne peux plus supporter de les voir enfermés. Il est temps de les libérer.

Sur la varangue, Julia vient de découvrir Marie-Thérèse ouvrant toutes les cages aux oiseaux. Certains ne savent pas ce qu'est la liberté, et préfèrent rester près de la gamelle. D'autres, plus aventureux, s'envolent immédiatement, dans un grand froissement d'ailes. Il y a de la majesté, de la satisfaction, mais aussi de la mélancolie dans cette libération : les oiseaux étaient devenus des habitants proches, des amis. Marie-Thérèse, bien coiffée, coquette, les regarde s'éloigner dans le ciel.

– Il n'y a pas que les oiseaux qui ont droit à la liberté, murmure-t-elle, pensive

Des tourterelles malgaches, un cardinal, quelques tisserins mouchetés de jaune se croisent dans le vent. Un dernier oiseau, un tuit-tuit, joli dans son corsage d'ocre et de velours, disparaît derrière les arbres. Marie-Thérèse lui fait un petit signe de la main.

– Pour nous aussi, précise-t-elle, il faut que quelqu'un ouvre la cage. Sinon, comme eux, nous restons au sol.

Un peu plus loin, Hortense, le visage sévère, engoncée dans son grand fauteuil de rotin, suit les oiseaux des yeux. Sur ses genoux, elle a étalé des photos d'Alexandre. Quand Julia passe à côté d'elle, un silence gêné s'installe. Les deux femmes, séparées par tant d'années, se toisent. Puis, ouvrant grand les bras, Hortense cède enfin : Julia, n'écoutant que son cœur, s'y réfugie sans rien dire. Une longue plage de douceur passe ainsi, dans l'apaisement des passions.

– Je n'ai jamais voulu le malheur de personne, tu sais. Il faut me croire, implore Hortense.

– Je sais, grand-mère, je sais.

– Ma petite-fille, ma chérie...

*
* *

Richard supervise le travail des ouvriers sur le chantier de l'ancienne sucrerie, qui sera bientôt transformée en centre culturel. Il chantonne, tout en gardant un œil sur Cristina qui, près du parking, discute avec Desrivières. Une heure plus tôt, il a vu Thomas se faire embarquer par la police, sans s'interposer. Et maintenant, la visite du commissaire ? Il se pose des questions.

Desrivières en pose aussi, des questions. Plus redoutables. Et qui ont le don de mettre Cristina en fureur. C'est donc sur un ton de reine offensée qu'elle déclare :

– Je vous répète que mon père était intraitable en affaires. Jamais, entendez-vous, jamais il n'aurait envisagé de s'associer avec les Bertin ! Tant pis pour eux s'ils l'ont cru !

– Ce n'est pas ce qu'on nous a dit...

– Croyez ce que vous voulez ! Moi, je vous dis ce qui est !

Elle a toujours eu ce ton de vertu outragée. Au milieu des pelleteuses et des bétonnières qui tournent sur le chantier, en plein soleil, le commissaire se dit que ce ton-là masque souvent autre chose. Les ministres ne mentent jamais mieux que lorsqu'ils se défendent d'une malhonnêteté qu'ils ont commise ; les tricheurs ne donnent jamais de plus belles leçons de morale que lorsqu'ils sont sur le point de se faire prendre. Le commun des mortels est ainsi fait : on crie lorsqu'on est coupable.

Comme d'habitude, Desrivières change de ligne de questionnement.

– La disparition de votre frère a-t-elle quelque chose à voir avec Hortense Bertin ?

Un instant déséquilibrée, Cristina se reprend vite.

– J'avais cinq ans, commissaire. Je ne me souviens pas...

Puis elle applique la même méthode que son adversaire : elle change de sujet.

– Quand allez-vous faire libérer Thomas ?

– Quand je serai persuadé qu'il est aussi innocent que votre avocat le prétend ! À ce propos, où étiez-vous, le soir de la mort d'Alexandre Bertin ?

– Chez moi. Avec mes enfants, Jasmine et Thomas.

– C'est beau, une famille aussi unie.

– J'en remercie Dieu tous les jours.

Cette fois-ci, il n'est plus question d'obtenir des renseignements. Les deux interlocuteurs se répondent à coups de phrases ironiques, comme si chacun cherchait à blesser l'autre. Illusion : car tous deux sont caparaçonnés, aussi imperméables à l'humour belliqueux qu'une tortue à la pluie. Ils se font plaisir, dans ce duel verbal, mais n'avancent plus. Desrivières a trouvé un ennemi à sa hauteur. Ou est-ce le contraire ?

– Excusez-moi, commissaire, j'ai un rendez-vous.

*
* *

Dans sa chambre, à l'hôtel Fournier, Todobrini semble pressé. Il vide les tiroirs avec fébrilité, tasse ses affaires dans sa valise, ferme son ordinateur. Puis, après avoir glissé une pièce au groom, il descend en vitesse dans le hall et réclame sa voiture, laquelle lui est livrée avec célérité.

Todobrini démarre. Rapidement, il se dirige vers la place de Metz, se gare, et pénètre dans le splendide jardin de l'État. Là, de multiples plantes étranges croissent dans un ordre soigné, et les girofliers, jadis importés par Joseph Hubert, laissent autour d'eux une ombre soyeuse, nimbée d'une odeur entêtante. En suivant l'allée centrale, il bifurque devant un teck d'Indochine et, parvenu devant un carambole marron, s'assied sur un banc. Cristina le rejoint. Préoccupé, Todobrini la prévient.

– Nous n'avons pas beaucoup de temps.

– Je vous écoute. Je suis pressée.

– Bien. Ça ne va pas être long. Je sais pourquoi on a tué votre père et à qui profite sa mort. Maintenant il va falloir payer... Pas la peine de me faire la grande scène du deux. Apportez-moi la somme dont nous avons parlé dans deux heures. Je serai devant la statue de Roland Garros, près des palmiers, dans le jardin de la préfecture. Que voulez-vous, j'aime les endroits publics ! Allez, à tout à l'heure.

Cristina s'en va sans un mot. Todobrini sourit. Il ne reste plus qu'à collecter la récompense de tout ce travail. Il a presque oublié qu'une petite fille, quelque part, pleure dans l'obscurité.

– 22 –

Dans la belle salle à manger, celle qu'on n'utilise que pour les grandes occasions, Hortense attend, les mains jointes. Peut-être prie-t-elle... Elle a allumé un cierge qui, du haut d'un chandelier en argent, répand une lumière tremblotante, fantomatique. Derrière elle, dans les encoignures, Régine et Marie-Thérèse attendent, elles aussi. La première égrène un chapelet qui a été bénit à Lourdes, en France. La seconde est juste là, comme une statue de sel. Le silence est total, à peine troublé par les minutes scandées par la vieille horloge de famille.

– Madame... Ça doit être accompli, maintenant... chuchote Régine.

Hortense, contractée, ne bouge pas. Au dehors, un ronronnement, qui peu à peu se transforme en rugissement, s'approche... L'hélicoptère survole lentement les tamariniers et, brassant l'air qui agite les palmes, se pose dans la propriété. Le vacarme est immense, les oiseaux, délogés, fuient. Hortense et sa fille sont sorties de leur recueillement et ont rejoint la véranda.

– Maman, j'ai décidé de leur parler, prévient Marie-Thérèse.

Hortense lance un regard d'une dureté implacable à sa fille et lui prend les poignets, qu'elle serre de toutes ses forces.

– Moi vivante, tu te tairas, tu m'entends ! Tu te tairas. De gré ou de force.

L'hélicoptère touche le sol. Ses immenses pales s'immobilisent enfin. Julia, la première, descend sur la pelouse. Derrière elle apparaît Guillaume, le visage grave. Geneviève, elle, attend, l'urne sur les genoux. Un vent léger emporte les nuages, là-haut. Finalement, Geneviève déboucle sa ceinture, descend. Sans faiblesse, elle se dresse sur ses jambes, et regarde la propriété des Bertin. Puis, en un geste rapide, elle dévisse le couvercle de l'urne, et répand les cendres de son fils.

Un souffle venu de la montagne, venu du volcan, emporte une fine grisaille qui se fond dans l'air.

– Je serai toujours avec toi, Alexandre, murmure Geneviève.

En cet instant, personne ne pleure, car les larmes ne suffisent pas.

*
* *

Près de la statue de Roland Garros, passe une procession hindoue. Les participants répandent des pétales de roses, et avancent dans un désordre rythmé par des tambourins. Une légère fumée s'élève pour célébrer la fête de Dipavali, qui commémore la victoire de Rama sur le démon Ravana, lequel lui avait volé son épouse Lakshmi.

De petits pétards, des feux d'artifice éclatent, dans une ambiance de gaieté bon enfant.

Non loin de là, un autre type de cérémonie se déroule : Desrivières, arrivé le premier dans le jardin de la préfecture, éloigne les curieux. Un filet de sang, répandu sur le sol, coule vers une magnifique orchidée. Très vite commence alors le rituel des assassinats : photos d'identité, recherche des indices, localisation des témoins éventuels. Le légiste, déjà, fournit les premières constatations en mâchouillant son éternel cigarillo.

– Coup unique, arme blanche, mort instantanée.

Selon lui, pas de quoi se creuser la tête : Todobrini est mort rapidement.

Titou, empressé, fouille les poches du mort : papiers d'identité, téléphone portable, clés d'une voiture de location. Il glisse chaque élément dans un sachet en plastique. Et se permet une réflexion un tantinet acerbe :

– Pas d'arme du crime et personne n'a rien vu. C'est tout mâché.

Ragus en rajoute une couche :

– Ça continue, tu veux dire. Encore un cadavre et devant la préfecture, en plus ! Le proc va adorer...

Desrivières se gratte le menton. Il n'avait pas prévu ce développement de l'affaire. Quoique, à la réflexion...

– On est sûrs d'une chose. Thomas Souheil n'y est pour rien !

– Ni le fils Bertin !

Pour Desrivières, la coupe est pleine. Todobrini, dit-il, est « le mort de trop ». Il donne ses ordres : retrouver, d'abord, la voiture de location dans laquelle circulait Todobrini. Elle révélera peut-être des choses intéressantes. Ensuite, essayer de contrôler la presse et la télévision, mais c'est déjà bien tard : des caméras ronronnent, des micros se tendent. Christophe Fournier est au premier rang. Enfin, il faut trouver le coupable. Et le plus vite possible.

Chez elle, Joséphine entend les nouvelles. Pour elle, c'est un coup terrible. Comment va-t-elle faire pour retrouver Sunsia ? Elle jette des plantes magiques sur des charbons ardents, tente d'entrer en contact par la pensée avec la petite fille. Il faut que sa magie soit forte, plus forte que tout. Mais, il le faut aussi, elle téléphone à Desrivières :

– Commissaire, Sunsia a été kidnappée par Todobrini ! Aidez-moi !

*
* *

La Roseraie, pour Geneviève, ne sera bientôt qu'un souvenir douloureux. Elle a fait ses bagages, qui sont dans la voiture, a quitté l'hôtel Fournier et s'approche de Marie-Thérèse. Celle-ci, est bouleversée.

– Tu vas nous manquer...

– Toi aussi, Marie-Thérèse, tu vas me manquer. Prends bien soin de toi.

Il règne une douceur inaccoutumée. Chacun comprend que ce départ est nécessaire, qu'il n'y aucun moyen d'échapper à cette malédiction qui éparpille la famille aux quatre vents. Hortense, sur le pas de la porte, tend les mains à Geneviève. Pendant une seconde, tous les différends sont oubliés, bannis, oblitérés. Geneviève prend les mains froides de sa belle-mère. Dans sa robe noire, elle attend peut-être que celle-ci lui révèle le secret des Bertin. Un alizé venu de la mer lui rafraîchit le visage et sèche ses larmes.

– Je peux tout entendre, maintenant. Rien ne me fera aussi mal que la mort de mon fils. Nous n'aurons peut-être pas d'autres occasions... dit-elle.

Hortense soutient le regard de sa belle-fille. Elle vacille un instant. Va-t-elle lâcher prise ? Non, une fois de plus, non. Elle lâche les mains de Geneviève.

– Je te souhaite un bon voyage, ma fille. N'oublie pas de me donner des nouvelles.

Plus rien ne passe. La vieille dame a tout fermé. Les portes, les volets, son cœur. Plus de place pour la pitié, ou pour l'émotion. Hortense a tout muré. Peut-être mourra-t-elle dans cette forteresse sentimentale...

Geneviève comprend. Et de répondre, avec modestie :

– Au revoir, Hortense. Ces derniers jours, nous avons bien failli nous rencontrer.

Guillaume accompagne sa femme jusqu'à la voiture. Sur le siège du passager, il a délicatement posé un bouquet de fleurs. Julia, sombre, aborde sa mère.

– Je ne comprends pas comment tu peux partir sans savoir la vérité sur la mort d'Alex, maman !

– Le savoir ne me le rendra pas. Tu sais que je ne t'abandonne pas. Ici, à Saint-Denis, je ne trouverai pas le courage de continuer. Cette île m'a fait trop de mal. Et à toi aussi. Viens avec moi...

Mais Julia est ancrée à sa décision. Elle est résolue à aller jusqu'au bout, quoi qu'il puisse lui en coûter. Elle a mûrement réfléchi. Fuir ? Ce n'est guère dans son tempérament.

– Je ne partirai pas, maman, avant de savoir qui a tué Alex. J'aurais l'impression de le trahir.

Geneviève embrasse sa fille longuement... Elle va retrouver son appartement à Paris, et ses classes de tout-petits. Ils lui donneront la force de continuer ; elle leur transmettra le difficile apprentissage de l'homme. Elle leur laissera en héritage le sens de la justice, espère-t-elle. C'est, désormais, sa fonction sur cette Terre. Elle a perdu un fils, mais elle a gagné une mission : institutrice, oui, mais aussi initiatrice.

Julia lui tend un petit paquet.

– Les dernières photos que j'ai faites de lui.

Geneviève regarde la première de la série et rend aussitôt la pochette à sa fille : les larmes lui montent aux yeux.

– Il me manque tellement, Julia. Tu ne peux pas savoir...

– Si, maman. Et lui aussi, il le savait.

Geneviève s'installe dans la voiture. Par la fenêtre, elle plaide :

– Viens avec moi à Paris, Julia, je t'en prie.

– Pas maintenant. Je ne peux pas.

Déjà, la voiture est partie ; Guillaume est au volant. C'est un voyage sans retour.

*
* *

Cristina roule à tombeau ouvert sur la route de la Corniche. Où va-t-elle ? Elle-même n'en sait rien. Quand elle arrive devant la maison de Richard, a-t-elle seulement conscience de ce qu'elle fait ? Elle se précipite sur la sonnette, personne ne répond. Elle insiste, rien. Affolée, les mains fébriles, les yeux fous, elle rebrousse chemin.

Soudain, elle sursaute : Richard est en face d'elle. Tourneur comprend tout de suite que quelque chose de grave est arrivé : il ne reconnaît pas la Cristina sûre d'elle et dominatrice qu'il côtoie tous les jours. Il a devant lui une femme défaite. Elle se jette dans ses bras :

– J'ai besoin de toi !

Un verre de rhum à la main, Cristina parle, parle. Elle erre, avec des mots. Il n'y a plus de logique, plus de ligne de conduite : juste une femme affolée, qui a été le témoin d'un acte irréparable. Richard, appuyé contre ses consoles de mixage, essaie de faire le tri. Finalement, comme une vague se tassant sur la grève, le flot de mots s'épuise. Cristina a-t-elle tout dit ? Ou use-t-elle encore de son art de la manipulation ?

– Pourquoi ne m'as-tu pas parlé avant ? reproche Richard. Maintenant, tu es dans les ennuis ! Qu'est-ce que tu comptes faire ?

– Je... je n'ai qu'une solution.

– C'est-à-dire ?

– Tout avouer à Desrivières. Tout dire. Expliquer que Sophie Moussié et l'autre ordure, Todobrini, savaient des choses et me faisaient chanter...

Richard se redresse. Tiens, tiens, c'est que ça devient intéressant... Il demande :

– Ils savaient quoi ?

– Je ne peux pas te le dire.

Le temps de la réflexion est venu. Il ne faut rien précipiter, se dit Richard. Il prend une bande magnétique et l'engage dans les noyaux qui garnissent sa console d'enregistrement. C'est une façon de s'occuper, de chercher la meilleure porte de sortie. Il se sert un autre verre de rhum et continue de questionner Cristina :

– Quelqu'un t'a vue, dans le parc ?

– Tu plaisantes ? Tout le monde m'a vue !

– Tout le monde, c'est personne. Tu connais des gens, dans ce quartier-là ?

Cristina hausse les épaules. Probablement non. Mais, dans la foule qui passait devant la préfecture, comment savoir ?

– Tu connais quelqu'un, chez les flics ? demande Richard.

– Oui. Ragus. Il est inspecteur. Il me rend des services.

– C'est le moment d'en profiter. Appelle-le, mine de rien...

Cristina s'exécute. Quelques minutes plus tard, elle a la réponse.

– Personne ne soupçonne quoi que ce soit, pour l'instant.

– Tu vois. Si quelqu'un t'avait reconnue, les flics seraient déjà là. Si on te demande des précisions, on était ensemble. D'accord ?

Il joue gagnant, désormais. Elle est sur le point de tout lui confier ; il a sa vie entre les mains. Lui, le petit disc-jockey issu des classes populaires, le fils d'un garagiste, il va se propulser dans la belle société de la Réunion, pourtant jalousement fermée. L'avenir lui appartient. Il embrasse Cristina. Un peu étonnée mais reconnaissante, elle murmure :

– Pourquoi fais-tu tout ça pour moi ?

– Parce que je t'ai dans la peau et que j'aurais du mal à me passer de la tienne. Les parloirs des prisons ne sont pas des chambres d'amour, je te le dis !

Il en sait quelque chose. Les quelques jours passés en cellule pour son affaire de viol l'ont marqué. Richard met un peu de musique et s'approche du chemisier ouvert de Cristina qui, le souffle court, se penche vers lui. Déjà, ses seins pointent sous la soie... Étrange comme l'extrême danger appelle l'érotisme, se dit son partenaire.

*
* *

La voiture de Todobrini est retrouvée. Un coup de téléphone à l'agence de location et le modèle a été identifié : une Honda Civic automatique. Rapide et facile à manœuvrer. Elle est garée devant un magasin de souvenirs créoles. Desrivières fait encercler le périmètre. À côté de lui, Titou et Ragus, au téléphone. Le commissaire approche précautionneusement : qui sait si la voiture n'est pas piégée ? Probablement pas, mais on n'est jamais trop prudent. Il envoie un technicien du déminage qui revient avec un rapport négatif. Les passants, les petits marchands, les curieux sont tenus à distance, avec quelques Tamouls, le corps enduit de peintures ocre et rouge. Joséphine, dévorée par l'angoisse, est là. Elle ne quitte pas Desrivières d'un centimètre.

– Attendez-moi, s'il vous plaît, lui dit-il.

Puis il va faire l'inventaire du véhicule. Il y a peu de choses : une valise, sans intérêt ; un ordinateur portable, sans doute passionnant, mais sous réserve d'examen ; et un Glock 19-C, une arme de choc. Quand il revient vers Joséphine, le commissaire se contente de déclarer :

– Rien de passionnant. Maintenant il faut agir vite. La petite doit être folle d'inquiétude.

– Toujours pas de trace de la gamine, même pas dans la voiture ? demande Titou.

– Rien. Il faut attendre le rapport de l'identité judiciaire. Ils vont peut-être trouver quelque chose. Sauf qu'on n'a pas le temps. Chaque minute compte.

Le commissaire revient vers cette satanée Civic. Bien banale, comme voiture. Passe-partout. La couleur – noire – laisse apparaître quelques mouchetures de boue au niveau des roues. En se penchant, Desrivières remarque que des feuilles pendent, coincées dans le pare-chocs avant. Non, ce ne sont pas des feuilles. Ce sont... des fanes de canne à sucre. Il en prend une, la retourne dans ses doigts...

– Dites-moi, Joséphine, il y a combien de champs de canne à sucre, dans les environs ?

– Quatre, je les connais tous.

– Titou, Ragus ! Envoyez du monde dans chacune des exploitations ! On fouille tout ! De fond en comble ! Quelle est la plus proche de chez vous, Joséphine ?

– La vieille raffinerie de Sainte-Lucie. Elle est abandonnée. Vous croyez...

Joséphine n'y tient plus. Elle se rue dans la voiture du commissaire, qui continue à donner des ordres. À un maximum d'hommes : la vitesse est le principal allié ; le terrain doit être quadrillé ; on se tient en relation constante, un rapport toutes les dix minutes, de chaque équipe.

– Allez ! Situation d'urgence maximale ! Je vais à Sainte-Lucie ! Titou, avec moi !

Il met la sirène et le gyrophare, et part sur les chapeaux de roues. Derrière lui, chacun a conscience de l'importance de l'enjeu. Il y va de la vie d'une petite fille...

*
* *

À l'aéroport, toute une population bariolée s'agite : marchands de souvenirs, démarcheuses avec de grands chapeaux de paille, porteurs, vendeurs de glace pilée... Geneviève, avec son chariot à bagages, est seule au milieu de cette foule : elle ne voit rien, n'entend rien. Les haut-parleurs ont beau clamer des destinations, indiquer des comptoirs, demander qu'untel se présente à la porte B, ou rappeler que les taxis et les Ti-jaunes, minibus locaux, sont porte C, rien n'y fait : Geneviève, dans sa tête, est déjà partie. Guillaume, derrière elle, semble l'incarnation du malheur. Dans sa chemise jaune froissée, le regard perdu, il pose son bras sur les épaules de sa femme et avance, avance... Ils n'arrivent pas à se parler. Parvenue devant le kiosque à journaux, Geneviève se tourne vers son mari et lui parle doucement : elle préfère lui dire au revoir tout de suite, plutôt que de traîner encore de longues minutes avec ce poids sur les épaules. Il la serre dans ses bras.

– Reste. Reste...

– C'est trop tôt, Guillaume. Aujourd'hui, on n'a que du malheur à partager, toi et moi.

Il ne sait pas quoi dire. Il essaie, pourtant.

– Tu sais, je... Il n'est peut-être pas trop tard... Je...

Elle s'écarte doucement, et termine elle-même sa phrase.

– Moi aussi, je t'aime, Guillaume, mais ça ne suffit pas. Ça ne suffit pas...

Entre ces deux-là, il y a un passé qui fait obstacle. Quelque chose qui pèse comme une pierre. Est-ce le traumatisme causé par la perte d'un fils ? Non, c'est plus lointain, plus profond. Déjà, lors de leur vie commune, la présence d'Hortense entravait leur bonheur. Avec sa capacité de régenter et sa volonté de tout contrôler, elle a agi comme un éteignoir puissant. Et puis il y a sans doute une autre explication, qui gît dans les profondeurs...

Quand les haut-parleurs annoncent l'embarquement des voyageurs pour Paris, Geneviève embrasse Guillaume.

– Pourquoi n'arrive-t-on pas à s'aimer ? demande-t-elle.

Il ferme les yeux. Elle est partie.

Peut-être pour toujours.

*
* *

Christophe admire Julia. Il regarde sa ligne de cou, sa chute de hanches... Mon Dieu, qu'elle est belle ! se dit-il. Le problème, c'est qu'elle en aime un autre... Pourtant, grâce à la télévision, Christophe ne manque pas d'admiratrices. Mais c'est Julia qui lui plaît. Tandis qu'elle épluche le dossier dans la salle des archives, Christophe surveille le tri qu'elle opère. Elle jette des coupures dans sa serviette, des photos, des comptes rendus sous l'œil impatient de son ami. Qui est un peu inquiet, quand même :

– Promis que tu me les rapportes vite ? Parce que s'ils s'en aperçoivent...

– Ne t'en fais pas. Je veux juste regarder tout ça tranquillement...

Quelques minutes passent, qui lui semblent des heures. Quand elle a fini, Julia le remercie à profusion.

– En ce moment, il n'y a pas grand monde sur qui je puisse compter... Merci infiniment, Christophe.

– Dis-moi, tu as une idée de la raison pour laquelle il est en garde à vue, Thomas ?

Julia ne répond pas, boucle sa serviette, s'apprête à partir. Il insiste.

– Parce que j'imagine que ça ne doit pas être facile, pour toi...

– Sois gentil, Christophe. Ne me parle pas de ça.

Il l'accompagne dans le couloir de la télé, trottinant comme un petit chien. Il ne sait pas quoi dire. Il aimerait tellement... Quand ils arrivent devant la porte vitrée de la sortie, Christophe se lance.

– C'est de moi que je voudrais parler. Mais je ne sais pas si tu as envie de m'écouter.

La porte ne s'ouvre pas. Il a du charme, ce garçon, et en d'autres circonstances... Mais le moment n'est guère propice. Elle le lui fait remarquer.

– Écoute, Christophe. Maintenant, je ne peux écouter personne. Et je ne sais pas si je pourrai un jour.

– Et ce jour-là ce n'est pas moi que tu auras envie d'entendre. Je me trompe ?

Julia fait un pas de côté, esquivant l'approche d'un baiser. Elle se défend :

– Je n'ai pas envie de te faire du mal, Christophe.

Cette fois-ci, il a compris. Tandis qu'un silence pesant s'installe, la porte vitrée s'ouvre enfin.

– Merci encore pour le dossier. Je te le rapporterai demain.

Elle s'en va, en coup de vent.

*
* *

Dans sa cellule, Thomas broie du noir. Il ne comprend pas ce qui lui arrive. Tous ces morts, tous ces malheurs... L'avocat est parti, tant mieux. Franchement, qu'ont-ils à se dire ? Il tente de se remémorer l'enchaînement des choses : peu à peu, une certaine logique se dessine. Au fond, les indices dont il dispose pointent tous dans la même direction. Mais il n'ose y croire. Non, c'est trop gros, trop...

Quand un policier pénètre dans la cellule pour enlever le plateau-repas auquel le prévenu « Souheil, Thomas » n'a pas touché, il trouve un homme entièrement fermé, recroquevillé sur lui-même. Thomas a le regard des ermites dans le désert... C'est comme s'il voyait loin au-delà des murs, jusqu'au Piton de la Fournaise.

– 23 –

Les chiens se dispersent en éventail. Dans le champ de canne à sucre, ils partent dans tous les sens, à la recherche de Sunsia. Derrière eux, les maîtres-chiens les suivent à la trace. C'est que le temps est compté : la petite fille est absente depuis vingt-quatre heures et, déshydratée, elle ne va pas tenir longtemps. Il est urgent de la retrouver. Au loin, des têtes de canne remuent : ce sont les policiers qui battent le terrain. Mais la hauteur des pousses empêche une bonne vision du sol, et le quadrillage se révèle difficile.

La battue dure depuis deux heures, sous un soleil éprouvant. Par malchance, Todobrini a emporté son secret avec lui.

– Puisses-tu aller au diable, salaud ! jure Desrivières.

L'insulte soulage, mais n'arrange guère les choses. Les voitures de police ont été garées en carré, à chaque coin du champ, pour que les recherches soient concentriques. Ainsi les patrouilles vont-elles de l'extérieur vers l'intérieur. Mais, jusqu'à maintenant, rien. Desrivières se tient en relation avec les autres patrouilles, envoyées dans les trois autres propriétés autour de Saint-Denis.

De petits animaux fuient. Des tangues, recherchés par les cuisiniers de la région, se dérangent lourdement, fuyant les chiens. Les enquêteurs ne prêtent guère attention à ces hérissons démesurés. Des zoiseaux-lunettes, reconnaissables à leurs yeux cerclés, s'envolent en bandes. Au loin, on peut voir une papangue, impressionnant busard, s'intéresser à ce remue-ménage qui, peut-être, livrera quelques menus rongeurs à sa voracité. Des geckos à la peau verte se faufilent entre les jambes des policiers. Mais, pour l'instant, la quête est vaine. Le soleil, haut dans le ciel, inquiète Desrivières : plus la chaleur est intense, plus la petite fille risque de souffrir.

– Allô, allô, carré référence 7B à la plantation de Manouteaux, je répète...

Les radios grésillent, les chiens aboient, les communications se croisent. Desrivières sent qu'il a raté quelque chose, qu'un détail aurait dû le mettre sur la piste. Il réfléchit. Déjà, les fanes ont été un premier indice. Il faut exploiter celui-ci plus avant. Il allume une cigarette, s'assied sur le garde-boue d'un quatre-quatre de la gendarmerie. Il regarde la vieille fabrique abandonnée, où se sont concentrés les moyens logistiques. Puis il donne un ordre à Titou :

– Envoie quelqu'un devant chez Joséphine, on ne sait jamais...

Joséphine, de son côté, les mains jointes, est restée près des voitures. Les yeux fermés, elle marmonne des formules. Une veine bleue bat sur sa tempe, indiquant le degré de concentration qu'elle a atteint. Elle tente une fois de plus d'entrer en contact par la pensée avec Sunsia. Mais rien ne se passe. Les dieux sont peut-être ailleurs...

Tandis que les premiers éléments de la gendarmerie se replient, ayant fait chou blanc, Desrivières se dirige vers la vieille sucrerie, une lampe torche à la main. Un policier ferme son ordinateur portable sur lequel était affiché le plan satellite de la plantation, carré par carré. Suivi par Joséphine, le commissaire passe devant une machine rouillée dont les rouages immenses, démontés, gisent contre le mur. Joséphine s'arrête :

– Stop !

Elle s'assied sur ses talons et prend sa tête entre les mains. Elle cherche, elle cherche. D'un seul coup, elle ouvre les yeux et, certaine de ce qu'elle annonce, s'écrie :

– Ici ! Elle est ici !

Desrivières se précipite. La machine obstrue son passage. Mais, en regardant de plus près, il aperçoit des traces de traction sur le sol : la poussière est striée. Il pousse la grosse roue dentée, avec effort. Derrière, un placard. Il balaie l'obscurité avec sa torche : dans le rayon lumineux, deux yeux immenses, agrandis par la peur, le regardent. Repliée sur elle-même, Sunsia ne bouge pas. Joséphine bouscule le commissaire puis prend délicatement Sunsia dans ses bras. Celle-ci gémit.

– Mon trésor... ma petite fille... Je ne te laisserai plus jamais. Plus jamais.

Elle se tourne vers Desrivières et, portant Sunsia dans ses bras, sort au grand soleil. Puis, se dressant sur la pointe des pieds, Joséphine embrasse Desrivières sur la joue.

– Merci. Merci.

Le commissaire, la gorge nouée, croise le regard de Sunsia. Celle-ci, faiblement, lui sourit.

Quand Desrivières reprend le volant, Titou note que son patron a les yeux mouillés.

– C'est toute cette poussière... grommelle le commissaire.

*
* *

Dans son bureau, Guillaume essaie, en vain, de reprendre le travail. Les chiffres se brouillent, les dessins se chevauchent, les calibres se mélangent. Penché sur sa table à dessin, il regarde le tabouret vide de son fils. Cette absence est terrible. Finalement, il jette son crayon – au diable, le devis Fournier ! – et se lève, incapable de rester plus longtemps dans cette ambiance. Il revient à la maison, ne sachant que faire. Là, Julia, assise sur le lit de Marie-Thérèse, contemple une photo d'Alberto Mahé. Elle demande à sa tante :

– Tu le connaissais, toi, Alberto ?

– Non... enfin, oui... Comme tout le monde.

Visiblement, elle est troublée. Julia insiste.

– Rien ne te frappe ?

Marie-Thérèse jette un vague coup d'œil sur la photo.

– Non...

– La ressemblance avec Alexandre au même âge...

Marie-Thérèse fait une moue dubitative.

– Oui... La coupe de cheveux, peut-être. Ils se coiffaient tous comme ça, à l'époque. Je ne vois pas...

– Bien sûr. Toi, tu ne vois rien. Même pas l'évidence ! Grand-mère, elle connaissait Alberto de la même façon, « comme tout le monde » ?

– Je ne comprends pas.

– Je vais t'expliquer. Pourquoi Hortense est-elle partie en France, juste après la mort de ton père ? Juste après la disparition du fils Mahé ? Tu avais quinze ans ! Ne me dis pas que tu as tout oublié !

– Tais-toi !

Marie-Thérèse, les deux mains croisées sur la bouche, offre l'image même de l'effroi : fascinée et terrifiée en même temps. Elle veut à la fois entendre et se boucher les oreilles. Elle aimerait être ailleurs mais, pour tout l'or du monde, ne s'en irait pas maintenant. Julia reprend.

– Qu'est-ce qu'elle avait trouvé, Sophie Moussié ? Qu'est-ce que tu lui avais dit ? Pourquoi a-t-elle été tuée ? Et Mattéo ? Et mon frère ? Pourquoi as-tu dit que c'est la faute de grand-mère ?

Une voix gronde :

– Tais-toi !

Guillaume vient d'entrer dans la chambre. Il prend sa fille par le coude, vigoureusement, la force à se lever et à sortir. Dans le couloir, il tonne.

– Qu'est-ce qui te prend ? Tu crois que ça va arranger les choses ?

Mais Julia n'est pas d'humeur à se laisser faire. Elle a trop de souffrance en elle, elle veut ouvrir les placards, faire circuler l'air frais.

– Je devrais sans doute faire comme toi, papa ? Me mettre la tête dans le sable ? N'y compte pas ! Moi, à ta place, je me serais demandé depuis longtemps ce qui est arrivé à mon père !

Guillaume s'arrête sur place.

– Qui te dit que je ne l'ai pas fait ?

– Le départ de maman, la mort d'Alex ! Même celle de Sophie Moussié ne t'a pas suffi ! Qu'est-ce que tu attends pour réagir ? Le mensonge, c'est une maladie, chez les Bertin !

Julia rentre dans sa chambre, outrée, en laissant la porte ouverte. Là, ostensiblement, elle sort un sac de voyage et jette quelques affaires dedans. Défiant son père, elle le foudroie des yeux et, tandis qu'il la regarde dans l'encadrement, elle s'approche et, violemment, claque la porte.

Un instant après, épuisée, elle se laisse aller à pleurer, en silence, devant la photo de son frère...

*
* *

Thomas signe la fin de sa garde à vue. Le planton lui rend ses lacets, sa montre, son portefeuille, ses clés. Le regard vide, les joues creusées, Thomas paraphe le document sans rien voir. L'avocat, sanglé dans un impeccable costume bleu nuit, l'assiste. Le planton, sur un ton neutre, lit la formule consacrée :

– C'est la fin de votre garde à vue. Ne quittez pas l'île sans nous avertir. Vous restez à la disposition de la justice.

Ragus, une cigarette aux lèvres, fait son apparition. Il est de permanence, en ce dimanche.

– Vous êtes un témoin capital, monsieur Souheil. Comme madame Mahé-Levens et sa fille...

Tandis que Thomas remet sa montre, l'avocat le rassure.

– Tout va bien se passer, monsieur Souheil. Ce n'est qu'une formalité. Croyez-moi, le dossier est vide.

À peine Thomas est-il dans la rue, les yeux blessés par cette lumière aveuglante, que Jasmine lui saute au cou. Mollement, il lui dénoue les mains. Puis, se tournant vers l'avocat :

– Merci, maître. J'aimerais rester seul avec mademoiselle. Si vous le permettez.

– Évidemment ! Je m'en vais. Il vous faut un peu d'intimité, je comprends. Si vous avez besoin de quoi que ce soit...

Et il s'éloigne.

Aussitôt, là, en pleine rue, à deux pas du commissariat, Thomas pose ses conditions. Le mensonge, terminé. Il a besoin de reprendre sa liberté, il veut du ciel bleu, et tant pis pour les conséquences. Il y a des moments, dans la vie d'un homme, où les choix moraux se posent de façon aiguë. Thomas les a faits, ses choix. Il les assume.

La réaction de Jasmine est celle d'une enfant gâtée.

– Tu ne peux pas me faire ça ! Tu ne peux pas me quitter ! Pas après les risques que j'ai pris pour toi !

Elle trépigne, elle s'étrangle. Un scooter, qui passe par là, ralentit : le spectacle de cette jeune femme ivre de rage est amusant. Mais Thomas tient bon.

– Je ne t'ai jamais demandé ce témoignage, Jasmine. Tu m'as enfoncé dans le pétrin, c'est tout. Et Julia...

Encore une fois, Jasmine réagit avec dureté.

– Si tu es vraiment allé voir grand-père le soir de sa mort, pourquoi ne l'avoir pas dit ?

– Parce que si je dis la vérité, c'est toi qu'on accusera de faux témoignage !

Les yeux de Jasmine s'allument. Il veut la protéger, c'est donc qu'il y a de l'espoir ! Dans un rire un peu fou, elle hoquette :

– C'est moi... Moi que tu protèges, pas elle... Je t'aime, Thomas. Viens, on rentre à la maison.

– Jasmine, écoute-moi. J'ai réfléchi en prison, et j'ai besoin de prendre de la distance, de mettre de l'ordre dans ma tête.

– Tu reviendras ?

– Je ne sais pas.

– Mais notre enfant, Thomas, notre enfant...

Le chantage est en place. Jasmine appuie là où ça fait le plus mal. Pour un homme qui a perdu ses parents, il n'y a rien de pire que d'imaginer une enfance loin de son propre père. Elle le sait, elle en joue. Mais Thomas reste imperturbable : il préfère cela à une vie sans amour. Il répond simplement :

– Je serai un bon père. Même si je ne vis pas avec sa mère.

L'explosion le surprend : Jasmine écume. Une marchande s'écarte, stupéfaite par ce fiel qui jaillit.

– Alors, je t'empêcherai de le voir ! J'en ai les moyens !

En prononçant ces mots, elle a un sourire effrayant, qui rappelle celui de sa mère.

*
* *

Desrivières, assis devant son ordinateur, se tourne vers Joséphine. Il explique le procédé : ayant récupéré le téléphone portable de Todobrini, l'informaticien du commissariat l'a fait « parler ». Les messages récents ont été décryptés, les anciens récupérés dans la mémoire, les e-mails consultés. Et en plus, les documents attachés ont été isolés, puis stockés dans les archives pour les besoins du dossier. Le commissaire se frotte les mains.

– Regardez, Joséphine.

Sur l'écran apparaît le visage de Sophie Moussié. L'image est un peu floue, de mauvaise qualité, mais on distingue nettement la jeune femme qui, face à l'objectif, s'adresse à son amant. « Mon amour, j'avais vu juste. La poule va pondre, ce soir. Demain, je vais traverser la mer pour te rapporter tous ces jolis œufs d'or... Tu vas être fier de ta Sophie. Il fallait le trouver, ce coup-là. Je t'embrasse partout. »

Le commissaire sourit. Ah, le progrès ! Une bénédiction pour la police ! Webcams, Internet, tout le monde pense être anonyme... Il n'en est rien. Chacun est tracé, épié, enregistré. L'anonymat est un leurre. La preuve. Joséphine, loin de ses tisanes et de ses incantations, se sent un peu perdue ; pour elle, l'informatique, c'est de la magie. Savoureux renversement des choses...

– Je ne comprends rien à cette histoire, commissaire.

– Je vais vous expliquer. Voilà : le soir de sa mort, Sophie Moussié a rendez-vous. Elle s'apprête à toucher le gros lot, comme elle le dit, et le touche peut-être. Elle est tuée. Où est le magot ? C'est pour le récupérer que Serge Todobrini va enlever Sunsia. C'est du moins ce que je pense. Ou alors...

Le commissaire s'interrompt, et laisse le silence planer. Le dimanche, l'activité du commissariat est plus relâchée. Quelques hommes circulent, rien à voir avec l'animation habituelle.

– Joséphine, vous avez mis en danger la vie d'une enfant qui vous a été confiée par la Ddass. Il en faut moins que ça pour que les services vous la retirent. Alors soit je saisis la Ddass, soit vous me racontez ce que vous savez. Le marché est honnête, me semble-t-il.

– Elle a déjà connu tellement de foyers, la pauvre. Elle ne supporterait pas d'être déplacée encore. Elle va mieux, depuis l'autre jour. Elle vous aime bien aussi, vous savez...

– C'est pour ça que je vous laisse le choix.

Il regarde la petite, endormie sur une banquette, qui respire tranquillement. Elle a été soignée, lavée, puis nourrie. Rien de grave, sauf une grosse frayeur. Elle a besoin d'amour, voilà tout. C'est peu, et c'est énorme. Desrivières reprend.

– Choisissez, Joséphine.

La vieille femme prend une longue inspiration. Elle est vaincue. Elle raconte, du fond de ses souvenirs, l'histoire qui sous-tend et empoisonne les événements de ces derniers jours.

– Vous avez vu juste, commissaire. Octave, le mari d'Hortense Bertin, a bien disparu le même jour qu'Alberto Mahé. Je me souviens... C'était le soir, il y a plus de quarante ans... Monsieur Octave venait de rentrer à la maison quand on est venu le chercher. Un garçon était tombé dans la montagne, l'orage menaçait. Comme il connaissait bien le coin, c'est à lui qu'on a fait appel. De plus il avait le matériel, en cas de gros pépin... Il est parti pour le secourir. Il n'est jamais revenu.

– Un garçon ? Il ignorait qu'il s'agissait du fils Mahé ?

– Oui. C'est seulement après qu'on a compris.

– Pourquoi avez-vous menti à l'époque et mentez-vous encore aujourd'hui ?

– Je ne mens pas.

Desrivières, faisant une moue, pivote sur son fauteuil. Il joue avec un crayon, dessine une fleur, réfléchit. Puis revient à l'assaut.

– Si, vous mentez, Joséphine. Par omission, mais vous mentez. Avec qui Sophie Moussié avait-elle rendez-vous ce soir-là ?

– C'est tout ce que je sais.

Desrivières est sûr qu'elle en sait un peu plus. Mais il ne presse pas son avantage. Il se lève.

– Je vais vous raccompagner.

– Et pour la petite ?

– Je ferai comme vous, Joséphine, je me tairai.

Là-dessus, il prend Sunsia dans ses bras, la soulève comme un fétu de paille et la couche gentiment sur la banquette arrière de sa voiture. Chemin faisant, il reste silencieux, mais jette parfois un coup d'œil dans le rétroviseur.

Parvenu chez Joséphine, il se contente de glisser la fillette sous les draps et, sans rien dire, s'en va.

Plus loin, dans la rue, une petite voiture noire est garée. Au volant, un policier en civil. Desrivières s'approche, fait un signe imperceptible, passe son chemin et disparaît. Au moins elles sont sous surveillance, voilà qui évitera les mauvaises surprises.

Il repense à Sunsia : un rayon de soleil se glisse dans son cœur. À peine s'il remarque que le crépuscule est tombé.

*
* *

Julia marche dans le hameau. Les crêtes, au loin, sont déjà baignées de brume et une nuit claire s'installe, laissant tous les détails apparents. Voici la case où Alexandre a vécu quelques jours. Voici la maison de monsieur Yang... Que cherche-t-elle ? Quelles réponses ? Quel repos ? L'odeur humide de la forêt lui parvient, par bouffées successives, tandis que de rares tanrecs, recherchés pour leur langue – un mets de gourmet – se glissent à la faveur de l'obscurité.

– Alex... Alex... Aide-moi, murmure-t-elle.

C'est presque un acte magique qu'elle accomplit, comme si l'esprit de son frère rôdait encore dans ces parages. Elle s'assied sur une grosse pierre de lave et ferme les yeux. On est si bien, si loin...

Mais une voiture arrive. Un pinceau de lumière balaie la place. Une portière claque. Quand le visiteur éteint les phares, Julia, intriguée, distingue sa silhouette.

– Je savais que je te trouverais ici.

Elle se lève, recule.

– Julia... Qu'est-ce qui t'arrive ? Qu'est-ce que j'ai fait ? Tu as peur de moi ?

Elle prend la direction de la forêt, reculant toujours. Puis elle se met à courir sur le sentier où, naguère, son frère a lui aussi couru. Quand elle arrive, dans une demi-obscurité, à la cascade, c'est une véritable falaise qui s'ouvre devant elle. Elle n'a plus d'endroit où se réfugier. Elle recule... Elle recule. Thomas, effrayé, la saisit par les épaules. Elle cède, se jette dans ses bras. La cascade, à côté d'eux, déroule ses flots éternels... Au bout d'un moment, elle demande :

– Qui es-tu, Thomas ? Je ne sais plus qui tu es.

– Je n'ai tué personne, Julia. Personne.

Il la ramène vers le hameau, vers la pierre noire. Ils marchent, apaisés. Il sent chez elle une tension, une sorte de méfiance. Elle n'a pas vaincu ses préventions, elle hésite. Thomas s'assied sur la pierre, incite Julia à faire de même. De là, ils regardent la lune qui monte dans le ciel de velours.

– Pourquoi n'as-tu pas dit à Desrivières que tu étais avec Mattéo ? s'étonne-t-elle.

– Parce qu'il m'aurait inculpé et qu'en prison je n'aurais rien pu faire. Je suis comme toi, Julia, je veux la vérité !

– J'aimerais tellement te croire...

Ils restent ainsi, comme deux enfants perdus. Ils écoutent les bruits nocturnes, toute cette vie qui converge vers le volcan, non loin d'ici, où la lave en fusion menace toujours de se mettre à bouillir ; c'est la vie même, cette menace. Sous l'écorce, il y a ce flux de sève. Sous la peau, jaune, blanche ou noire des hommes, il y a ce brasier d'émotions...

– J'ai quitté Jasmine, annonce Thomas. Je ne retournerai pas chez les Mahé. C'est fini.

Bouleversée, Julia demande :

– Et l'enfant ?

– Une femme qui fait un enfant dans le dos d'un homme pour le garder, c'est vivable, tu crois ? C'est un chantage moral, voilà ce que c'est !

Mais Julia est remuée par des sentiments divers. Cet enfant, ces morts, cet écartèlement entre les Mahé et les Bertin... Elle réagit comme un cheval qui se cabre sous une main un peu dure : en défense. Et soudain, elle balaie tout.

– Va-t'en, Thomas. Depuis que tu es revenu sur l'île, tu n'as apporté que du malheur.

Il se lève, blessé, offensé. Il tourne les talons, remonte dans sa voiture et rétorque :

– Je te prouverai que je n'y suis pour rien !

– Thomas ! s'écrie Julia, regrettant ses paroles.

Il est déjà parti.

– 24 –

Quand elle ouvre ses volets, la vieille tisanière sait qu'elle a une lourde tâche à accomplir, et que cette journée va être décisive. Elle prépare le petit déjeuner, habille Sunsia qui, heureuse d'avoir retrouvé sa maison, joue déjà avec ses poupées. Joséphine, alors, la prend par la main et monte dans la voiture du voisin qui, pour la circonstance, fait office de chauffeur. Personne ne note la discrète voiture banalisée qui suit. La route n'est pas très longue, mais on passe d'un univers à l'autre, d'un quartier populaire à une zone résidentielle. Les maisons sont moins serrées, les espaces plus verts, les rues plus dégagées.

Quand Joséphine arrive devant la maison Bertin, le policier en civil qui la prend en filature décroche son téléphone.

Déjà Hortense est sur le perron, le visage fermé. Elle regarde Joséphine et la petite fille s'approcher, puis, d'un geste de la main, congédie Régine. La réception, visiblement, est fraîche. D'abord, Hortense manifeste son impatience en se drapant nerveusement dans le châle qu'elle a sur les épaules, bien qu'il fasse déjà chaud. Ensuite, elle n'invite personne à entrer. La discussion va-t-elle donc se dérouler là, entre la maison et le jardin, comme avec un quelconque livreur ? La doyenne des Bertin, qui semble aux abois, s'inquiète de la présence de Sunsia.

– Ce ne sont pas des conversations pour les enfants. Je préférerais qu'elle aille jouer dans le parc...

– Pas question. Après ce qui est arrivé, je veux la garder près de moi.

Mais déjà la petite s'assied sur un banc et caresse un chat tigré, qui se frotte à elle. Hortense continue, pincée.

– J'espère qu'elle ne sera pas comme ta Sophie Moussié. Elle aussi, au même âge, a dû entendre des choses qu'elle était supposée ignorer... Elle a su s'en souvenir vingt ans plus tard...

Joséphine a un bon sourire. Elle rassure Hortense.

– Vous n'avez rien à craindre. Sunsia est comme moi-même, comme mon double.

Est-ce l'effet de l'enlèvement ? La petite ne perd jamais de vue les deux femmes, même quand celles-ci se mettent à marcher dans le parc, sous les manguiers centenaires. Hortense prend la parole :

– Tu ne lui as rien dit d'autre, à ce policier ?

– Non.

– Tu as eu l'impression qu'il t'a crue ?

– Il a des doutes, mais il ne sait rien.

– Bien, il faut faire vite. Tu es la seule qui puisse la convaincre. Elle ne redoute que ton autorité.

Joséphine l'arrête. Visiblement, elle n'est pas d'accord. Elle argumente, mais Hortense reste ferme. Comme elle le dit : « Je n'ai plus le choix, et Cristina non plus. » Elle confie une mission à Joséphine, une mission surprenante :

contacter la fille de Mattéo Mahé discrètement. Pour organiser un rendez-vous.

*
* *

Thomas est décidé. Il doit faire face à Cristina. C'est elle, il en est convaincu, qui tire les ficelles. Délivrée de son influence, Jasmine redeviendra elle-même. La source de toute méchanceté, c'est Cristina. Il faut remettre les choses à plat. Le rapport de forces doit s'inverser. En garant sa voiture devant la demeure Mahé, Thomas a l'impression de remettre les pieds dans le marigot. C'est nauséabond, mais il faut le traverser. D'ailleurs Cristina, comme si de rien n'était, s'avance déjà vers lui.

– Ah, Thomas ! Quelle bonne idée de venir nous voir ! Tu es revenu à de meilleurs sentiments ?

– Ce n'est pas pour te parler du passé que je suis venu.

Cristina tique. Le jeune coq relève donc la tête ? Redoublant de vigilance, elle l'invite à entrer dans cette demeure qu'il connaît si bien. Dans le salon, ils restent debout tous les deux, comme deux négociateurs en temps de guerre. Il attaque :

– Ces derniers temps, j'ai eu tout le loisir de réfléchir. Je sais qu'Alexandre n'a pas menti. Sophie Moussié est venue chez toi le soir de la fête.

– Tu réfléchis, maintenant ? Fort bien. Cela dit, j'espère qu'Alexandre l'a signalé à la police. C'est le meilleur moyen pour qu'ils ne le croient pas ! Sa parole a toujours été si fiable...

– La mienne l'est, en tout cas, malgré les efforts louables de ta fille. Le soir de la mort d'Alex, tu n'es pas restée à la maison. Figure-toi, c'est curieux, je t'ai vue sortir.

– Je suis allée chez Richard. La police a vérifié.

Échec et mat. Chacun des interlocuteurs reste sur ses positions. Cristina s'assied, puis allume une cigarette, moyen idéal pour elle de dissimuler son énervement. Le jeune coq continue.

– Je ne sais pas comment, mais tu es mêlée à ces meurtres. Alors je te préviens, Cristina, si tu touches un seul cheveu de la tête de Julia...

Faute. C'est le point faible de Thomas, cette Julia. Cristina éclate de rire, d'un rire strident, mauvais.

– Qu'il est mignon ! Il abandonne sa fiancée enceinte et vole au secours de sa maîtresse ! Mais, mon cher Thomas, ne te figure pas que tu vas t'échapper ! Tu es le père de mon petit-fils, tu vas assumer !

– Je vais assumer, oui. Mais je quitte Batibo à l'instant. Je resterai ici jusqu'à ce que l'affaire soit close. Ensuite, je repars pour Paris. L'enfant viendra me rejoindre, régulièrement. Je m'en occuperai.

Cristina, l'œil mauvais, le regarde avec mépris.

– Tu feras ce que *je* voudrai ! En tout cas, ne compte pas sur Julia pour assurer les gardes de ton fils. Cette surprise-là, elle ne l'a pas encaissée. Elle ne l'acceptera jamais. Alors à quoi bon tous ces grands mots ? Tu as perdu, Thomas. Je t'offre ta seule chance de te refaire, comme on dit au jeu.

Thomas ne l'écoute plus. Une seule phrase reste fichée dans sa tête : il a perdu Julia.

*
* *

Desrivières, en marchant, apprécie le matin. Le commissaire est de bonne humeur : il sent que l'enquête est près d'aboutir. Un détail, qui le tracasse depuis longtemps sans qu'il ait mis le doigt dessus, lui revient en tête. Le relevé des appels du portable de Todobrini signale plusieurs conversations sur Antibes. Il demande à Titou :

– Au fait, on sait qui il appelait à Antibes, Todobrini ?

– Vous n'allez pas le croire, patron. C'est du genre inattendu.

– Vas-y.

– Une maternité ! La clinique maternelle des Petits-Moineaux ! Vous imaginez ?

– Et il a parlé à qui ?

– À une fille, que j'ai appelée aussi, mais elle ne rentre de congé que demain.

– Bon, Titou, tiens-moi au courant.

Le téléphone sonne. Desrivières le cherche dans sa poche, écoute attentivement, remercie son interlocuteur et raccroche. « Direction la demeure Bertin ! » dit-il.

Un peu plus tard, Julia gare sa voiture et, pensive, franchit les grilles de La Roseraie. La nuit qu'elle a passée dans la montagne l'a laissée en plein désarroi. Thomas est-il celui qu'elle aimerait qu'il soit ? Elle croise Joséphine, qui sort avec Sunsia. La vieille femme et la petite fille ont l'air de partir furtivement : que se passe-t-il ? Dans l'ambiance qui règne, chaque détail qui sort de l'ordinaire devient intrigant, peut-être une source de danger. Soudain Julia entend une voix. S'approchant de la varangue, elle surprend une discussion assez vive entre Desrivières et sa grand-mère. Le commissaire a une carte en main : il sait, grâce à la filature, que Joséphine était là il y a quelques minutes, mais n'en laisse rien paraître. Il joue le naïf. Ce qu'il est loin d'être. Une fois de plus, il interroge Hortense :

– Je n'ai rien à ajouter, commissaire. Joséphine vous a dit la stricte vérité.

Mais Desrivières n'est pas satisfait. Il ne lâche pas.

– Il y a quand même quelque chose que je ne comprends pas. Pourquoi n'avoir jamais dit aux Mahé que votre mari était parti secourir leur fils ?

– Avouez que la coïncidence aurait pu paraître incroyable : deux membres de deux familles opposées disparus ensemble ! Personne n'y aurait cru. Et puis, il n'a jamais été prouvé qu'il s'agissait de leur fils...

Desrivières regarde Titou, assis sur une chaise près du grand confiturier en teck. Il cherche la faille, retourne chaque argument, puis tente une autre approche.

– Quel âge avait votre fille, quand son père a disparu ?

– Quinze ans...

– Je vais l'interroger.

– Elle est trop fragile aujourd'hui, commissaire.

Mais Marie-Thérèse, pimpante et fraîche, fait son entrée, méconnaissable. Une touche de rouge sur les joues, un peu de mascara sur les yeux, elle est bien coiffée et, dans un chemisier blanc, elle a fière allure. Il y a loin de la vieille jeune fille déprimée, aux épaules basses, à cette femme qui, semble-t-il, a retrouvé son énergie.

Desrivières monte avec elle dans sa chambre...

Hortense, sur les nerfs, se réfugie dans la cuisine. Dans une odeur de café noir, Régine est en train de repasser. Julia, assise à la grande table, découpe une mangue pour son petit déjeuner.

– Ce Desrivières, il m'exaspère, à fouiner partout ! s'écrie la doyenne. Il interroge ta tante, à présent ! Je te demande un peu !

– Il fait son travail, grand-mère. Je ne vois pas en quoi cela t'inquiète.

– Elle est capable de dire n'importe quoi !

– Par exemple, que tu « connaissais » Alberto Mahé au point que ton mari aurait pu être jaloux, grand-mère ?

– Qu'est-ce que tu vas chercher ? Tu as perdu la raison, ma pauvre fille ! Alberto Mahé... Mais c'était un enfant, à l'époque !

– Oui, grand-mère, j'ai perdu la raison. Comme ma tante. Alors, comme je suis dérangée, je vais aller me faire soigner. Et tu sais où je vais me faire soigner ? Chez ton amie Joséphine, puisqu'elle s'occupe de toute la famille !

La mangue est pelée. Julia la laisse là, dans une assiette blanche, et s'en va. Hortense s'enfonce dans son siège, une main sur le cœur, comme si elle avait vu le diable.

*
* *

Chez Batibo, la journée commence. Les ouvriers viennent prendre leurs ordres, les chefs de chantier repassent leurs plans de travail. Dans les bureaux, c'est le va-et-vient normal : chacun est affairé. Nathalie, la secrétaire de Mattéo Mahé, a repris des fonctions plus générales dans l'entreprise : son ancienneté la rend inestimable. Elle est la mémoire de la société. Près d'elle, Richard regarde le planning affiché au mur.

À la réception, les filles mettent de l'ordre dans le courrier. L'une d'elles lève la tête, et salue le nouveau venu.

– Bonjour, monsieur Souheil !

Nathalie remarque que Thomas a l'air très fatigué. Puis elle se penche sur le fax, pour récupérer un courrier qui arrive. Richard, rigolard, se plaint pour la forme.

– Tu as eu une panne de réveil ?

– J'ai cassé mon réveil, mon vieux. Plus de réveil.

– Ah... Tu as un souci ?

– Aucun. Ne te dérange pas. Je ne fais que passer.

Déjà Thomas ouvre la porte de son bureau. Il va juste récupérer ses affaires personnelles et décamper. Adieu, Batibo ! Plus de mensonges, plus de soumission ! Nathalie lui apporte un café et, gentiment, l'informe.

– Des analyses au nom de Jasmine viennent d'arriver par fax...

– Eh bien, Nathalie, donnez-les à Cristina.

Nathalie a du mal à faire passer le message. Le contenu lui semble tellement invraisemblable... Elle tente de le faire comprendre à Thomas. Celui-ci s'impatiente.

– Eh bien, Nathalie... Si vous avez quelque chose à dire, dites-le !

– Monsieur, les résultats du labo...

– Oui ?

– J'ai travaillé plusieurs années dans un laboratoire médical. Je sais lire des analyses. Celles de Jasmine, que je tiens dans ma main, sont négatives. Elle n'est pas enceinte, je vous le garantis.

– Faites voir...

Sidéré, Thomas lit les analyses mais n'y comprend rien. Hématocrites, œstrogènes, que signifie tout ce laïus?

– Elle n'est pas enceinte, vous êtes sûre?

Nathalie confirme. Thomas lui fait signe de s'asseoir.

– Pourquoi faites-vous ça, Nathalie?

– Parce qu'à part monsieur Mahé, vous êtes le seul à avoir été gentil avec moi.

Elle s'interrompt. Peut-être en a-t-elle trop dit, déjà... Elle ne voudrait pas perdre son job, mais Thomas poursuit :

– Vous étiez très proche du père de Cristina?

– Très. Malgré notre différence d'âge, Mattéo... je veux dire monsieur Mahé, a toujours été aux petits soins pour moi. En revanche, Cristina et Jasmine ne m'ont jamais acceptée. Pour elles, je ne suis rien. Même le jour de son enterrement, elles m'ont tenue à l'écart. C'était un homme formidable, vous savez...

Il commence à faire chaud. Thomas baisse les stores, et une semi-pénombre rassurante envahit le bureau. Dehors, le remue-ménage habituel continue. Les camions démarrent.

– Nathalie, qui me dit que vous ne me racontez pas ça par vengeance?

– Bien sûr, monsieur Thomas, que je me venge! Je n'ai jamais compté mes heures ni ma peine. Je sais que dans trois mois je serai au chômage. Cristina vient de me faire parvenir ma lettre de licenciement. C'est triste d'en arriver là. Mais si vous ne me croyez pas, montrez ces résultats à un médecin.

Et elle quitte la pièce, passablement ulcérée. Thomas reste seul. Il ne bouge pas, il ne ramasse pas ses affaires, il est perdu dans ses pensées. De noires pensées.

Richard, au même moment, entre dans le bureau de Cristina. Il lui manque un détail technique pour le chantier de la salle de musique, mais sa curiosité est la plus forte. Il demande, de but en blanc :

– Qu'est-ce qu'il a, Thomas ? Il fait une tête de déterré.

– Ruade de jeune poulain. Ça lui passera.

Cristina se trompe. Il y a des choses qui ne passent pas.

*
* *

Dans sa chambre, Marie-Thérèse, digne et droite, parle. Elle raconte une vieille histoire, qui date d'il y a un demi-siècle. Elle apporte l'éclairage qui manquait. Cette femme que tout le monde traitait avec condescendance, que même sa mère écartait de toute décision, a trouvé sa voie. Elle s'est réconciliée avec elle-même en libérant ses oiseaux. Et elle se libère à son tour en annonçant ceci à Desrivières :

– J'étais là, ce jour-là, quand on a prévenu qu'un accident venait d'avoir lieu. Au fond, je n'ai jamais su si mon père était parti pour le sauver ou pour le tuer.

– Mais pourquoi aurait-il voulu tuer Alberto ?

– Je ne sais pas.

Desrivières se lève et fait quelques pas dans cette chambre encombrée de napperons, de photos encadrées, de carafes en verre filé. Sur la commode, une boule, souvenir d'Antibes.

– Vous connaissez Antibes ?

– Oui. C'est très joli, répond Marie-Thérèse, évasive.

Puis elle va s'asseoir dans sa dodine, ce vieux rocking-chair à la mode créole. La conversation est finie. Desrivières ferme la porte de la chambre, et descend l'escalier. Hortense se précipite sur lui, tentant de discréditer ce que sa fille a bien pu dire.

– Je vous avais prévenu, elle n'a plus toute sa tête. Elle raconte des fables, inventées, rêvées...

– Je fais le tri, madame Bertin, je fais le tri. Il y a les bonnes lentilles et il y a les cailloux qui sont immangeables. Je garde les lentilles.

– Et, dans ce cas précis, vous gardez quoi ?

– L'information selon laquelle votre mari est parti à la recherche d'Alberto Mahé.

– Mais qu'est-ce que ça change ?

– Ça change, chère madame, que vous me mentez sans cesse. Depuis le début. Vous et les autres. J'en ai assez, de tous ces mystères ! Je ne suis pas un touriste, madame Bertin, mettez-vous bien ça en tête ! Je trouverai ce qu'il y a à trouver ! Viens, Titou. On s'en va. Ça sent mauvais, ici. Sans doute un vieux mensonge qui pourrit dans un coin.

Hortense est folle de rage. Elle monte, aussi vite que ses vieilles jambes le lui permettent, dans la chambre de sa fille. Et l'orage éclate : Marie-Thérèse a sali la mémoire de son père, elle a livré des secrets de famille, elle est une ingrate, elle est fourbe ! Hortense déverse tout un chapelet d'imprécations. Et conclut, blême :

– Tu n'as pas le droit !

Marie-Thérèse stoppe le balancement de sa dodine, regarde sa mère et, tranquillement, la jauge. Puis elle déclare doucement :

– J'ai tous les droits, tous! Parce que je suis déjà morte. Parce que moi aussi vous m'avez tuée, maman!

Et ce « maman » retentit comme un glas.

*
* *

Dans la cour de Batibo, tous les camions sont partis. Un reste de poussière traîne, qui retombe doucement sur le parking. Cristina, appuyée contre sa voiture, discute. Richard, qui observe la scène par l'une des fenêtres du bâtiment, ne reconnaît pas l'interlocutrice de sa maîtresse : c'est une vieille femme, accompagnée d'une petite fille. Le soleil commence à taper, et l'ombre des arbres du parking est la bienvenue. Cristina fouille dans son sac et tend à Joséphine un billet plié.

– Prends-le. Pour la petite.

De l'argent? Joséphine la regarde, presque indignée.

– Tu ne nous dois rien, Cristina. Je ne suis pas venue pour l'argent. Je suis venue pour Hortense.

– Joséphine...

– J'aimais beaucoup Sophie, malgré ses défauts. Je l'aimais vraiment beaucoup.

Y a-t-il une menace voilée dans ces propos? Toujours est-il qu'ils font leur effet sur Cristina qui reste là, avec son billet plié en quatre, pauvre personne malgré son compte en banque. Humiliée, elle rentre dans les locaux de Batibo.

Quand elle pénètre dans son bureau, Richard l'attend. Il déchiffre sur son visage qu'il y a des ennuis dans l'air. Depuis la mort de Todobrini, les nuages s'accumulent. Il faut faire profil bas.

– C'était qui, cette femme ? demande-t-il.

– Personne.

– Qu'est-ce qu'elle voulait ?

– Elle, rien. Mais elle m'a fait passer un message.

– Lequel ?

– Hortense Bertin veut me voir.

– Quoi ? Tu ne vas pas y aller !

– Si. Demain matin, à 10 heures. C'est typique d'elle, ça. Elle convoque, histoire de me montrer qu'elle est toujours la patronne. Elle me fait rire. Elle est ridicule.

Richard comprend que quelque chose lui échappe. Il s'assied sur le bureau de sa patronne et caresse l'avant-bras bronzé de Cristina. D'une voix radoucie, il conseille la prudence. Après tout, il faut y aller sur la pointe des pieds, désormais. Pas la peine d'alerter Desrivières. Il y a des choses qu'il faut garder entre nous, dit-il. Puis, toujours caressant :

– Qu'est-ce que tu me caches, Cristina ? Pourquoi est-il comme ça ce matin, Thomas ?

– Ne t'occupe pas de ça. C'est moi que ça regarde !

On frappe à la porte. Richard se redresse et va ouvrir. Nathalie, devant lui, informe Cristina.

– Le commissaire Desrivières veut vous voir.

Pas le temps de répondre quoi que ce soit : le commissaire entre, déterminé. Nathalie s'en va mais laisse la porte ouverte. Richard s'assied dans le canapé du coin. Quand Desrivières lance un coup d'œil interrogatif sur celui-ci, Cristina intervient :

– Vous vous connaissez, je crois. Richard est mon plus proche collaborateur. Je n'ai aucun secret pour lui.

Et elle ferme la porte. Nathalie, demeurée seule à son bureau, s'interroge un instant. Puis elle sort de l'un de ses tiroirs un dossier intitulé « Procès Bertin ». D'un pas décidé, elle se rend dans le bureau de Thomas. Celui-ci a fait place nette, bien décidé à quitter les lieux. Visiblement, il est en colère. En voyant Nathalie, cependant, son visage s'éclaire. D'un geste bref, la secrétaire lui donne le dossier.

– Il était dans le bureau de monsieur Richard. Depuis un moment déjà... précise-t-elle.

Thomas s'assied.

Pendant ce temps, le commissaire pose les mêmes questions, une fois de plus.

– Le soir de sa mort, Sophie Moussié avait rendez-vous avec vous...

Richard, sur le canapé, s'intéresse vivement à la conversation. Cristina rétorque :

– C'est une question ?

– Non, mais ce n'est pas pour ça que je n'attends pas de réponse.

– Eh bien, commissaire, je vous répète que je n'ai jamais vu cette fille. Ce soir-là, j'étais à la fête des fiançailles de Jasmine. Plus d'une centaine de témoins pourront vous le confirmer. À commencer par votre collègue Ragus, qui était de la partie.

– Et le soir de la mort d'Alexandre Bertin, vous avez déclaré que vous étiez avec monsieur, n'est-ce pas ? Monsieur Richard Tourneur ici présent...

– Oui.

– Ainsi que le jour de la mort de Serge Todobrini ?

– En effet.

– J'imagine que vous étiez encore ensemble le soir de la mort de Kim Lomé ?

– Certes. Je compte sur votre discrétion, commissaire. Bref, Cristina n'était nulle part, sauf dans les bras de son amant, se dit Desrivières. Heureux homme. Mais qui manipule qui ?

*
* *

Thomas est hors de souffle. Plus jamais il n'habitera ici. Il vient d'ailleurs de s'installer à l'hôtel Fournier. Rageusement il ouvre les portes, cherche, repart, sous l'œil des domestiques. La maison Mahé a rarement vu pareil branle-bas. La véranda. Le salon. Les chambres. Personne... Parvenu à l'extrémité du premier étage, le jeune homme jette un coup d'œil à l'extérieur. Au bout du parc, Jasmine prie, semble-t-il, devant son petit autel consacré aux divinités hindoues. C'est calme, c'est joli, mais Thomas a le feu aux tempes. En courant, il redescend et, froidement, vient se placer face à celle qui a été sa fiancée, et qui n'est plus, à ses yeux, qu'une vulgaire entôleuse.

– Comment as-tu pu me faire ça ? Comment ? Un enfant c'est sacré et j'y ai cru ! Menteuse, menteuse...

– Je t'aime, voilà. J'ai fait ça parce que je t'aime, Thomas. Je ne veux pas te perdre.

Elle se pend à son cou, s'écrie « Pardon ! Pardon ! ». Mais le mépris qu'elle lit dans les yeux de son fiancé est incommensurable. C'est plus que du mépris, d'ailleurs, c'est de la pitié. Thomas recule d'un pas et, calmement cette fois, lui assène le coup de grâce.

– On ne peut rien te donner, Jasmine, parce que tu détruis tout. Apprends à t'aimer. Moi je ne peux plus.

Il tourne le dos et s'en va. La flamme, devant le Ramayana, vacille et s'éteint. Jasmine tombe à genoux. Quelques pétales, emportés par le vent, s'échappent de la coupelle et se répandent doucement, en pluie, autour d'elle.

– Mon amour... murmure-t-elle.

Mais le vent emporte ses paroles.

– 25 –

L'obscurité est tombée, un voile de nuit couvre l'île. La journée a été rude : Desrivières qui fouine, Richard qui sait trop de choses, le passé qui talonne le présent, les chantiers en cours et Thomas qui a claqué la porte, laissant un trou dans la vie des Mahé et un autre dans la conduite des affaires. Décidément, se dit Cristina, il y a des jours où l'on ferait mieux de rester au lit. Surtout avec Richard... À la seule pensée des draps froissés chez lui, Cristina a un sourire sensuel. Après tout, cet homme-là a des qualités... Mais aussi des défauts, sans doute, dont elle ne sait rien. Quel jeu joue-t-il ?

En franchissant le perron, elle remarque que la chambre de Jasmine n'est pas éclairée ; peut-être est-elle dans le salon, devant la télévision ? Elle pose ses dossiers dans l'entrée, enlève sa veste et s'annonce.

– Jasmine ?

Personne ne répond. Les lumières sont éteintes, la grande pièce est déserte. Seule la télévision, qui ne diffuse que de la neige, produit un halo intermittent, froid, blanc. Les émissions sont terminées, mais un son parasitaire se fait entendre dans une sorte de chuintement perpétuel. Au moment où Cristina va éteindre l'appareil, elle sursaute à la vue d'une silhouette dans le rayon de cet éclairage fantomatique. Elle s'approche... Il s'agit du mannequin en bois portant la robe de mariée de Jasmine. Le mariage, elle l'avait presque oublié ! Il est pourtant essentiel qu'il ait lieu. D'abord pour l'image sociale, dont dépend le crédit de la famille Mahé. Et pour la tranquillité des esprits. Les noces mettront fin à ce délabrement général. Thomas reviendra à la raison. Cristina allume la lumière.

Et là, c'est le choc. Au milieu de la pièce, devant les deux canapés en cuir, la robe de mariée est déchirée, lacérée. Sont-ce des traces de safran ou de sang que Cristina aperçoit ? La main sur la bouche, elle ne peut retenir un cri. Qui a commis cette... ce sacrilège ? On dirait un meurtre prémédité. L'image est atroce. De symbole de vie, la robe est devenue une véritable évocation de la mort. Oui, il y a quelque chose de macabre dans cette vision... Troublée, Cristina s'approche encore quand, derrière elle, apparaît sa fille démaquillée, décoiffée, vêtue d'un blouson et d'un blue-jean. À la main, elle porte un sac de voyage. Elle dit simplement à sa mère :

– Regarde ce que tu as fait de ta fille, maman chérie !

Cristina jauge la situation, sans comprendre. Que s'est-il passé ? De toute évidence, sa fille s'en va.

– Où vas-tu ?

– Le plus loin possible de toi ! Jamais je n'aurais dû accepter ce mensonge.

– Tu lui as dit ?

– Je n'ai même pas eu ce courage. Il a trouvé tout seul.

Cristina se place dans l'encadrement de la porte, empêchant Jasmine d'avancer.

– C'était pour toi... Tu le voulais tellement! Rappelle-toi!

Mais Jasmine écarte résolument sa mère. Sa décision est prise. Elle doit fuir ce lieu empoisonné. Elle abat sa carte majeure.

– Je l'ai vue, maman, je l'ai vue arriver chez nous le soir de la fête!

– De qui parles-tu? De qui?

– De Sophie Moussié.

Cristina sent le poids de la fatalité s'abattre sur ses épaules. Décidément, tout ce qu'elle entreprend tourne à la faillite. Affaiblie, elle tente une dernière défense.

– C'est tout ce que tu as trouvé pour te venger de moi?

– C'est tout ce que j'ai trouvé pour te dire à quel point je t'ai aimée, maman.

La réponse de Jasmine est un coup de poignard dans le cœur. Jasmine... Jasmine qui lui tend maintenant des fleurs : le bouquet de la mariée.

– Souvenir! lance-t-elle avec une dure ironie.

Puis elle sort et s'enfonce dans l'obscurité, son sac à la main.

Pour Cristina, il n'y a plus rien. Plus d'avenir, plus d'espoir. Le désert. Elle aura donc tout raté? Il ne lui reste que sa méchanceté intime, sa noirceur. Mais pour l'instant, elle tombe à genoux sur le tapis d'Orient et crie, comme une possédée :

– Jasmine!

Le bouquet roule devant elle et se décompose doucement.

*
* *

Combien de temps est-elle restée ainsi, prostrée? La nuit a beau être chaude, Cristina a froid. Sa vie, semble-t-il, s'est écroulée. Tous ces efforts, tous ces coups tordus... Quelle heure est-il? Minuit? Dans la cour, elle entend une voiture arriver. C'est Jasmine! Elle est revenue! Cristina se relève, essuie ses larmes, court vers la porte d'entrée... pour découvrir Julia qui, postée devant la grande maison des Mahé, crie :

– Cristina! Je veux parler de la mort de mon frère avec vous!

Ce n'est pas le moment. Ce ne sera jamais le moment. Mais qu'on la débarrasse de ces Bertin et de leurs problèmes, ça suffit! Cristina vient de perdre sa fille et voici que l'ennemi débarque chez elle! Elle n'a qu'un geste las pour signifier à Julia qu'elle doit s'en aller. Mais l'autre insiste.

– C'est parce qu'il ressemblait trop à votre frère, que vous détestiez tant Alexandre?

– Tu n'es pas la bienvenue, ici. Pars!

– Vous ne vous en tirerez pas aussi facilement! Je veux la vérité, et je l'aurai! Vous parlerez! Je vous y obligerai!

– Va jouer les justicières ailleurs, et surtout ne te trompe pas de cible, sinon tu pourrais le regretter!

– Vous ne me faites pas peur.

– Ça viendra... Tu peux me faire confiance.

Et Cristina rentre dans la maison, plongée dans une ombre menaçante. Julia, restée seule dans la cour, hésite.

Brusquement, elle prend une décision. Elle monte dans sa voiture...

Quand elle fait irruption dans les bureaux de Cases Créoles, son père est là, devant son éternelle planche à dessin, le regard vide. Il ne fait rien, ne dessine pas, il est juste là, vidé. Est-il seulement encore vivant ? Sous la lumière chaude de sa lampe, il a l'air d'un vieillard. Julia le prend par les épaules.

– Papa, Alex sera là, toujours là. Mais nous aussi. On va continuer, on va continuer.

Il se lève, range vaguement ses crayons, empile ses gommes. Puis, enroulant ses dessins qui ne lui servent à rien, il marmonne, évitant le regard de sa fille :

– Tu sais, Julia, j'ai toujours un poids, quelque chose... Quelque chose qui m'a empêché d'être heureux, complètement heureux. Entre ma sœur et ma mère, je n'ai pas vraiment eu de place, je n'ai pas su m'en faire une. Et je n'ai pas su en faire une pour vous...

– Viens, papa, allons sur la plage. Comme autrefois.

Quelques minutes plus tard, ils sont sur la plage de Boucan-Canot. Là, dans le bruissement éternel de la mer, cette mer qui, dit-on, guérit les anciennes blessures, le père et la fille ramassent quelques branches mortes, quelques bois flottés, et allument un feu. Devant la flamme vacillante, les visages deviennent des masques qui jouent avec l'ombre : l'instant favorise les confidences. Tout en tisonnant le feu avec une brindille, Guillaume se raconte.

– Grâce à toi, Julia, j'ai réalisé que je n'ai jamais parlé de la mort de mon père, Octave. Parlé vraiment. C'est dur d'être le fils d'un mort, quand on est enfant.

– Et avec maman, tu n'en parlais pas non plus ?

– Il y avait trop de femmes dans ma vie. Elles étaient les véritables chefs de la famille. Ma mère, ma sœur... Finalement, ta mère a eu raison de partir. C'était vital pour elle. Elle étouffait. Et moi, j'ai eu tort de ne pas la suivre...

– Tu sais, papa, je l'ai détestée. Plus maintenant.

Dans le grésillement des flammes, dans le silence de la mer, le père et la fille, peu à peu, se retrouvent. Le malheur qui les frappe les a séparés, maintenant il les rassemble. Julia estime le moment venu de pousser plus loin ses questions.

– Papa, tu ne crois pas que grand-mère nous cache quelque chose ?

Guillaume se tait une seconde, puis répond simplement :

– Si. Mais elle a sans doute ses raisons...

Tandis que Guillaume raconte sa vie d'enfant et que Julia confie ses désirs, le ciel, peu à peu, pâlit. Au fond, il n'y a qu'un seul horizon, qu'un seul but, qu'une seule raison de vivre : l'amour. Ce que Guillaume tente de transmettre à sa fille.

– Ne fais pas la même erreur que moi, Julia. L'amour, le vrai, il ne faut pas le laisser passer. Pour rien au monde...

– Thomas me fait peur, papa...

– Tu es sûre que ce n'est pas de toi-même que tu as peur ?

À l'horizon, un rayon jaillit, rasant l'océan, promesse toujours renouvelée d'une journée nouvelle.

*
* *

Desrivières, le visage creusé par la fatigue, lit les procès-verbaux extirpés des archives. La nuit s'achève, mais il continue vaille que vaille, dans la lueur blafarde d'une lampe au néon. Une tasse de café froid devant lui, il semble fébrile. L'approche de la vérité le met toujours dans cet état. Peu importe le manque de sommeil, l'inconfort ou la fatigue : il lui faut atteindre la solution, à portée de main. Il est comme un cheval qui sent l'écurie et qui piaffe d'impatience.

Titou n'est pas très frais non plus, sa chemise froissée atteste des heures de travail qu'il a données. Pourtant il exulte.

– Patron, patron !

– Oui, Titou ?

– Je sais pourquoi il a appelé la maternité d'Antibes, Todobrini.

S'il s'attendait à être félicité par Desrivières, c'est l'inverse qui se produit. Visiblement le commissaire est dans un autre état d'esprit, et suit une autre piste. Il montre le tas de dossiers sur son bureau.

– Dis-moi, Titou, toi qui sais toujours tout, tu ne m'as jamais parlé de l'incendie qui a ravagé l'un des immeubles d'Hortense Bertin, il y a quarante ans...

– Mais...

– Douze morts ! À cause d'un manque d'entretien. Juste après la mort d'Octave Bertin... Et là encore, Hortense, cette chère Hortense, a été mise en cause...

Mais Titou, quoique refroidi, trépigne. Il a l'impression d'avoir fait un pas de géant. Il n'y tient plus.

– Patron, écoutez-moi ! La fille de la clinique est revenue de congé ! Je lui ai parlé, à Antibes ! Vous savez qui est né là-bas ?

– Guillaume Bertin.

Titou est soufflé. Il n'en croit pas ses oreilles. Comment diable le commissaire a-t-il pu ? C'est de la divination, de la magie !

– Vous lisez dans les lignes de la main, patron, ou quoi ?

– Non, Titou. C'est dans le dossier. Je n'y ai pas prêté attention, au début... La question que je me pose, maintenant, c'est pourquoi la mère est allée accoucher si loin. Pourquoi Antibes ?

– Surtout après la mort de son mari...

Voilà le secret qu'avait découvert Sophie Moussié ! Le grand mensonge dont elle s'est servi pour faire chanter ses victimes. Reste à découvrir ce qu'elle savait sans doute : qui est le père. Et ça, se dit Desrivières, c'est la clé qui débloquera toute l'affaire. Il suffit de creuser encore un peu.

*
* *

Jasmine a passé la nuit dans un bar. Jusqu'à l'aube, elle a traîné, perdue, errant de table en table, dans un bouge non loin de l'aéroport. Abordée par des hommes sans visage, entreprise par des alcooliques désespérés, elle s'est contenté de boire ses ti-punchs et de glisser, doucement, vers un état d'inconscience qu'elle désirait ardemment. Puis, au petit matin, elle a pris un taxi, direction l'aéroport, afin de sauter dans le premier avion pour... Pour où, d'ailleurs ? Elle a décidé que ce serait pour la France métropolitaine. Mais quelle importance, au fond ? Ce pourrait être pour l'Alaska ou la Patagonie...

Elle descend de son taxi, le cœur brouillé par l'alcool, l'estomac barbouillé par la nuit, la démarche hésitante. Quand elle parvient tant bien que mal au comptoir de la compagnie aérienne, deux policiers l'abordent.

– Suivez-nous, s'il vous plaît.

Hagarde, elle leur emboîte le pas sans même demander la raison de cette intervention. Lorsqu'elle arrive au commissariat, Jasmine est semi-comateuse, proche du sommeil. Mais Desrivières ne la laisse pas s'affaisser. Il constate simplement :

– On vous retrouve à l'aéroport en train de prendre un billet pour Paris, et vous persistez à dire que vous ne cherchiez pas à vous enfuir ?

Jasmine ferme les yeux, dodeline de la tête, ne dit rien. Desrivières insiste.

– Vous saviez que vous ne deviez pas quitter l'île sans me prévenir. Vous aviez prévu ce voyage ? Non. Donc, vous avez eu soudain envie de partir en France, à une semaine de votre mariage, sans votre fiancé. On peut savoir pourquoi ?

– Je... C'est personnel.

Exaspéré, Desrivières ouvre une chemise dans laquelle se trouvent les photos de l'identité judiciaire. Il étale sur la table, successivement, les clichés de Mattéo Mahé, d'Alexandre Bertin et de Sophie Moussié.

– Et tout ça, c'est personnel ? Qui protégez-vous ?

*
* *

Cristina arrive la première chez Batibo. Avec son trousseau de clés personnel, elle ouvre le bâtiment puis se dirige directement vers le bureau de Richard. Hier soir, quand le commissaire est venu l'interroger – sans aucun résultat, d'ailleurs –, elle s'est demandé pourquoi il s'intéressait, même de façon biaisée, à son amant. Elle veut en voir le cœur net. Quel rôle Richard joue-t-il dans toute cette histoire ? Elle ouvre les tiroirs, lit les dossiers, tombe finalement sur une feuille de service. Elle la lit avec attention et trouve ce qui l'intéresse. Aussitôt, malgré l'heure matinale, elle téléphone.

– Sam ? C'est Cristina ? Le 27 au soir, c'est toi qui avais le break ?

Sam, l'un des ouvriers de Batibo, donne le renseignement. Immédiatement, Cristina monte dans sa voiture et se dirige vers le commissariat. Là, elle demande à voir Desrivières, lequel est le premier surpris. Il invite la visiteuse à entrer, puis écoute ce qu'elle veut lui dire. Elle lâche un nom, elle livre ses soupçons. Le commissaire réagit.

– Vous réalisez que votre accusation est extrêmement grave. Et que vous n'avez pas de preuve...

Le visage battu, les yeux cernés, Cristina continue pourtant.

– Le soir de la mort d'Alexandre Bertin, un des véhicules de Batibo n'est pas rentré. Et ce n'est pas le chauffeur indiqué sur la feuille de service, Sam Larqueur, qui le conduisait.

– C'est peut-être une erreur, madame Mahé.

– Je n'étais pas avec Richard, le soir de la mort d'Alexandre, et il savait que Todobrini me faisait chanter.

– Reprenons, madame Mahé, s'il vous plaît, j'ai du mal à vous suivre. D'autant que vous m'avez menti depuis le début.

– Je ne vous mens plus, commissaire. Ma fille est innocente. Relâchez-la.

– Et Thomas Souheil ?

– Innocent aussi. Vous pouvez le lui demander. Il s'est installé à l'hôtel Fournier.

Cristina est-elle simplement capable de dire la vérité ? Desrivières a des doutes. De gros doutes.

Il décide néanmoins de se rendre à l'hôtel Fournier. Là, peut-être, les dernières pièces du puzzle se mettront en place.

*
* *

La matinée avance. Guillaume, qui a dormi quelques heures, monte dans sa voiture. Après la soirée passée sur la plage avec sa fille, il veut en savoir plus, lui aussi. Il va rendre visite à Joséphine : il sent, confusément, qu'elle sait quelque chose. Mais quoi ? C'est ce qu'il veut découvrir. Pour une fois dans sa vie, Guillaume est déterminé.

Quand il arrive à la petite maison, il remarque immédiatement que la porte est ouverte. Il entre et voit la vieille femme, seule, assise sur un fauteuil de rotin. Une atmosphère de désespoir pèse sur l'endroit. Même les divinités semblent tristes. Joséphine n'a pas l'air étonnée de sa visite. Peut-être l'attendait-elle... D'un signe, elle l'incite à s'asseoir. Et à peine est-il calé dans l'autre fauteuil qu'elle commence son récit...

– Leurs parents se détestaient. Mais eux, ils s'aimaient comme des fous. Marie-Thérèse avait quinze ans, Alberto dix-sept. Ils étaient jeunes, très jeunes. Ce jour-là, ils avaient décidé de partir ensemble, pour fuir leurs deux familles. Mais quand Marie-Thérèse est arrivée sur le lieu du rendez-vous, le petit oratoire dans la montagne qui surplombe l'océan, Alberto n'était pas là. Pendant un instant, elle a attendu, puis elle a fait le tour de ce piton rocheux. Au bord de la falaise, elle a poussé un cri : Alberto était en contrebas, glissant peu à peu dans l'eau, recouvert par les vagues...

Guillaume, fasciné, écoute, écoute comme jamais il n'a écouté dans sa vie. Joséphine poursuit son monologue...

– Elle a couru jusqu'à la maison. Elle était affolée. Hortense était là, avec son mari, Octave. Marie-Thérèse a dit que le fils Mahé avait eu un accident. Octave y est allé. On ne l'a jamais revu. Plus tard, on s'est douté qu'il avait glissé, et qu'il était tombé dans la mer, en essayant de porter secours à Alberto.

– Que s'est-il passé, après ?

– Tout le monde a attendu le retour d'Octave. Au bout de quelques heures, Hortense a compris qu'il s'était produit quelque chose de grave. Elle a voulu aller prévenir les Mahé. C'est là que Marie-Thérèse a avoué la vérité : elle attendait un enfant d'Alberto. Hortense, alors, a pris peur. Elle a décidé d'attendre... Malheureusement, les Mahé l'ont prise de court en portant plainte contre elle. Tout s'est accéléré. Hortense n'a eu d'autre choix que de se taire. Marie-Thérèse et sa mère sont parties en France. À Antibes.

– C'est donc pour ça que je suis né là-bas ?

– Oui.

– Et l'enfant de Marie-Thérèse ? Qu'est-il devenu ?

Joséphine en reste bouche bée. Il n'a donc pas compris ?

*
* *

Julia rejoint sa chambre, se jette sur le lit. Elle est épuisée. Son père est sorti, et la matinée s'achève dans une grosse chaleur. Elle allume le ventilateur et, sur sa table de nuit, trouve une enveloppe sur laquelle est inscrit « Pour Julia ». Elle reconnaît l'écriture de sa tante. Fébrilement, la jeune fille ouvre. C'est une photo. Le genre de cliché que font les photographes de plages. On y voit une jeune femme, Marie-Thérèse elle-même, marchant sur un promenoir. Elle est enceinte. Dessous, une date et un lieu : Antibes, 1960. Julia, interdite, court vers la chambre de sa tante. Vide. Seule la boule de neige est là, inutile.

Quand elle entend la voiture de son père revenir, elle descend les escaliers, quatre à quatre et se jette sur lui.

– Papa, regarde !

Guillaume n'a pas l'air aussi surpris que Julia l'aurait cru : elle n'est pas au courant de sa visite à Joséphine.

Julia, soudain, écarquille les yeux. Dans l'encadrement de la porte, Hortense vient d'apparaître, ravagée. Guillaume ne l'a pas vue. Il contemple, pensif, la photo de Marie-Thérèse enceinte, et pointe le doigt sur son ventre.

– Mais enfin, cet enfant, il est où ?

La voix d'Hortense, alors, fait exploser sa vie.

– Cet enfant, Guillaume, c'est toi.

Guillaume, en état de choc, laisse tomber la photo, qui glisse sur le sol. Et il s'éloigne, marchant dans le parc, la tête ailleurs. Toute l'histoire familiale, toute son histoire personnelle surtout, sont réduites à néant. Il faut tout remettre debout. Savoir qui l'on est. Régine, en train de s'occuper des plantations, le voit passer, silencieux, et aperçoit Julia qui court après son père. Mais Hortense retient son arrière-petite-fille.

– Laisse-le, Julia. Tu ne peux rien pour lui. Pas encore.

– Et où est Marie-Thérèse ?

– Je sais où elle est.

– Mais pourquoi tout ça ? Pourquoi ?

– Tu ne te rends pas compte du scandale que ça représentait. Sans parler de la réaction qu'auraient eue les Mahé, qui n'étaient au courant de rien. Je comptais sur le temps pour arranger les choses...

Puis, pour la première fois de sa vie, Hortense murmure :

– Pardon, Julia. Pardon.

*
* *

Thomas, dans sa chambre de l'hôtel Fournier, lit et relit le dossier que Nathalie lui a donné. Il n'en croit pas ses yeux. Quand on frappe à la porte, il se lève pour ouvrir : c'est Richard. Celui-ci entre et, immédiatement, remarque le classeur sur le lit.

– Ah, je me doutais que c'était toi. J'ai tout de suite vu qu'il avait disparu.

Thomas, lui, est blême ; c'est comme s'il voyait Richard pour la première fois. Il y a de quoi : celui-ci tient un pistolet dans la main. Un Heckler & Koch Mark 23, une arme extrêmement précise et fabriquée pour des « raisons offensives ». À vingt-cinq mètres, un bon tireur peut grouper les douze balles de son chargeur dans quelques centimètres carrés. Thomas reconnaît le pistolet : c'est celui que Mattéo Mahé détenait dans son tiroir. Une rareté avec laquelle il faisait parfois un carton devant lui, quand il était enfant. Le genre d'arme avec laquelle on ne discute pas.

– Assieds-toi, Thomas.

Richard ne plaisante pas. Tandis que Thomas s'exécute, il ouvre le petit réfrigérateur d'hôtel, dans lequel, il le sait, il y a des mignonnettes de whisky et, surtout, une bouteille de rhum, cadeau de bienvenue.

– Bois.

Thomas, à contrecœur, boit au goulot. Richard allume la télévision pour noyer les paroles au cas où quelqu'un écouterait, et surtout s'il devait tirer. Thomas, entre deux gorgées, demande :

– C'est comme ça que tu as tué Alexandre, avant de le balancer dans le lac ?

– Bois !

– Les autres, c'était toi aussi ?

– Pas la Moussié. Bois !

– Tu peux me raconter, maintenant. De toute façon, tu vas me flinguer, alors...

Avec un rire de satisfaction, Richard raconte. Son arrogance le pousse à cette démonstration de force.

– Le soir de la fête des fiançailles, elle est venue demander de l'argent. Elle avait tout découvert sur le fils Bertin, sur le passé de la famille, elle avait téléphoné à Antibes. J'ai compris ça plus tard. Tout ce que je savais à l'époque, c'est que Mattéo m'avait demandé de m'occuper d'elle, si tu vois ce que je veux dire. Il fallait juste lui faire peur, mais ça a mal tourné. Je l'ai bousculée un peu trop fort. Elle est tombée et elle s'est fracassé le crâne. Je me suis retrouvé avec un cadavre sur les bras... Et l'occasion de me venger des Bertin.

– Tu leur en voulais pourquoi, aux Bertin ?

– J'ai mes raisons. Et, crois-moi, elles sont bonnes. La prochaine, c'est Julia.

– Salaud ! Et Mattéo, il savait ?

– Non, mais il a vite compris. Il m'a donné vingt-quatre heures pour régler mes affaires et me rendre à la police.

– Donc, tu l'as tué.

– Bois, je te dis !

Thomas fait la grimace. Finir sa vie dans la peau d'un pochetron, quel destin ! Mais le moyen de faire autrement ? L'alcool, déjà, lui trouble la tête. Ces réflexions légères, en d'aussi dramatiques circonstances, le prouvent. Bientôt, il sera inconscient. Et après, mort.

*
* *

Hortense, assise sur une méridienne dans la varangue, a posé sa tête sur l'épaule de Julia. Les rapports sont inversés : c'est maintenant l'arrière-petite-fille qui se veut protectrice. Hortense, vieillie, usée, fatiguée, ne dit plus rien. Elle a confié son secret, a tout raconté : l'accident, la disparition d'Octave Bertin, l'enfant d'Antibes. Tout se met en place...

Guillaume revient du fond du jardin en pleurs. C'est là qu'il a retrouvé Marie-Thérèse, méditative. Celle-ci le tient par les épaules.

Julia demande à Hortense :

– C'est pour la naissance, que vous êtes parties à Antibes ?

La vieille dame se redresse, regarde les siens avec une certaine fierté, et reprend le fil de l'histoire.

– Oui. Nous sommes revenues un an après. J'ai dit que Guillaume était mon enfant. Personne n'a posé de questions. Je pensais bien faire, Marie-Thérèse est si fragile...

– C'est ce qu'avait découvert Sophie Moussié ?

– Oui. Elle avait vu des choses chez Joséphine quand elle était petite. Et puis, plus tard, elle a fait parler ta tante. Elle a aussi fouillé dans ses affaires, jusqu'à s'emparer d'une des trois boules de verre que nous avions rapportées d'Antibes...

– Mais que vient faire Joséphine, là-dedans ?

– Nous ne sommes pas du même monde. Mais elle a toujours été mon amie, ma guérisseuse, ma mambo. C'est la seule qui a compris ma souffrance, et m'a aidée à la supporter. C'est une femme exceptionnelle. Sais-tu qu'elle a décidé d'adopter officiellement Sunsia, depuis quelques jours ?

L'émotion gagne tout le monde. Le passé, ainsi, rattrape la famille. Il y a des péchés véniels, qui s'évaporent dans la confession. Il y a des péchés mortels, qui provoquent d'autres morts. Le duel de Mahé et des Bertin, qui traverse les années, a fait des victimes collatérales, par haine. L'amour des Mahé et des Bertin, qui a traversé les générations, a généré des souffrances terribles.

Hortense sanglote. Elle dit encore :

– Pas un jour, Julia, je n'ai pu oublier. Pas un jour je n'ai été en paix.

– Tu es pardonnée, grand-mère.

Et la vieille dame se blottit dans les bras de la jeune fille, cherchant protection, quiétude et amour.

Guillaume, lui, se penche sur la rampe de la varangue. Que cherche-t-il, dans la nuit qui tombe ? Marie-Thérèse s'approche timidement de lui. Elle n'ose plus bouger, tétanisée de peur. Guillaume se retourne, prend son visage dans ses mains, et dit :

– Tu m'as tenu dans tes bras toute mon enfance. Et ce n'est pas à toi que je disais maman.

Marie-Thérèse, toute douceur :

– Chaque nuit, je m'endors en t'entendant me le dire.

Et le soir se referme sur eux, comme une cape de soie.

– 26 –

– Monsieur Souheil, ouvrez !

Hôtel Fournier. Titou est devant la chambre de Thomas. À l'intérieur, Richard panique. Son regard traqué fait le tour de la chambre et, le Heckler & Koch en main, enjambe la fenêtre en braquant Thomas.

– Toi, tu bouges pas !

Richard parti sur le toit de l'appentis, Thomas se lève et se précipite pour ouvrir la porte à la police. Mais Richard se retourne, et tire. Touché, Thomas s'écroule, foudroyé par une balle de calibre 45. Richard, dans la nuit, s'élance et saute à terre, près du parking. Le temps pour Titou d'enfoncer la porte et, déjà, le fuyard est dans sa voiture qu'il fait démarrer sur les chapeaux de roues, dans la nuit.

Thomas, perdant son sang, en état de choc, murmure à Titou :

– Julia... Il faut aller chez Julia... Elle est en danger.

Puis il sombre dans l'inconscience, tandis que Titou téléphone à Desrivières. Il y a urgence.

*
* *

Hortense et Julia sont rentrées dans le salon. À la lueur d'une lampe solitaire, dans l'intimité retrouvée, les deux femmes se tiennent par la main. Puis Julia verse une tisane à la vieille dame. Celle-ci, apaisée, continue à égrener ses souvenirs : maintenant que la porte est ouverte, elle peut aussi bien tout dire.

– Au début, nous étions comme une famille normale. Guillaume était notre enfant à toutes les deux. On le regardait grandir... La première fois qu'il a dit maman, nous avons pleuré ensemble...

La lumière est douce, quelques insectes volettent sous la lampe et, dans cette atmosphère d'abandon propice à toutes les confidences, Hortense semble vouloir retrouver sa gentillesse perdue. Julia sourit, émue, quand soudain Régine fait son apparition, terrifiée. Derrière elle, Richard la tient en joue avec son arme.

Au commissariat, Desrivières a sonné le branle-bas de combat. Gilets pare-balles, troupes de choc, armes lourdes, appel général, tout est mis en œuvre. Cristina, dans ce chaos, se dirige vers le bureau où Jasmine est détenue. Desrivières ouvre la porte et se précipite vers sa voiture. Cristina et Jasmine le suivent. Étonné, le policier se tourne vers les deux femmes.

– Vous n'êtes pas obligées de venir.

– S'il arrivait quelque chose à Hortense, je ne me le pardonnerais pas, dit Cristina, contre toute attente.

Jasmine ajoute :

– Je viens avec ma mère.

Elles montent dans le véhicule de Desrivières qui, sirène en marche, déchire la nuit avec son gyrophare.

Pendant ce temps, Richard regarde Julia. Dans le salon, tout le monde reste figé. L'incompréhension est totale. Que veut-il ? Pourquoi agit-il ainsi ? Quels sont ses mobiles ? Julia exprime la pensée générale.

– Pourquoi faites-vous ça ?

Richard, qui se verse tranquillement un verre de whisky, répond :

– Madame Liang.

– Pardon ?

– Eugénie Liang, ça vous dit quelque chose ? Hortense Bertin, votre mémoire ne vous rappelle rien ? Non, bien sûr, on avait si peu d'importance à vos yeux...

Hortense, perplexe et apeurée, répond par la négative. Richard, alors, avale son verre et, rageur, explique :

– C'était ma mère. J'avais sept ans la première fois que je suis venu chez vous... Toujours rien ?

Hortense, impuissante, secoue la tête. Richard s'adosse au confiturier et reprend, arme au poing :

– Nous habitions un de vos immeubles. Elle a voulu vous prévenir qu'un accident allait arriver si vous ne répariez pas. Vous n'avez jamais voulu la recevoir.

La suite a été tragique : l'incendie, les victimes, la presse, le procès. La justice est passée, et a blanchi la famille Bertin : l'agence de gestion immobilière, en revanche, a été condamnée. Ce que lui rappelle Hortense, sans ménagements. Laquelle s'attire une remarque brutale :

– Moi aussi, j'ai été condamné. À vivre sans ma mère. À aller en foyer d'accueil. Ça vaut bien un cadavre sur votre perron, non ?

Brusquement, au fil de son récit, tout s'éclaire. Sophie Moussié, aidée par un maître chanteur, s'intéresse à ces vieilles histoires. Elle fait chanter les Mahé. Mattéo, l'apprenant, demande à Richard de lui faire peur. Celui-ci va trop loin, et la tue. Ensuite, pour brouiller les pistes et se venger, Richard dépose le corps chez les Bertin...

– Ce n'était que le début des offenses ! ricane Richard, imbibé d'alcool mais parfaitement maître de lui, toujours l'arme en main.

Alors, dans une scène d'hystérie incontrôlée, il raconte son délire meurtrier. Il les tuera tous, tous ! Tous ces gens qui ont méprisé tant de vies ! Il a déjà tellement tué que le nombre n'a plus d'importance. Il a tué Mattéo qui lui demandait de se rendre à la police, Kim parce qu'elle refusait de lui livrer Alexandre, Alexandre parce qu'il allait faire un coupable idéal qui lui assurerait l'impunité, et Todobrini parce que si celui-ci avait pu remonter le fil de toute cette histoire, il savait qui était le meurtrier et s'apprêtait à le révéler à Cristina.

– Et maintenant, c'est votre tour ! hurle Richard.

*
* *

– Rendez-vous ! La maison est cernée ! Vous n'avez aucune chance de vous en tirer ! Il ne vous sera fait aucun mal si vous vous rendez !

Dans le salon, tous sont immobiles. Seule l'horloge, égrenant interminablement les secondes, meuble le silence et le souligne. Richard prend une décision : il arrache Julia des bras de sa grand-mère et lui colle son pistolet contre la tempe. Puis il sort dans la varangue tandis qu'un projecteur le cloue au mur comme un papillon de nuit. On entend la voix de Desrivières.

– Ne tirez pas !

Sous les yeux des policiers, une femme s'avance au-delà de la ligne des voitures et des tireurs embusqués : à pas lents, mesurés, Cristina marche vers la varangue. Quand il comprend qu'elle ne s'arrêtera pas, Richard commence à s'énerver.

– C'est pour toi que j'ai fait ça ! Pour nous ! Ils nous auraient empêchés de vivre notre amour !

Cristina avance toujours et s'écrie :

– Lâche-la, Richard ! Je vais partir avec toi ! Laisse-moi prendre sa place !

– Une voiture, je veux une voiture !

Cristina avance, avance... Désormais, elle est à quelques mètres de son amant. Celui-ci, pris entre ses sentiments pour elle et sa haine des Bertin, hésite.

– Ne m'oblige pas à tirer, Cristina ! Va-t'en !

Cristina continue d'avancer. Rien ne semble devoir l'arrêter. Déjà, elle est à portée de main. Collé contre le mur de la varangue, Richard ne lâche pas Julia. Le chef des tireurs d'élite se penche discrètement vers Desrivières :

– On l'a dans la ligne de mire à 100 %. On y va ?

– Non.

L'instinct du commissaire a gagné : Cristina se met à parler. Chacun de ses mots est une balle.

– Richard, tue-moi. Comme tu as tué mon père !

Le fuyard allonge le bras, le Heckler & Koch prêt à aboyer. Le tireur d'élite le plus proche, l'œil rivé au viseur, est tendu comme une corde à violon. Il a tellement envie de tirer...

Mais Richard, en un éclair, retourne l'arme contre lui. Au moment où Julia hurle « Non! » il est déjà par terre.

C'est fini. Jasmine court vers sa mère, la prend dans ses bras. Les gendarmes se précipitent, saisissent l'arme de Richard, établissent un cordon de sécurité. Hortense, titubante, se précipite vers Julia. Et là, dans la lumière des projecteurs, sous les arbres centenaires de la maison Bertin, toutes ces ennemies se regardent devant le cadavre de l'homme qui les a menacées, puis les a rassemblées. Cristina s'avance, très digne, et s'adresse à Hortense :

– Je veux dire cela devant tout le monde. Que tous soient témoins. Mon père avait décidé de rendre à Guillaume sa place dans notre famille. Il l'avait même couché sur son testament. Je veux donc qu'il en soit ainsi. Mais avant, il faut que nous parlions, Hortense...

Celle-ci prend un air solennel, comme pour rendre hommage à son ancienne ennemie.

– Après ce que tu viens de faire, Cristina, je suis prête à tout entendre.

Les deux femmes sortent du cercle de lumière. Tout autour règne une agitation fébrile. Les enquêteurs de l'identité judiciaire sont là, le légiste s'avance, et la nuit s'illumine de dizaines de gyrophares...

Un peu à l'écart, Desrivières s'approche de Ragus et, avec un demi-sourire, lui lance :

– Je crains, mon cher inspecteur, que vous ne soyez pas commissaire aussi vite que vous l'espériez... Ce n'est pourtant pas faute d'avoir essayé!

Ragus, piteux, baisse la tête. Desrivières l'a percé à jour. Il s'apprête à répondre, tenter de se justifier, mais Desrivières ne lui en laisse pas le temps :

– Je vous accorde encore une chance de devenir un flic digne de ce nom. Une chance, vous m'entendez ? Pas deux.

Ragus acquiesce, vaincu, tandis que le commissaire, philosophe, s'éloigne d'un pas mesuré.

Au bout du parc, assises sur un banc, deux femmes se font face, dans une demi-pénombre striée, parfois, par un projecteur. Cristina annonce d'emblée :

– C'est moi... C'est moi qui les ai tués, Hortense.

La vieille dame, étonnée, tente de suivre. Cette nuit n'a-t-elle pas encore pas livré tous ses secrets ? Cristina poursuit :

– J'avais cinq ans... Alberto était mon dieu. Je l'aimais plus que tout au monde... Quand il est parti de la maison, je l'ai suivi.

– Je t'écoute...

Et l'histoire révèle ses mystères les plus obscurs. Cette fois, c'est une petite fille qui suit son frère, par amour. Quand celui-ci parvient à l'oratoire, au bord de la falaise qui surplombe la mer, il se retourne et aperçoit la fillette. Il demande ce qu'elle fait là. Elle répond qu'elle ne veut pas qu'il parte, qu'elle le dira, oui, qu'elle le dira aux parents ! Alberto lui répond qu'il ne faut pas, que bientôt il aura un bébé qui sera comme un petit frère pour elle. Cristina, aveuglée de jalousie et de colère, se précipite vers la falaise, prête à tomber dans l'océan... Mais Alberto la rattrape, la met en lieu sûr, puis glisse et chute sous les yeux effarés de sa sœur.

– J'ai passé ma vie à essayer de l'oublier, poursuit Cristina en larmes, mais il est mort à cause de moi, et Octave aussi, en essayant de le sauver. Je les ai tués !

Hortense, blême, contemple cette souffrance de toute une vie, qui lui rend soudain Cristina si proche dans le non-dit, le poids du secret et de la culpabilité porté pendant des années. Elle lui prend les mains comme une mère qui voudrait apaiser sa fille ou, plutôt, une sœur en compassion.

– Tu ne les as pas tués, Cristina. C'est toi qui voulais mourir. Et tu avais cinq ans... Seulement, si tu veux te libérer de ce fardeau, il faut les libérer tous, là-bas, de ce doute. Il faut leur dire, Cristina. Je ne te lâcherai pas, je t'aiderai...

– Vous croyez qu'ils me pardonneront ?

– Il n'y a rien à pardonner dans ce cas précis, c'est la fatalité. Mais la seule chose qu'aucun d'eux ne nous pardonnera plus, désormais, c'est le silence.

Les deux femmes se lèvent et, lentement, reviennent vers la maison.

*
* *

Thomas, dans son lit, respire laborieusement. La balle lui a traversé le poumon et est ressortie en laissant une large blessure. Julia, assise près de lui, lui tient la main. La porte s'ouvre, Jasmine entre. Julia la regarde.

– J'avais besoin de le voir, dit simplement Jasmine.

À ce moment-là, sous le regard surpris et soulagé des deux jeunes femmes, Thomas ouvre les yeux et murmure faiblement, à l'adresse de Julia :

– Dès que je serai debout, on repart pour Paris.

Jasmine essuie une larme et, courageusement, les embrasse tous les deux.

*
* *

Ils sont partis... et revenus. À l'intérieur de l'hélicoptère, Julia, rayonnante de bonheur, retrouve la Réunion.

– En deux mois passés à Paris, j'avais oublié que c'était si beau.

Assis à ses côtés, Thomas a posé son bras sur de son épaule. Ils survolent La Roseraie des Bertin, puis la maison des Mahé. Quand l'hélicoptère s'apprête à se poser, Thomas prend dans ses mains le visage de Julia et lui dit, dans un sourire radieux :

– Bienvenue chez nous, mon amour.

Direction littéraire
Huguette Maure
et
François Forestier

assistés de
Édouard Boulon-Cluzel

Impression réalisée sur CAMERON par

BRODARD & TAUPIN

GROUPE CPI

La Flèche

pour le compte des Éditions Michel Lafon
en juillet 2006

Imprimé en France
Dépôt légal : juillet 2006
N° d'impression : 36362
ISBN : 2-7499-0474-9
LAF : 838